語文產業

Languages
Education

周慶華・主編

東大語文教育叢書出版理念

只要有教育，就一定會有語文教育；而有語文教育，也勢必要有語文教育研究來檢視它的成效和推動它的進程。因此，從事語文教育的研究，也就成了關心語文教育的人所可以內化的使命和當作終身的志業。

臺東大學語文教育研究所從 2002 年設立以來，一直以結合現代語文教學的理論及實務、發展多媒體語文教學、培養專業語文教育人才、提供在職教師語文教育進修和開拓未來語文教育產業等為發展重點，已經累積不少成果，今後仍會朝這個方向繼續努力，以便為語文教育開啟更多元的管道以及探索帶領風潮的更新的可能性。

先前本所已經策畫過「東大詩叢」和「東大學術」兩個書系，專門出版臺東大學師生及校友的詩集和臺東大學語文教育研究所研究生的學位論文，頗受好評。現在再策畫「東大語文教育叢書」新書系，結集出版臺東大學語文教育研究所舉辦的學術研討會和研究生論文發表會的論文，以饗同好，期望經由出版流通，而有助於外界對語文教育的重視和一起來經營語文教育研究的園地。

如果說語是指口說語而文是指書面語，那麼語文二者就是涵蓋一切所能指陳和內蘊的對象。緣此，語文教育就是一切教育的統稱而可以統包一切教育；它既是「語文的教育」，又是「以語文來教育」。在這種情況下，語文教育研究也就廣及各個語文教育的領域。本叢書無慮就是這樣定位的，大家不妨試著來賞鑑本叢書所嘗試「無限拓寬」的視野。

　　由於這套叢書的出版，經費由學校提供，以及學者們貢獻精心的
研究成果，才能順利呈現在大家面前；以至從理想面的連結立場來
說，這套叢書也是一個眾因緣合成的結晶，可以為它喝采！而末了，
寧可當語文教育研究是一種「未竟的志業」，有人心「曷興乎來」再共
襄盛舉！

臺東大學語文教育研究所

目　次

論教育、學術與文學行銷

楊晉龍
中央研究院中國文哲研究所

摘　要

　　本文旨在探討民國 85 年國中、高中國文教科書開放私人出版社編輯後，臺灣現代文學作家在教科書中出現的實況及教育行銷引發的種種問題。透過文獻歸納的實際分析，確定九家出版社五十四冊教科書，共收錄一二四位臺灣現代文學家，國中、高中國文均收錄者三十一位，以余光中、張曉風、琦君、洪醒夫、梁實秋、鄭愁予、簡媜、王鼎鈞、吳晟、陳冠學、楊牧、向陽、周芬伶、席慕蓉、廖鴻基等十五人特別受到矚目。經由分析了解教育行銷存在有：強迫接受、限制思考、價值難定、缺乏深入、評價單一及先入為主等問題。研究成果對臺灣教育研究者、教科書研究者及臺灣現代文學研究者，尤其是臺灣文學史的研究者，均提供了有益的資料及合理有效的答案。

關鍵詞：國中國文、普通高中國文、臺灣現代文學、教育行銷、
　　　　文學產業

一、前言

　　生存在以市場經濟為主導社會的現代人，無論是願意或不願意，都不可能脫離謀生需要的工作要求與壓力，再也無法有顏回（521B.C.-481B.C.）那般沉溺在讀書的快樂中，因而即使「一簞食，一瓢飲」依然可以「不改其樂」（《論語·雍也》）的悠閒，傳統士人此種以貧困生活做為「炫耀資本」的安貧樂道思想，已經在二十世紀以來資本主義的轉化過程中破壞殆盡，進入二十一世紀後，原本依靠精神與道德等抽象標準為評價的傳統價值，雖然並沒有完完全全徹底的崩解，但卻也只能是少數特殊人物的特例，反而是以實實在在的物質貢獻為評價標準的經濟機制，確實已經成為現代人的一般性共識。因此現代人的任何生產行為，無論是有意或無意，毫無例外都必然帶有投資內涵意義的本質，即使是以精神生產為主的所謂文學家也不能例外。[1]生活在十九世紀末的英國小說家喬治·吉辛（George Gissing，1857-1903）就曾經藉由小說人物之口，明白道出文學的經濟內涵說：

> 如今的文學就是一種生意。撇開那些靠神力而成功的天才人物不談，那種成功的文人正是手腕高明的生意人。他首先考慮的是市場需求，當一種商品開始走下坡路的時候，他就得時刻準備提供某種新鮮、誘人的貨物……這裡已經有了電報通訊，這裡知道全世界各個角落要求什麼樣的文學食糧，這裡的居民（指文學家）現在都是些生意人，不管有多麼落魄。[2]

---

[1] 參考梁超：《時代與藝術：關於清末與民國「海派」藝術的社會學詮釋》（杭州：中國美術學院出版社，2008 年 10 月），頁 87-116：第四章〈海派畫家的經濟生活〉的討論。

[2] 見[美]約翰·麥斯威爾·漢彌爾頓（John Maxwell Hamilton）著，王藝譯：

　　雖然臺灣現代的狀況與十九世紀的英國社會有別，但至少可以了解在資本主義市場經濟下的文學創作，基本上和其他產業一樣，都是一種講求投資報酬率的生意行為，文學家與生意人在經濟的訴求上並沒有兩樣，文學創作就是一種投資，就是作家與書商合作形成的一種文化產業。投資當然是經濟行為，經濟行為必然要考慮投資報酬率，報酬率的高低與消費群的大小成正比，消費群多則市場廣，市場大收益就越多，文學產品的收益除實質金錢收入外，至少還可以包括有：作者品牌形象增強、作者知名度提升、作品思想內涵傳播、作者社會影響力加大、顧客忠誠度提高等等有形無形的正面收入。消費群的多寡與行銷成功與否的關係密切，行銷的方式包括：生產符合市場需求的產品，打動社會群眾的行銷手段，激發社會群眾需求的引誘等等。符合社會需求包括：社會原有市場需求的「舊需求」，經由純粹行銷手法激發或開發出的「新需求」，還有政治意識形態引發的「政治需求」等三種內容，這就是影響文學作品銷路的基本重要因素。

　　傳統中國書籍成為商品的時代甚早，根據史書記載至少在東漢就已經出現，如王充（27-97？）「常遊洛陽市肆，閱所賣書，一見輒能誦憶，遂博通眾流百家之言」；劉梁（？-181？）「賣書於市以自資」，[3] 可證當時已經有公開「賣書」的行為，書籍當然已成商品，不過販賣的是官書、周秦人著作？還是當代人著作？由於資料不足，詳情無法確知；唐代時期的佛經或變文等，是否成為商品，似乎未見較明確的研究證明，只能暫時存疑。真正開始販賣當代人著作，作家自為書商或與書商合作，因而使得種種創作變成一種經濟行為的文化產業，可以明確證明的是宋代印刷術大行以後。印刷術發明後只要紙張供應充足，市場有需求，印刷的數量可以不受限制，自然有利可圖，書商和

　　《卡薩諾瓦是個書癡：關於寫作、銷售和閱讀的真知與奇談》（北京：三聯書店，2008 年 4 月），頁 36 的引述。

[3] ［南朝・宋］范曄撰，［唐］李賢註：《後漢書・王充列傳》（臺北：鼎文書局，1991 年 9 月新校標點本），卷 49，頁 1629；〈文苑列傳・劉梁傳〉，卷 80 下，頁 2635。

作者基於求利的需要，因而開始就有書籍買賣的經濟行為，經濟行為必然帶來競爭，行銷是在競爭下必然出現的行為。[4]進入民國以後的中國，由於已經變成西方資本主義式的市場經濟社會，商業自由競爭乃是常態，文學既然是產業的一環，創作成品既然是商品，自然需要運用行銷手段增加銷路，出版行銷的議題，當然就成為學術研究的對象。觀察以往的相關研究，除探討作者自我行銷方式的論文外，[5]更多的是探討書商如何有效行銷的建議，或是針對行銷成功案例的分析，目的都是提供書商行銷產品時的參考。[6]這些研究成果對書籍如何透過市場機制而行銷的了解當然大有幫助，同時相關討論大致已經相當深入，就非商學相關科系的中文系訓練而言，能夠提出不同見解而繼續討論的空間已經不大，但仔細觀察這些既存的研究成果，卻發現研究者論文討論的主軸，幾乎都僅注意到市場經濟運作下一般性的行銷，似乎並沒有注意到利用教學和學術活動等特殊管道的行銷，但是教學和學術活動的行銷，確實具備有實質的行銷功能，在行銷行為上更有特殊的意義與作用。本文因而在前人研究的基礎上，以教學和學術活動為觀察對象，以「統編本」結束後國中和高中國文教科書收錄臺灣現代文學作品的實際為內容，分析探討其在文學行銷上的表現，以為更整

---

4 參考吳哲夫師：〈宋代的圖書出版行銷術〉，《書目季刊》第 42 卷第 4 期（2009 年 3 月），頁 55-72；張韶祁：〈論宋元兩代書賈的行銷策略──以《書林清話》、《書林餘話》內容為範圍〉，《書目季刊》第 43 卷第 1 期（2009 年 6 月），頁 15-30。

5 例如陳順龍：〈From Reading to Hear-Say：Hemingway's Literature Marketing Strategy in Allying the Readers Against the Critics〉（從閱讀到聽聞：剖析海明威與讀者聯手對抗評論家的文學行銷策略），《東海大學文學院學報》第 44 卷（2003 年 7 月），頁 309-337 一文，討論海明威「透過自我吹捧的宣傳手法」，推銷自己作品的事實。

6 以臺灣學術界而論，僅就國家圖書館《臺灣期刊論文索引系統》收錄的研究論文表現而言，自金博文：〈出版行銷之我見〉，《出版之友》第 35／36 期（1986 年 3 月），頁 12-14 一文後，直至郝宗瑜、陳智明：〈大專教科書篇章隨選出版之研究〉，《中華印刷科技年報》2010 年號（2010 年 3 月），頁 305-318 一文止，至少有六十篇以上學術期刊論文，討論圖書出版行銷的相關議題。

體了解書籍多元行銷現象的參考，並彌補前賢在現代文學作品行銷討論上不足之處。

本文主要在探討臺灣的學術活動與教學行為，在臺灣現代文學作品行銷上的作用與功能，同時反思此種自覺或不自覺行銷方式可能存在的問題，然因學術活動也可以歸入廣義的教學行為當中，廣義的教學行為當然就是教育行為，本文因此以「教育」表示學術活動與教學行為的綜合，並將那類透過學術活動與教學行為的行銷統稱之為「教育行銷」。本文研究論證之際使用的參考文獻，以民國 85 年以後國家將編輯教科書的公權力，全面讓渡給以營利為目的之特定私人出版社，使得教科書成為文化商品以來，各出版社選錄的國中、高中國文教科書的作者為主，並以各大學開授課程的推論、成立臺灣文學系的實際表現為輔，但不涉及收錄篇章多寡的實際統計，更不涉及文章內容文學屬性或政治屬性的實質性討論，主要是經由宏觀的角度進行歸納分析，以探討臺灣的學術活動及教學行為，在新文學作品行銷上的實際表現及引發的相關問題與省思，由於學術活動及教學行為涉及的層面太過廣泛，本文因此將議題討論的重點放在國中、高中國文教科書上，其他涉及的部分則僅是比較簡略的帶過。研究進行的程式，除說明研究緣起的緒論外，首先探討教育行銷方式的實質表現狀況；接著針對教育行銷進行較為廣泛的檢討反思，並分析說明教育行銷下的國中、高中國文教科書，收錄臺灣新文學作品可能關涉到的種種問題；最後則綜合研究結果做成結論。

二、教育行銷實錄

現代市場經濟運作下的行銷方式，最主要的自是透過種種傳媒進行的行銷，然而在此種一般行銷方式外，事實上還存在另一種特殊的行銷方式，這種特殊的行銷方式，就是本文特別強調的「教育行銷」，

教育行銷雖不是一種透明普遍的行銷方式，但就其產生的作用而論，當不亞於一般的行銷方式，或者行銷功能還更強。現代國家對國民擔負的主要責任，以及觀察國家是否現代化的評量指標項目中，義務教育與高等教育絕對是其中相當重要的指標，教育行銷就是依附在這兩個重要指標而存在，只要國家繼續存在，教育行為與學術活動繼續發生，教育行銷就永不會停止，作用也就永遠存在。教學與研究意義下教育行銷的對象，當然不全是臺灣現代文學作品，然以臺灣近年來特別重視地域文化，大學中設立臺灣文學或文化一類研究所等實況觀之，可知臺灣整個環境氣氛的傾向，敏感的生意人對臺灣的這種傾向當然很清楚，當教科書成為投資的商品後，收取私人出版社酬金的教科書編輯群，在銷路考量的前提下，自然也要對這個社會需求傾向做出回應，以便可以更好的行銷產品，因此臺灣現代文學作品雖非教科書行銷的唯一對象，但也絕對不可能只是點綴而已，因為這是教科書重要的「賣點」。

　　教育行銷的環境有別於一般市場行銷，教育行銷主要發生在教學場所和學術場域等特定或特殊的環境，一般學校教育的活動可以包括教學行為與學術活動兩大類，教育行銷的方式因之而同樣可以分為兩大類：一是學術行銷、一是教學行銷。學術行銷有下列數種形式：（一）學術研究論文的行銷；（二）學位研究論文的行銷；（三）專書研究寫作的行銷；（四）研究論著引述的行銷。根據教育部統計處 98 學年度的統計資料顯示，[7]臺灣現在總共有一百四十九所大學院校，其中四十五所學校設有中文、國文、華語文等系所，還有臺灣文學、文化等系所十八個；鄉土文化、閩南文化和臺灣飲食文化等系所各一個；客家文化研究所五個，總計有二十六個直接涉及臺灣本地研究的系所，總計有七十多個中文相關的系所，這些系所成員理所當然成為研究臺灣現代文學最基

---

[7]　此係根據「教育部全球資訊網」http://www.edu.tw/之記載統計而得。下文凡涉及教育統計、教育目標、教育法令及規章及教科書規定等的內容，均來自此網站，為節省篇幅，將不再一一列出。

礎的群眾，更是在實質上透過學術研究行銷臺灣現代文學產品的基本群眾，至於其他未設置中文或臺灣文學相關系所的學校，不例外地需要設置「通識教育中心」，「中心」開設的課程自然包括有與臺灣現代文學相關的課程，部分成員因而也成為行銷臺灣現代文學的組成分子。臺灣的大學之外另有專科學校十五所，二專生二二九四一人，五專生有八五六一四人；普通高中有三三〇所，技職高中有一五六所，學生共有七五七七九一人，高中進修補校學生一一〇二九七人。國民中學有七四〇所，學生有九四八六三四人，大學部的學生有一〇一〇八八五人。臺灣地區國中、高中、專科與大學在學學生總計有：二九三六一六二人，這將近三百萬的在學學生，就是教育行銷的主要對象。

學術行銷主要發生在大學院校中的教師與研究生、大學生，行銷方式最主要是發表學術論著，除專書、學位論文外，臺灣約有幾百種左右的學術期刊，[8]就成了行銷臺灣文學最重要的場所。臺灣學術研究涉及臺灣文學的學術行銷表現實況，根據國家圖書館的統計，則自1958 年 3 月開始到 2010 年 9 月止，刊登在學術期刊中而與臺灣文學相關的論文共有三五七八筆，[9]52 年來平均每月發表五篇以上。學位論文自 1979 年到 2010 年 7 月止，共有一〇四八篇，碩士論文九五八篇，博士論文九十篇，[10]二十一年來平均每月出產近三篇學位論文，

---

8 民國 94 年國科會曾經委由臺灣大學中文系葉國良老師、張寶三等選擇 90 種中文學門的期刊進行排序（NSC94-2411-H-002-106-），這幾年來新出的期刊相當多，依國家圖書館《臺灣期刊論文索引系統》中〈收編期刊〉的統計有 545種。包括「目錄學總論」5 種；「圖書學」10 種；「國學、漢學」19 種；「普通雜誌」8 種；「學術紀要、學刊」497 種；「中國普通會社」3 種；「群經、群經合刊」2 種；「調查研究報告」1 種。其中有部份已經停刊，有些則漏收，由於沒有一本的詳細查證，更沒有進行市場調查，故曰「幾百種左右」。

9 統計的第一篇是林熊祥：〈邱逢甲在臺灣文學史上之位置〉，《臺灣文獻》第 9 卷第 1 期（1958 年 3 月），頁 11-14。最後一篇是陳金順：〈臺灣人無罪——讀陳雷短篇小說集《阿春無罪》〉，《海翁台語文教學季刊》第 9 期（2010 年 9 月），頁 116-119。

10 這是以「摘要」中出現「臺灣」，同時以「文學」為「關鍵詞」，搜尋「臺灣博碩士論文知識加值系統」獲得的結果。碩士論文：第一篇是王文顏先

這些論文當然包括有臺灣現代文學的研究成果，數量豐厚的研究成果背後，顯示的不僅是臺灣文學議題受到普遍重視的事實，同時也顯示臺灣文學在行銷上的成功，行銷的成功當然不全是經由教育行銷而獲得，但恐怕也不能說完全未受教育行銷之影響，事實上行銷的成功既有一般行銷的力量，同時也需要有教育行銷的力量，兩者表現的是一種相輔相成的關係，但教育行銷更可能在基本需要的認知上與引導需要上，扮演著比一般行銷更重要的角色地位。

　　教育行銷的執行，學術行銷外還有教學行銷，主要表現為：（一）教科書指定的行銷；（二）教師講述的行銷等兩種類型。教師上課講述的行銷類型，雖然無法進行有效的討論，但行銷的功能應該可以推得，同時教師講述行銷根據的教科書，雖然大學以上依授課教師自由選擇，但至少使用審定本的國中、高中國文教科書，由於統一考試的需要，以及市場競爭關係，範文選擇與內容解說，不得不有比較固定的相近範圍，這個固定範圍雖非絕對，但也不可能有太大變動，因而可以進一步討論。臺灣現代文學的教育行銷，依據教育制度的狀況，最初出現的時間是國中時期，接著是高中，最後纔是大學，接著分流而往學術專業研究的範圍發展。教育行銷的共同範圍，大致是由國中、高中到大學階段。研究所專業研究臺灣現代文學者，必須開始寫作論文或專書，於是從純粹消費者的身分，逐漸轉變成綜合消費者與行銷者身分的人。考察研究生選擇以臺灣現代文學做為學術研究的專業，雖無法有效證明與大學之前教科書和教師講述的教育行銷絕對相關，同時兩者間關係在現階段的研究方法下，確實無法有效進行實質的研

　　生：《臺灣詩社之研究》（臺北：國立政治大學中國文學研究所碩士論文，1979 年）；最後一篇是陳聰明：《鍾理和及其散文研究》（高雄：國立高雄師範大學國文教學碩士班論文，2010 年）。博士論文：第一篇是廖振富：《櫟社三家詩研究——林癡仙、林幼春、林獻堂》（臺北：國立臺灣師範大學國文學系博士論文，1996 年）；最後一篇是柯喬文：《「五四」與臺灣文學／文化運動（1915-1945）》（嘉義：國立中正大學中國文學研究所博士論文，2010 年 7 月）。

究，因而無法提供絕對性的答案，但恐怕也不能完全排除教育行銷是導致研究生選擇研究臺灣現代文學的一項因素，如此推測應屬可接受的合理範圍。

學術行銷和講述行銷的研究探討，由於涉及層面相當廣泛，現今的研究工具亦有不足之處，因此暫時不加討論。以下即根據國中與高中教科書收錄的範文，統計出現在國文教科書內的臺灣現代文學作家狀況，以了解臺灣現代文學作家中有那些人的作品，成為私人出版社向近二百萬未成年學生行銷的商品。

國中國文教科書根據國立編譯館公布的資料，審查通過的有：育成書局、南一書局、康軒文教事業公司、翰林出版事業公司等四種版本，以下即以這四種版本為討論根據。歸納統計的對象以二十世紀以後臺灣的本土作家為限，[11]不包括生平不詳如甘績瑞者，單位如「張老師」之類；同時也不包括余秋雨、馮至、夏衍、秦牧、何仲英、何其芳等大陸作家。至於作品在臺灣頗有市場的陳之藩、張愛玲、陳醉雲、夏小舟、吳魯芹、李黎（鮑利黎）……等海外作家，若從市場商品流通的角度，當然也可以歸入臺灣作家之列，不過由於這類作家身分屬性認同上充滿不確定性，故而暫時不列入。但基於「文化研究」的視野，就是一種把文體從「純粹中突圍出來，走向邊界模糊的雜文學」的考慮，[12]因此會將曾志朗、王溢嘉、李家同、王邦雄……等等非傳統意義下的作家列入統計。再者各出版社居於市場競爭的實際狀況，因應升學考試的需要，銷售經營策略的考慮，因而每三年一梯次

---

[11] 這個限制主要是為了研究討論上純粹性質的需要而設，並不涉及政治認同的問題。筆者向來認為現代人參與政黨投入政治本都是一種追求利潤的投資行為，因此就像尊重投資客買賣股票一樣，每個人的投資行為當然都應該受到同等尊重，筆者因此也尊重那類把文學當政治宣傳工具的研究方式，但向來也主張文學歸文學，政治歸政治，不宜混淆，這也就是本文不涉入政治相關議題討論的原因。

[12] 蔣述卓：〈《文學與文化研究叢書》總序〉，收入胡志穎：《文學彼岸性研究：中國古典文學彼岸性問題的一種文化哲學闡述》（北京：中國社會科學出版社，2003 年 6 月），頁 2。

都會進行小幅度的調整：或者變換文章的次序、或者調換各冊收錄的
文章、或者增減一兩篇範文、或者修改解釋與題解等，總之就是要讓
舊版本無法繼續使用，以達到強迫每梯次學生，必須購買教科書的唯
一賺錢目的，這當然是書商藉由公權力的讓渡，光明正大的獲利途徑。
因此各種版本每冊的範文，並沒有絕對固定的次序和篇章，不過基於
商業投資的考量，變動的幅度自然也不可能太大。由於本文主要從「統
編本」消失後的整體表現入手，儘量以呈現全部教科書狀況為原則，
因此只要曾出現在此後國中與高中國文教科書的全部作家，[13]均列為
討論的對象。現行四種國中國文教科書版本收錄的作家名錄如下：

國中國文課本選錄的作家名錄

版本	選錄的作家
南一本	王溢嘉、王鼎鈞、古蒙仁、白靈、向陽、余光中、宋晶宜、李家同、李捷金、李魁賢、杏林子、周芬伶、林良、林雙不、侯文詠、洪醒夫、徐仁修、張曼娟、張曉風、張騰蛟、梁實秋、陳火泉、陳幸蕙、陳冠學、陳黎、曾志朗、琦君、楊喚、廖鴻基、蓉子、劉克襄、藍蔭鼎、琹涵。
育成本	文曉村、王鼎鈞、向陽、艾雯、余光中、吳晟、李魁賢、李潼、杏林子、周芬伶、林良、林錫嘉、邵僩、夏曼·藍波安、奚淞、席慕蓉、張曉風、琦君、楊牧、楊喚、鄭愁予、鍾怡雯、韓韓（駱元元）、簡媜、羅蘭、琹涵。

13　這是指民國85年以後，各出版社教科書選錄的所有作家而言，這就是本文沒
　　有註明各教科書出版時間的原因。本文所以不採用「開放民間編輯」一詞，乃
　　因編輯教科書必須合格出版社，還涉及升學與就業考試及商業行銷問題，並非
　　人人都能編教科書，學校真的可以自由選擇教科書，事實上並不存在這樣的「民
　　間」。倡導這類「虛假民間」觀念者的理由是「自由民主」，實質的收穫是「商
　　業利益」。除非沒有升學與公務任職的「聯考制度」存在，否則永遠不可能有
　　真正「百家爭鳴」與「各自為政」的教科書，「一綱多本」不過是個自欺欺人
　　的理想而已，最後必然變成「多本一缸」，和統編本時代差不了多少。唯一不
　　同的是「舊書」不能再用，每梯次學生必須重新購買新書，「自由開放」的指
　　標，不過是消滅統編本而已，最終則是淪為幫書商製造商機的口號，教育並未
　　因此而更自由開放。這方面問題已有不少的討論，然可再討論者依然不少。

康軒本	三毛、王溢嘉、王鼎鈞、古蒙仁、白靈、艾雯、余光中、吳晟、宋晶宜、杏林子、亞榮隆‧撒可努、林懷民、南方朔、柯裕棻、洪醒夫、洪蘭、席慕蓉、徐仁修、張文亮、張曉風、張騰蛟、梁實秋、陳火泉、陳幸蕙、陳冠學、陳黎、渡也、琦君、楊喚、路寒袖、廖玉蕙、廖鴻基、蓉子、褚士瑩、劉墉、鄭愁予、簡媜。
翰林本	王溢嘉、瓦歷斯‧諾幹、白靈、艾雯、余光中、吳念真、吳晟、宋晶宜、杏林子、周芬伶、侯文詠、洪醒夫、凌拂、席慕蓉、徐仁修、商禽、張文亮、張春榮、張曉風、張騰蛟、梁實秋、陳火泉、陳幸蕙、陳冠學、陳黎、幾米、曾志朗、琦君、楊喚、楊逵、路寒袖、蓉子、劉墉、蔡昭明、蕭蕭、羅門、羅蘭。

　　歸納前述四種版本出現的作家共有七十人。出現的實況是：（一）四個版本均出現的有：余光中、杏林子（劉俠）、張曉風、琦君（潘希珍）、楊喚等五位。（二）出現在三個版本的有：王溢嘉、王鼎鈞、白靈（莊祖煌）、艾雯（熊崑珍）、吳晟、宋晶宜、周芬伶、洪醒夫、席慕蓉（穆倫‧席連勃）、徐仁修、張騰蛟、梁實秋、陳火泉、陳幸蕙、陳冠學、陳黎（陳膺文）、蓉子（王蓉芷）等十七位。（三）出現在兩個版本者為：古蒙仁、向陽（林淇瀁）、李魁賢、林良、侯文詠、張文亮、曾志朗、路寒袖（王志誠）、廖鴻基、劉墉（劉鏞）、鄭愁予（鄭文韜）、簡媜（簡敏媜）、羅蘭（靳佩芬）、琹涵（鄭頻）等十四位。（四）僅出現在一家者有：三毛（陳平）、文曉村、瓦歷斯‧諾幹、吳念真、李家同、李捷金、李潼（賴西安）、亞榮隆‧撒可努、林錫嘉、林雙不（黃燕德）、林懷民、邵僩、南方朔（王杏慶）、柯裕棻、洪蘭、凌拂（凌俊嫻）、夏曼‧藍波安、奚淞、商禽（羅顯烆）、張春榮、張曼娟、幾米（廖福彬）、渡也（陳啟佑）、楊牧（王靖獻）、楊逵、廖玉蕙、褚士瑩、劉克襄（劉資愧）、蔡昭明、蕭蕭（蕭水順）、鍾怡雯、韓韓（駱元元）、藍蔭鼎（石川秀夫）、羅門等三十四位，這是屬於國中國文的部份。

　　臺灣的普通高中和技職高中的國文稍有差別，然由於普通高中在國文教學時數上要求較高，講授的範文自也相對增多，並且由於技職

高中教學的重點，主要在專業技術的養成，國文等科目只要維持最基礎的了解即可，並不需要特別的強調加強，同時多數高職國文教科書的範文，多與普通高中國文教科書相同，普通高中國文教科書收錄的範文與作家，大致可以涵蓋技職高中，故而本文即以普通高中國文教科書為討論範圍。根據國立編譯館公布的訊息，普通高中國文課本審定通過的有三民書局、南一書局、康熹文化事業公司、翰林出版事業公司、龍騰文化事業公司等五家。這五家出版社都擁有各自的編輯群，再者由於涉及臺灣現代文學的作品，並非教育部提供選讀的範圍，各家出版社因此在理想上都擁有絕對自主選錄的自由，選擇作家因而是市場競爭下，一種行銷考慮下的結果，並不是強制規定的表現。市面上五種不同版本普通高中國文教科書收錄的作家狀況如下：

普通高中國文課本選錄的作家名錄

版本	選錄的作家
三民本	心岱、王邦雄、王鼎鈞、瓦歷斯·諾幹、白先勇、白萩、向陽、余光中、吳晟、李魁賢、周芬伶、林文月、林泠、林雙不、阿盛、洪素麗、洪醒夫、商禽、尉天驄、張曉風、張錯、梁實秋、郭鶴鳴、陳列、陳芳明、陳冠學、傅佩榮、曾昭旭、琦君、黃永武、黃春明、愛亞、楊牧、楊逵、雷驤、廖鴻基、蓉子、劉靜娟、鄭愁予、鄭寶娟、蕭蕭、賴和、龍應台、鍾理和、簡媜、羅門、蘇紹連。
南一本	王鼎鈞、瓦歷斯·諾幹、白先勇、白萩、向陽、朱天心、余光中、吳晟、周芬伶、林文月、阿盛、洪醒夫、夏宇、夏曼·藍波安、張曉風、梁實秋、陳列、陳芳明、琦君、黃春明、逯耀東、楊牧、楊華、劉克襄、鄭愁予、鄭烱明、夐虹、賴和、龍應台、鍾理和、簡媜、蘇紹連。
康熹本	王溢嘉、白荻、向陽、余光中、李魁賢、亞榮隆·撒可努、周夢蝶、林文月、林文義、林亨泰、林泠、林耀德、柯裕棻、洪醒夫、紀弦、唐捐、夏宇、夏曼·藍波安、席慕蓉、徐仁修、張曉風、梁實秋、許達然、陳列、陳冠學、陳黎、琦君、馮青、黃春明、楊牧、楊逵、廖鴻基、蔣勳、鄭愁予、龍應台、鍾理和、簡媜、羅智成、蘇紹連。
翰林本	王鼎鈞、瓦歷斯·諾幹、白先勇、白萩、余光中、林文月、洪素麗、洪醒夫、洛夫、紀弦、席慕蓉、張曉風、梁實秋、莊裕安、陳列、陳

	芳明、陳冠學、琦君、黃春明、逯耀東、楊牧、廖鴻基、鄭愁予、賴和、龍應台、鍾怡雯、簡媜、瘂弦。
龍騰本	方思、司馬中原、白先勇、余光中、吳晟、吳濁流、林文月、林亨泰、林泠、林海音、阿盛、洪素麗、洪醒夫、孫大川、張曉風、張繼高、梁實秋、莫那能、陳列、陳義芝、琦君、黃春明、楊牧、劉克襄、蔣勳、鄭清文、鄭愁予、賴和、龍應台、鍾理和、簡媜。

　　以上五種版本普通高中國文總共收錄臺灣作家八十人。出現在書中的實際表現是：（一）五種版本均出現者：余光中、林文月、洪醒夫、張曉風、梁實秋、陳列、琦君、黃春明、楊牧（王靖獻）、鄭愁予、龍應台、簡媜等十二位。（二）出現在四種版本者：白先勇、白萩（何錦榮）、賴和、鍾理和等四位。（三）出現在三種版本者：王鼎鈞、瓦歷斯‧諾幹、向陽、吳晟、林泠（胡雲裳）、阿盛（楊敏盛）、洪素麗、陳芳明、陳冠學、廖鴻基、蘇紹連等十一位。（四）出現在兩種版本者：李魁賢、周芬伶、林亨泰、紀弦（路逾）、夏宇（黃慶綺）、夏曼‧藍波安、席慕蓉、逯耀東、楊逵、劉克襄、蔣勳等十一位。（五）僅出現一個版本者：心岱（李碧慧）、方思、王邦雄、王溢嘉、司馬中原、朱天心、吳濁流、亞榮隆‧撒可努（戴自強）、周夢蝶、林文義、林海音、林雙不（黃燕德）、林耀德、柯裕棻、洛夫（莫運端）、唐捐（劉正中）、孫大川、徐仁修、商禽（羅顯烆）、尉天驄、張錯（張振翱）、張繼高（吳心柳）、莫那能（曾舜旺）、莊裕安、許達然、郭鶴鳴、陳義芝、陳黎、傅佩榮、曾昭旭、馮青（馮靖魯）、黃永武、愛亞（李丌）、楊華（楊顯達）、雷驤、蓉子、劉靜娟、鄭清文、鄭寶娟、鄭烱明、敻虹（胡梅子）、蕭蕭、鍾怡雯、羅門（韓仁存）、羅智成、瘂弦（王慶麟）等四十六位，這是普通高中國文部份的表現。

　　歸納現行國中與普通高中國文選錄的臺灣現代文學作家，總共有一二四位，同時出現在國中與普通高中國文者，有：王溢嘉、王鼎鈞、瓦歷斯‧諾幹、向陽、余光中、吳晟、李魁賢、亞榮隆‧撒可努、周芬伶、林雙不、柯裕棻、洪醒夫、夏曼‧藍波安、席慕蓉、徐仁修、

商禽、張曉風、梁實秋、陳冠學、陳黎、琦君、楊牧、楊逵、廖鴻基、蓉子、劉克襄、鄭愁予、蕭蕭、鍾怡雯、簡媜、羅門等三十一位。臺灣制式教育內，國中義務教育與普通高中教育的國文教科書，各出版社選錄的現代臺灣文學作家的實際表現狀況如上。

臺灣制式教育的學習過程中，大學與研究所的專業開課，以及學術研究的論文表現等等，針對的可能是一本書或一位作家，毫無疑問是一種比較整體性的行銷行為。至於國中、高中的國文教科書，提供的作品固然只是一篇或二篇，但無論是教師動態講述的過程，或者課本及參考書的靜態紹介，基本上也都是一種相當明顯的行銷行為。理由是教師與課本、參考書等都必然要針對作品進行賞析解說，解說之際必然也要介紹生產該作品的作家，在介紹作家的過程中，不免就會連帶陳述與說明該作家的種種文學事功，例如獲得文學獎項的訊息，重要的作品，寫作或其他方面的表現與成就等等正面的訊息。在這個動態講述與靜態介紹的過程中，無論是有意或無意其實就都已經在進行實質的行銷，這就是一種教學行銷行為，這種教學行銷的行為，當然包括了大學與研究所的開課講學行為。

臺灣社會的就學率一向甚高，國中是人人必讀的義務教育，根據前述資料可知就讀高中職者，佔義務教育學生數的百分之九十以上，大專院校的學生更是高中職學生的一‧三倍左右，可知教育行銷對象的全民性與全面性。教科書內收錄臺灣現代文學作品，經由正式的國中到高中到大學的教育行銷，使得原來無心注意臺灣現代文學作品的人，因此知道這些被選錄的作品及其作家，其中當然會有因此而引發閱讀臺灣現代文學作品興趣的人，甚至也會有更進一步希望研究臺灣現代文學的人出現。亦即經由學校的教育行銷作用，使得臺灣現代文學的曝光率增高，每年三百萬左右在學的學子，即使沒有特別用心，但也絕對不會感到陌生，因此就很有可能成為臺灣現代文學的消費者與推廣者，注意的人越多則投入生產和研究的人，相對的也就有越來越多的趨勢，研究者多更會刺激學術研究的熱度，論文的產出數量因

而增多，臺灣現代文學的地位，因而也就越來越鞏固。再就實際閱讀選擇的角度而論，當消費者準備購買文學書籍時，很自然就會從自己比較熟悉的作家入手，這種熟悉感雖不必然對產品產生「忠誠度」，但卻很有可能因為熟悉的「慣性」關係，比較容易接受同類或同一位作家的產品，即使不經過特別的推銷，購買之際不免自覺或不自覺選擇那類曾在學校教育中提及的作家，因而有助於該作家產品的銷售，這些推論固然無法提供實證數據，但恐怕也很難排除這種合理推論的有效性。可知教科書選錄的作家，具備有影響消費之際優先選擇的作用力，這也就是教育行銷存在的作用與功能，這種功能與一般市場的行銷，形成一種相輔相成的效果，共同構成影響或增強臺灣現代文學產品的市場需求深度。

三、教育行銷的省思

　　臺灣現行的教育制度之下，即使是《憲法》規定國家必須負擔的國民義務教育，國家也早就將其權力讓渡給特定的私人出版社，因此所有學生使用的教科書，就成為書商投資以獲取利潤的商品，教科書於是成為具備營利功能的文化商品，學校的教學講課行為，無形中就成為協助書商推銷產品的教育行銷行為，這種特定行銷行為的實際運作狀況及功能，經由前文簡單的論證，應該可以獲得部分的證實。透過學校教育方式而進行教育行銷，以達到推銷某種特定文學產品的目的，自然不是始於現代的臺灣，就二十世紀以來實際表現的狀況論之，最早利用教育行銷以推銷文學產品的行為，實際上始於五四新文化運動以後，當時熱心想要解救中國的新文化人物，基於教育救國的理想觀點，因而利用學校教育課程，進行白話新文學作品的推廣，亦即所謂「新文學」或「現代文學」作品的閱讀。當時經由教育行銷方式的運用，再結合其他種種的相關因素，終於使得傳統古典文學在一般教

育的教學課程中，從主要地位退居為次要地位，現代文學則從非教育重視的邊緣地位逐漸上升，終至於取代傳統文學，成為獨霸一般基礎教育本國語文教導地位的局面。造成現代新文學全面勝利的因素，雖然絕不會僅單純的由某個唯一因素促成，但利用各級學校進行教育行銷的方式，絕對是其中非常重要的因素，就是因為透過教育的行銷，纔使白話文學最終取代傳統古典文學，並成為現代人出產與消費文學作品的普遍現象。[14]不過臺灣現代文學的教育行銷，雖然昉於新文化運動以來的方式，但在實際的意圖與運作方式上，自有其不同之處。就行銷意圖而言，早期為推廣白話文而進行的教育行銷，推廣者雖然也可能有營利的考慮，但基本上還是以教育為優先考慮。臺灣現在的社會已無推廣白話文的教育意圖，出版社、作家與編輯群更是名符其實的文化產業聯盟，教科書也是名符其實的文化商品，因此教育意圖的優先性，絕對比不上營利意圖重要。從各出版社並不是因為有新編輯方針或教育理由而大幅度修改教科書，只是每梯次刻意小幅度改變內容，以便斷絕學生使用舊課本的機會，就能了解各出版社以營利為優先的實際考量。

　　教育行銷是依附於教育場域而存在的特殊行銷方式，教育場域最重視的是恰當知識的傳授與獲取、健全人格的培養與發展等教育基本原則的發揮，從這個角度檢證教育行銷的方式，顯然有一些值得注意之處。教育行銷與一般市場行銷方式的主要差別，就在於行銷環境與行銷過程的不同，在教育行銷中，書商擁有一般行銷沒有的國家讓渡的公權力，這種公權力逼使學生失去應有的基本權力，甚至教師的教學自由也受到影響，兩種不同行銷方式權力運作關係的狀態，以下列表比較之。

---

[14] 新式教育對「新文學」成功的變為全民普遍接受的文學樣式的促進功能，可以參考李宗剛：《新式教育與五四文學的發生》（濟南：齊魯書社，2006年9月）一書的討論，其中第二章談課程、第四章談教師、第五章談學生、第六章談學校及傳媒等「公共領域」，均值得參考。

行銷方式的權力關係比較

	一般行銷	教育行銷
購買權	自由購買	規定購買
閱讀權	自由閱讀	指定閱讀
詮釋權	自由詮解	特定解說
記憶權	自由記忘	強迫記憶
接受權	自由拒絕	無權拒絕

　　經由上述簡單比較，可見兩種不同行銷在權力關係上，有明顯兩極化的差別，一般市場行銷乃商家提供商品，供消費者自由選擇購買，消費者擁有絕對的選擇權；教育行銷則強迫消費者必須無條件接受商家提供的商品，一般行銷的選擇主導權在消費者，教育行銷的選擇主導權偏向於商家。觀察前述的比較後，可知從購買、閱讀、詮釋、記憶和接受等選擇權力上，消費者面對一般行銷時可以「主動選擇接受」，面對教育行銷時就只能「被動強迫接受」。此種在行銷上「主動」與「被動」的差別，事實上就是「強迫」的不尊重和「自由」的尊重之差別。從教育學習原則的角度論之，此種差別關涉到教育基本精神是否有效落實的實質問題。教育部公布的〈國民中小學九年一貫課程綱要〉課程理念就有「尊重個性發展，激發個人潛能；涵泳民主素養，尊重多元文化價值」和「培養獨立思考與解決問題的能力」的要求與目標，國文科的學習也強調要「拓展多元視野，培養自學的能力。」〈普通高級中學課程綱要總綱〉也說要「增進民主法治的精神」，在2010 年 9 月 7 日發佈的〈國文科課程綱要〉也有「尊重多元精神，啟發文化反思能力」的目標，可見各級學校的場域，本多以講求尊重和自由為前提，以培養自由民主精神為重點，以養成「身心健康，術德兼修、五育並重」等健全人格的現代公民為目的，但就教科書的教育行銷隱藏的權力運作關係觀之，則顯然很難符合前述的教育基本精神與目標，這是教育行銷探討下的第一點省思。

　　國民義務教育和高中教育的對像是未成年人，因此是學習良好習慣的基礎教育場所，在建立良好基礎的前提下，自然可以有類似傳統官方基於「教化」的考慮，因而先行幫助人民篩選閱讀書籍的行為。中國歷史上官方「好心的」協助人民，幫忙篩選可閱讀書籍與不可閱讀書籍者，表現最明顯的就是清朝乾隆帝（1711-1799）命令紀昀（1724-1805）等編輯《四庫全書總目》一事，但從歷史呈現的事實可以得知，這種「好心的」考慮，如果執行不當則反而造成不良的後果，至少也會有箝制思想而導致思想僵固的危險，教育行銷固然沒有箝制思想的直接意圖，但造成的後果則不免有導致思考僵固的傾向。教育行銷方式下的教科書，閱讀理解都是由教師、編輯者或文章作者直接提供訊息，[15]學生只能根據教師、編輯者和作者的觀點閱讀了解，根本沒有機會自由解讀、自由發揮聯想，更不能提出或接受不同的想法，否則考試恐怕就很難過關了，因此學生閱讀的消息已經被這些權力階級壟斷，解釋當然也早就被嚴格規定了，這種狀況豈非有點和清朝人在閱讀「御製」的《四庫全書總目》一樣，只能接受不能質疑，更遑論反對了。如果現代教育的目標確實是要「拓展多元視野，培養自學的能力」，是要「尊重多元精神，啟發文化反思能力」，則何以不能讓教師與學生平等的面對原始文本，教師、編輯和作者當然可以提供某些初步或粗略的觀點，但卻不能因此限制學生自由發揮的解讀。這種由教師等替代學生決定如何解讀文本，甚至由書商決定學生讀那些文章的狀況，使得教師與學生既無法根據自己的喜好方式閱讀，更不可能憑藉自己的直覺解讀，無論教師和學生都只能接受「別人」替代自己選擇的好書或壞書，同時學生更必須接受「好心的」教師提供的觀點，教師則恐怕也很難逃脫「好心的」編輯和作者提供的觀點。綜合

---

[15] 私人出版社聘請的普通高中國文的編輯群，就有不少臺灣文學的作家，編輯教科書時不免也要收錄自己的作品，既然是自己的作品，則合理的推測，「作者欄」和「題解欄」和《教師手冊》，恐怕需要原作者自己編寫了，所以纔說「作者直接提供」。

這些方面表現的「好意」觀之，則主管教育的官員就像清朝乾隆帝一樣，教師和編輯群就像編輯《四庫全書總目》的「四庫館」紀昀等官僚一樣，兩者共同想盡辦法要幫學生決定該讀那些書？不該讀那些書？以及如何解讀纔是正確的閱讀，幾乎不容許有自由解讀的空間。[16]然後平時考試和升學考試就如同科舉考試一樣，只能順著「規定的」詮解方向作答，決不容許自由或違逆性的發揮。於是本來想培養學生「獨立思考與解決問題的能力」和「啟發文化反思能力」的國文教學，最終卻是讓學生變成接收器、變成儲藏器，於是失去自由思考、自由解讀、自由聯想等等的基本能力，既無法達到培養自由思考、獨立人格的基本原則，更嚴重違反文學閱讀的自由基本原則，這是教育行銷探討下的第二點省思。

　　純就提供引導青年學子良好恰當思想觀點的角度思考，則面對教科書的重點，當然可以不在用何種行銷方式，而在於行銷者提供的是何種內容。如果確定提供的商品確實具有重要或唯一的價值，因而可以有效達成學校教育想要或需要提供給學生的內涵，則不管用什麼媒介或方式行銷，當然不會是個大問題。但臺灣教科書的書商與作者提供的內容，是否確實符合全民需要且具有全面性價值的文學產品？臺灣現代文學的生產者產出的作品價值有多高？書商選擇的對象都是臺灣現代文學最佳的典範嗎？選擇的標準何在？這些問題其實都應該列入評價與選擇教科書的考慮中。因為當教科書成為一種商品，成為一種營利的工具之後，如果教科書品質與商業利潤發生嚴重衝突時，書商真的願意犧牲利潤而追求品質嗎？那麼獲得文學獎項，是否也是高品質文學創作的一種保證？事實上任何文學獎項都有其特定的目的和特殊的喜好，很少能確確實實做到絕對性的客觀。再者多數合格或優

---

[16] 《四庫全書總目》替代人民篩選該讀、可讀或不該讀書籍或內容的說明，拙著：〈從「現代經濟理論」論《四庫全書總目》：經濟學及其相關概念與傳統中華文化研究〉，《故宮學術季刊》第 26 卷第 1 期（2008 年 9 月），頁 133-169 一文，有較詳細的說明。

良的作家，雖也會計較一時的市場需要，但也絕不會完全以迎合大眾
需求為唯一目標，多數合格的作家寫作時，大致會有一定的目的，會
有一定的預設讀者群，不會像當皇帝一樣立志要成為「全民典範」。文
學家一旦想要成為「全民典範」，要想服務所有層次的讀者，想要抓住
每個階層群眾的心，則必然要犧牲內容，只能剩下可以賣錢獲利的部
分，這種大小通吃的心態一旦出現，必然導致結構性的庸俗走向。能
夠被書商選中的文學家，當然不至於如此墮落，既然合格與優良的作
家，不至於走向完全的庸俗，因此可以證明文學獎項獲獎的作品，確
實僅是獲得社會部分群眾的青睞，不可能符合全民典範的需要。就是
說獎項評審者青睞的作品，不太可能具有「全民性」的價值，既然不
是具備全民共通性價值的作品，則是否有必要透過教育的強制力要求
全國學生閱讀？是否具備有必須借用公權力強迫學生接受的價值地
位？這應該是相當值得注意的重要問題。但這部分的問題，似乎多數
人並不覺得有多嚴重，好像只要受到書商聘請的編輯群喜好青睞，甚
至是編輯群成員自己提供的作品，即可理所當然的擁有此種教育行銷
意義下強迫推銷的權力，至於學生受教的權益、教師教學的權利與責
任，當然也就在此種教育環境中被擱置或犧牲了，這是教育行銷探討
下的第三點省思。

　　教科書的教育行銷或許帶來某些負面訊息，但教科書也並不必然
毫無正面的學習意義或價值，由於臺灣現代文學作品的收錄，本就可
由各出版社自主選錄，因此即使是以營利為終極目標的私人出版社，
如果在編輯教科書之際，能夠自覺的進行系統性的編輯安排，則透過
教科書收錄的範文和「題解欄」、「作者欄」，還有「問題與討論」的設
計，其實也可以提供學生一個類似文學史的認知架構。觀察前述出版
教科書的書商，至少有翰林出版事業公司和南一書局等兩家，同時發
行國中版與高中版的國文教科書，如果編輯群當初在編輯選錄範文之
前，能夠先有一個系統性呈現臺灣現代文學發展的概念做為指導原
則，然後透過十二冊教科書篩選作家與文章的妥適安排，應該可以建

構完成一個比較整體性的「臺灣現代文學史」的內容。其他出版社雖然沒有十二冊的安排空間，但六冊的作家選錄安排，應該也可以粗略的顯示或呈現臺灣現代文學發展的概況。再者即使各出版社編輯群都沒有建構系統「文學史」的認知，但如果能夠對選錄的作品和作家，進行比較客觀深入的評論，則也有可能建構出一個臺灣現代文學批評史的基本架構，即使無法達成系統性的批評史架構，至少也可以引導學生了解或建立文學批評基本概念的功能，甚至可再進一步引導學生學習到如何閱讀欣賞與如何篩選評論文本的基本能力。這些能力的培養大致可經由「題解欄」、「作者欄」及「問題與討論」的設計而達成，當然也可以在《教師手冊》內提供這方面的訊息，讓教師自由選擇接受與否。可惜的是幾乎所有現行出版社的教科書，甚至包括學術行銷的專書、學位論文與學術論文，幾乎多以推銷性的「讚美」為研究分析的主軸，很少見到能夠確實認真從客觀學術評論或賞析的角度，進行較為深入的分析說明，以便能夠如實呈現作品與作家之收穫與不足者。出版社聘請的教科書編輯群，或者為學術成就甚高的「學界大老」，或為文學聲名卓著的「著名作家」，然觀察編輯之書缺乏系統性「文學史」或「文學批評史」思考的表現，顯示參與教科書編輯的學者與作家們，並沒能充分發揮各自的學術或創作專業能力，這種表現實在令人覺得相當遺憾。由於收錄臺灣現代文學作品的自主權在編輯群，因此歸納七家出版社五十四冊國文教科書中一二四位臺灣作家出現的狀況，則應該也可以大致了解現行國高中教科書編輯群心目中，有那些作家的文章具有學習與教育的價值，出現在越多家出版社的作家，當然就表示受到編輯群青睞的程度越高，表示這些作家的作品比較符合〈國文科課程綱要〉在「語文教育、文學教育與文化教育」等功能上的要求，因而受到各家出版社編輯群的認同。特別是同時出現在國中國文與高中國文的三十一位作家，竟然可以受到兩個教育層級國文教科書編輯群的認同，應該可以合理推論這些作家在編輯群心目中，甚至可以合理推論在整個臺灣社會的認知中，確實是屬於較重要的臺灣

現代文學作家，否則當不至於如此。這類重要的作家若依照出版社收錄多寡的狀況排列，則最受注目的當是出現在九種版本的余光中、張曉風、琦君；出現在八種版本的洪醒夫、梁實秋；出現在七種版本的鄭愁予、簡媜；出現在六種版本的王鼎鈞、吳晟、陳冠學、楊牧；出現在五種版本的向陽、周芬伶、席慕蓉、廖鴻基；出現在四種版本者有：王溢嘉、瓦歷斯‧諾幹、李魁賢、徐仁修、陳黎、蓉子；出現在三個版本者有：夏曼‧藍波安、楊逵、劉克襄；出現在兩個版本者：亞榮隆‧撒可努、林雙不、柯裕棻、商禽、蕭蕭、鍾怡雯、羅門等。如果前文各出版社編輯群缺乏系統性、整體性編輯考慮的觀察無誤，則各家編輯群此種不自覺出現的重視實況，當該足以顯示這些作家的作品在教育上的價值，同時也可以做為該作家在臺灣社會知名度與重要地位的重要指標。可惜的是前述討論的那些頗具研究參考價值的內容，似乎還沒有人善加利用，這是教育行銷探討下的第四點省思。

　　教科書的評論主要表現在「題解欄」內，各家出版社教科書的編輯群，毫無例外的都會強調關懷生命、培養多元精神與反思能力的重要性與必要性，但可以發現在解讀諸如簡媜〈夏之絕句〉一類的文章時，均只能見到以傷害生命為樂的「人」的喜悅，卻看不到真正對「生命」憐憫愛惜的觀點。面對諸葛亮（181-234）〈出師表〉一類「教忠」的作品時，無論那一家出版的教科書，解說千篇一律的都沒有脫離南宋以後所謂「不墮淚者不忠」，那類絕對擁護統治者的觀點，[17]千年來都只能在這類永恆的解說立場中打轉，從來就沒有從那已經被諸葛亮害得「疲弊」不堪，甚至還必須「出錢獻命」的百姓立場稍作反思者。

---

[17] 南宋青城山隱士安子順（名「世通」或訛作「世道」，1156-1210？）曾經說：「讀諸葛孔明〈出師表〉而不墮淚者，其人必不忠；讀李令伯〈陳情表〉而不墮淚者，其人必不孝；讀韓退之〈祭十二郎文〉而不墮淚者，其人必不友。」見[宋]趙與時：《賓退錄》（臺北：臺灣商務印書館，1986年3月影印文淵閣《四庫全書》本），第853冊，卷9，頁11。安世通生平見[元]脫脫等：《宋史‧隱逸傳》（臺北：鼎文書局，1983年12月新校標點本），卷459，頁13469-13470。

類似內容的還有韓愈（768-824）〈張中丞傳後序〉、全祖望（1705-1755）〈梅花嶺記〉，所有教科書討論張巡（708-757）、許遠（709-757）和史可法（1601-1645）一類「王朝忠臣」時，表達的也都是讚美這些人為一家一姓的「盡忠」，完全看不到有從那些因為這類忠臣而被迫敗家喪命的可憐百姓立場稍作反思者，似乎這些忠臣因為「忠」的需要，就可以理所當然犧牲那些本該由他負責保護的百姓之生命，好像這類為一家一姓與自己聲名犧牲千千萬萬百姓生命的忠臣，真的很值得現代人學習讚美，但卻又看不到這類人值得現代人學習讚美的到底是什麼？一千多年前唐朝曹松（828-903）還能有「一將功成萬骨枯」的反思，[18]現代國文教科書卻似乎連這點最基本反思的能力都沒有，這樣的教科書又如何能夠達到「關懷生命意義，培養優美情操」的教育目標？現行教科書此種只見行銷不見評論，只見零碎收錄不見系統安排，只見多家如一家的內容，只見眾口如一口的解說，顯見編輯安排確實缺乏反思與多元的要求，這樣的教科書養成的恐怕只是一批只會聽話而缺乏思考能力的「愚民」，最多也不過培養出一批具備儲存原料能力的「兩腳書櫥」而已，如何能夠培養出具有關懷生命、多元精神與反思能力的人？這是教育行銷探討下的第五點省思。

　　臺灣現代文學在現行學校教育環境運作之下，構成了一個由國中到高中到大學，甚至到研究所專業研究，持續不斷的教育行銷長路。雖然由於國家讓渡教育公權力給特定書商，書商聘請作家當編輯，作家將自己的產品編入教科書，使得教學行為無形中淪為替作者與書商的免費宣傳，教師成為書商與作者的免費行銷員，學生成為被逼接受書商與作者商品與觀點的無奈消費者，但由於從國中就開始接觸臺灣現代文學作品，因而誠如前文所述，在無形中逐漸培養出一批對臺灣現代文學有興趣的讀者，這對臺灣現代文學的推廣落實，當然是一種

---

[18] [唐]曹松：〈己亥歲二首（僖宗廣明元年）〉，[清]清聖祖敕定：《欽定全唐詩》（臺北：臺灣商務印書館，1986 年 3 月影印文淵閣《四庫全書》本），第1430 冊，卷 717，頁 4。

正面的功能。但比較遺憾的是教科書行銷的觀點，盡是一種以「讚美」為主，諸家幾乎「同步齊一」的相近內容，這種缺乏實質良窳客觀分析的單一觀點，卻也因此而從小到大，連續不斷的對學生「灌輸」，由於人類本就有東漢張衡（78-139）所謂「心是所學，體安所習，鮑肆不知其臭，翫其所以先入」的慣性；[19]或宋朝劉克莊（1187-1269）「學者多以先入為主，童蒙時一字一句在胸臆，有終其身尊信之太過，膠執而不變者」的固著性，[20]甚至有清朝陳壽祺（1771-1834）「先入為主而不改其蔽，窮老盡氣而不悟其非」的惰性，[21]或奧地利動物行為學專家勞倫茲（Konrad Lorenz，1903-1989）所謂「銘記作用」（imprinting），或者所謂「初始印現象」（primacy effect）等先入為主的問題，因而經由學校長期教育行銷的影響，其結果就是使得學生逐漸失去省思的基本能力，養成以接受既有的觀點為滿足，對於事實真相如何幾乎不在意的惡習。因為習慣成自然，自然成理所當然，理所當然的認定一旦形成，反思的意願與能力必然消失，這對學習與研究自然帶來不利的影響，這是教育行銷探討下的第六點省思。

　　教育最基本的關懷，原本就是要形成正面的功能，但由於太過注重正面功能，因而在執行的過程中，不免會形成一種不自覺的事事皆向積極面思考的「偏向」，這種偏向容易導致對「消極面」的視而不見，甚至不願意承認消極面存在的事實。國中、高中國文教科書由統編本走向審定本，自有其正面的時代與教育意義與價值，但不可能全無負面的影響或缺失。例如各出版社編輯群藉著參與教科書編纂的機會而行銷自己的產品，或者出版社透過編輯群行銷自己專屬出版的作品，實際上都是利用教育公權力的保障，透過國家的教育強制權，協助私

---

[19] [東漢]張衡：〈東京賦〉，[梁]蕭統編，[唐]李善注，李培南等標點整理：《文選》（上海：上海古籍出版社，1992年7月），第1冊，卷3，頁132。

[20] [宋]劉克莊：《後村先生大全集・再跋陳禹錫杜詩補註》（臺北：臺灣商務印書館，1979年11月《四部叢刊・正編》本），第63冊，卷106，頁6。

[21] [清]陳壽祺：《左海文集・古文尚書條辨序》（上海：上海古籍出版社，2002年3月《續修四庫全書》本），第1496冊，卷6，頁86。

人獲取利益的行銷行為,當該有值得商榷的餘地,這也就是本文要強調文學行銷的理由。教育行銷就是一種實質上將公共利益轉移給商人,因而成為某些特定商人專屬利益的行為,這在制度上、法律上與教育目標上,其實也都有許多可以再商榷之處。本文就是針對此種過度偏向於積極面思考,因而刻意或不經義遺忘消極面的現象進行反思,提供另一種不同面向的思考,以上六點就是省思的初步結果。

四、結論

臺灣各出版社在教育法規下,通過審定而領有出版執照的國中與高中國文教科書,收錄臺灣現代文學作家的實際表現,以及民國 85 年國家將教育公權力全面性下放,開放私人出版社參與共同必修教科書編輯之後,國文教科書在教育精神上沿襲不改或新出現的問題,教科書成為某些特定出版社的商品之後,導致學校場域的教育行為與學術活動,竟然成為協助商人與作家推銷其產品代言人的教育行銷現象,經由前述宏觀意義下的分析論證,大致可以獲得下述幾點初步的結論:

(一)資本主義運作下的現代市場經濟社會,文學創作不再是以往農業社會那種純粹以追求心靈享受為重心的精神層面之事,文學創作已經成為一種文學產業,一種追求利潤的商業投資營利行為,因此需要經由行銷的手段銷售產品。文學產品的行銷除一般市場的普通行銷管道以外,另有一種透過教育系統的特殊行銷方式,亦即本文所指的「教育行銷」。

(二)「教育行銷」指的是發生在學校教學場所和學術場域等特定與特殊環境,經由教學行為與學術活動,因而獲得實質性行銷效果的作為。教育行銷的方式大致可分成學術行銷與教學行銷兩大類,學術行銷主要表現在:單篇論文、學位論文、學術專書等的寫

作及論著引述等方面的靜態行銷。教學行銷包括靜態的指定教科書和動態的教師講述等兩種行銷，本文主要探討國中與普通高中國文教科書在行銷臺灣現代文學作品上可能存在的作用、功能及與教育相關涉的問題。

（三）教育部在民國85年全面開放私人營利出版社參與教科書編輯後，分析討論國中國文與普通高中國文共九種版本結果是：四種版本的國中國文共收錄七十位臺灣現代文學家的作品，四個版本均收錄的是余光中、杏林子（劉俠）、張曉風、琦君、楊喚等五位。五種版本的普通高中國文收錄八十位臺灣現代文學家的作品，五種版本均收錄者有余光中、林文月、洪醒夫、張曉風、梁實秋、陳列、琦君、黃春明、楊牧（王靖獻）、鄭愁予、龍應台、簡媜等十二位。綜合國中與高中九種版本國文教科書收錄的臺灣現代文學家總共有一二四位，國中與高中教科書均出現的有三十一位，出現頻率最高的前十五人是：余光中、張曉風、琦君、洪醒夫、梁實秋、鄭愁予、簡媜、王鼎鈞、吳晟、陳冠學、楊牧、向陽、周芬伶、席慕蓉、廖鴻基等，這十五位作家或者就是各私人出版社國文教科書編輯群認為文章最符合教育需要，以及最具代表性的臺灣現代文學作家。

（四）本文經由實際的歸納分析，以為教育行銷可以省思的問題，包括有：1.強迫接受的問題，缺乏自由尊重的行銷方式，嚴重違背教育的基本精神。2.限制思考的問題，替代學生與教師決定閱讀的文本、閱讀的立場和詮解的方向，箝制學生開發思想的可能性。3.價值難定的問題，編輯群提供的文本，不知標準雲何？因而內容價值無法有效確定。4.缺乏深入的問題，選文具備建構臺灣現代文學史的可能，題解具備建立文學批評概念的可能，但所有版本教科書皆缺乏此種系統性的考慮。5.評價單一的問題，國文教育重在人文精神的培養，因此要求培養多元的精神、關懷尊重生命的態度，但對小生命的關懷度明顯不足，對歷史人物的評價千篇一律，受讚美人物值得學習效法的緣故，缺乏合理有效的分析。6.先入為主的問題，正面的影響是可以培

養研究臺灣現代文學的人才;就負面角度講,則導致以教科書提供的觀點為真理,觀念僵固而難以自我反思。

(五)本文歸納分析臺灣現代文學作家,在現行國中、高中國文教科書出現的實況,檢討說明此種藉由國家教育公權力行銷文學作品存在的事實,有效辨明開放私人出版社參與國文教科書編輯後存在與引發的問題,對於關心臺灣教育和臺灣現代文學的研究者,具有提供不同角度與觀點的功能。所得研究成果,對臺灣教育和教科書的研究者,臺灣現代文學的研究者,尤其是對關心臺灣文學擴散與影響力問題的文學史研究者,都具有提供有效答案的價值,這也就是本文研究的意義與貢獻所在。

參考文獻

一、專書

[南朝‧宋]范曄撰，[唐]李賢註：《後漢書》，臺北：鼎文書局，1991 年 9 月，新校標點本。

[南朝‧梁]蕭統編，[唐]李善注，李培南等標點整理：《文選》，上海：上海古籍出版社，1992 年 7 月）。

[宋]趙與時：《賓退錄》（臺北：臺灣商務印書館，1986 年 3 月，影印文淵閣《四庫全書》本。

[宋]劉克莊：《後村先生大全集》，臺北：臺灣商務印書館，1979 年 11 月，《四部叢刊‧正編》本。

[元]脫脫等：《宋史》，臺北：鼎文書局，1983 年 12 月，新校標點本。

[清]清聖祖敕定：《敕定全唐詩》，臺北：臺灣商務印書館，1986 年 3 月，影印文淵閣《四庫全書》本。

[清]陳壽祺：《左海文集》，上海：上海古籍出版社，2002 年 3 月，《續修四庫全書》本。

胡志穎：《文學彼岸性研究：中國古典文學彼岸性問題的一種文化哲學闡述》，北京：中國社會科學出版社，2003 年 6 月。

李宗剛：《新式教育與五四文學的發生》，濟南：齊魯書社，2006 年 9 月。

[美]約翰‧麥斯威爾‧漢彌爾頓著，王藝譯：《卡薩諾瓦是個書癡：關於寫作、銷售和閱讀的真知與奇談》，北京：三聯書店，2008 年 4 月。

梁超：《時代與藝術：關於清末與民國「海派」藝術的社會學詮釋》，杭州：中國美術學院出版社，2008 年 10 月。

二、期刊論文

陳順龍：〈From Reading to Hear-Say：Hemingway's Literature Marketing Strategy in Allying the Readers Against the Critics〉，《東海大學文學院學報》第 44 卷（2003 年 7 月），頁 309-337。

楊晉龍：〈從「現代經濟理論」論《四庫全書總目》：經濟學及其相關概念與傳統中華文化研究〉，《故宮學術季刊》第 26 卷第 1 期（2008 年 9 月），頁 133-169。

吳哲夫師：〈宋代的圖書出版行銷術〉，《書目季刊》第 42 卷第 4 期（2009 年 3 月），頁 55-72。

張韶祁：〈論宋元兩代書賈的行銷策略──以《書林清話》、《書林餘話》內容為範圍〉，《書目季刊》第 43 卷第 1 期（2009 年 6 月），頁 15-30。

■ ■ ■
語文產業

產業化時代的語文與語文的產業化
——從描述義與建構義論語文產業

楊秀宮

樹德科技大學通識教育學院

摘　要

　　本文主旨在於探討「語文」與「產業」的關係，分別從「產業化的語文」和「語文的產業化」來說明。由於「語文」與「產業」有不同的聯結關係，致使其所扮演的角色與任務亦有差異。「語文」作為推介「產業」的用途時，它所表現的是描述的功能。而當「語文」本身作為產業的內核來論時，它所具備的「建構性」就不可以加以輕忽。在論述並期許「語文產業化」的同時，必須強調的除了以語言文字所形構的「文本」、「產品」外，筆者提出一個呼籲，亦即以「語文教育」作為「語文產業化」的必要條件，並以「人」作為「語文產業化」的最重要產出。各章節安排如後：一、前言，二、三種類型的語言形成觀與效用：（一）從「實存的感召」來論、（二）從「跟他人對話」焦點來論、（三）轉向「話語」焦點來論，三、語文與產業的關係：（一）何謂產業、（二）認識與檢別文化創意產業、（三）產業時代的「語言」描述「產業」，四、語文的功能：描述與建構：（一）對於知識的記載與傳遞、（二）對於真理的建構或言說，五、以「語文」作為核心的語

文產業，六、語言建構功能所成就的「語文產業」，七、結論：「語文產業化」的重要產出是「人」。

關鍵詞：語文、產業、語文產業化、描述、建構、語文教育

一、前言

「語文」一詞在以「語文產業」作為論述的核心時，主要是界定為語言文字，文中以「語言」是先於文字存在而來議論，因此語言可以有效之處，文字隨語言而成文，也就視為具有同等效能。題目設定以「語文」與「產業」兩個概念為主，相關於這兩個概念的語詞，文中提到的除了「產業時代的語文」、「語文的產業化」外，還有「文化創意產業」用作參照比較。雖然語文和文化有相當密切的關係，但是兩者的關係卻不列為論述焦點。所以論述「語言」與「產業」關係才是本文的宗旨所在。

二、三種類型的語言形成觀點與效用

人為什麼創造語言？在此略舉三種類型作說明。第一種類型，人類所以要創造語言，除了受到「實存的感召」，恐怕還得先認定語言的價值高於一切。第二種類型，人類創造語言，直接的目的應該就是要「跟他人對話」。[1]第三種類型，則是從第二種類型「跟他人對話」的模式往「話語焦點」的方向靠攏的說法。關於以上三種類型的語言觀對「產業」與「語文」的影響如何？試析如後。

（一）從「實存的感召」焦點來論

關於受到實感而創造語言的事例，如中國先秦時期的墨家。《墨辯》裡對於「名」、「實」有明確的表述，可以看作是從「實存感召」而舉實予名：

---

[1]　周慶華（1997）：《語言文化學》。臺北：生智文化事業有限公司，頁 45-7。

〈經上〉云：舉，擬實也。

〈經說上〉云：告以文名，舉彼實也。

先有實，後舉名。乃是墨家名實論的特徵，故說：「『實』是第一性的，『名』是第二性的，應當根據實來決定名，即『取實予名』。」[2]墨辯以為命名之初，必由於「實」而來，故告以「名」可以知其「實」，名與實具有對當的關係。故吾人聞名而知其所指。另方面，見「實」而後能命「名」。這是指吾人經由文名而可以察文名所指謂或代表的實事、實物。在共同認可的情形下，文名成了實事、實物的代表，稱其名則必聯想其實。但是，若論名與實何者面，見「實」而後能命「名」。具有先在性，則當是「實」在先而後命之以名。

這個定名方式，在有物有名的前提下是以物實為優先、為第一序。而名則是後於「實」而給予者。

所以謂，名也；所謂，實也。名實，耦合也。(〈經說上〉)

有文實也，而後謂之，無文實也，則無謂也。(〈經說下〉)

名實耦合亦即是名實相連相合，相符之意，有學者指出：「名實相合始能生判斷，二者之耦合，方為真知。設名與實離，用名以亂實，既不能自悟，且不能悟人，故墨子極辯之功能，亦不過『名實耦』之事。」[3]墨家辯學不外乎名實論題，而「實」是先於「名」存在的，「名」是後起的，是對「實」的反映。「名」指的是名稱、概念，「名」的存在必須有所指「實」。[4]換句話說，天地之間有物是再自然不過的現象，

2　周立升（1989）：《春秋哲學》。濟南：山東大學出版社，頁416。

3　姚振黎（1978）：《墨子小取篇集證及其辯學》。臺北：文史哲出版社，頁46。

4　楊秀宮（2009）：〈墨家「名實觀」之研究──從「字義整析」到「名實辨正」的理路說明〉，「『字義』論述：詮釋學與語文教學研討會」（地點：臺北，臺北大學）。

但是物之有名，則須經過人使其「名實耦合」，這種制「名」的經過，亦即是人受到「實存感召」後對語言文字有所貢獻的初始型態。

（二）從「跟他人對話」焦點來論

墨家的名實相耦是以「實存」作為「名」所以產生的依據來說語言（文）的形成。相對於墨家見解，試從中國古代來搜尋答案。荀子在〈正名篇〉敘述了後王成名之經過，歸類出刑名、爵名、文名、散名等。荀子對於「名」的由來解說如後：

> 後王之成名：刑名從商，爵名從周，文名從禮。散名之加於萬物者，則從諸夏之成俗曲期；遠方異俗之鄉，則因之而為通。散名之在人者，生之所以然者謂之性。性之和所生，精合感應，不事而自然謂之性。性之好、惡、喜、怒、哀、樂謂之情。情然而心為之擇謂之慮。心慮而能為之動謂之偽。慮積焉、能習焉而後成謂之偽。正利而為謂之事。正義而為謂之行。所以知之在人者謂之知。知有所合謂之智。智所以能之在人者謂之能；能有所合謂之能。性傷謂之病。節遇謂之命。是散名之在人者也，是後王之成名也。[5]

由於荀子的時代常有「名守慢」、「奇辭起」、「名實亂」、「是非不明」等情形。荀子對於名的貞定相當看重，他既反對玩弄辭句，也不贊成擅作名義等。荀子面對各家各派學說，進行了姦言邪說之廓清。都是表達了他對於社會實踐的關注。而從其對於「社會人群」的學說焦點來論他對於「語文」的重視，自然可以看出他對於「辯」、「說」等「跟他人對話」的重要論點。

---

[5] 《荀子·正名》。

　　名謂除了依循以前的朝代，如刑名從商，爵名從周、文名從禮外，荀子還補充了「約定俗成」的觀點。荀子的說法如後：

　　　　名無固宜，約之以命，約定俗成謂之宜，異於約則謂之不宜。
　　　　名無固實，約之以命實，約定俗成謂之實名。[6]

　　由於約定俗成的觀點的社會意義重大，其中「跟他人對話」的用意更是不可輕忽，因此荀子對於「名」、「辭」、「辯」、「說」等與「名實」或「語文」相關的人類作為與思想相當看重，他還強調：

　　　　實不喻然後命，命不喻然後期，期不喻然後說，說不喻然後辯。[7]

　　　　辭也者，兼異實之名以論一意也。辨說也者，不異實名以喻動
　　　　靜之道也。[8]

　　　　故王者之制名，名定而實辨，道行而志通，則慎率民而一焉。
　　　　故析辭擅作名，以亂正名，使民疑惑，人多辨訟，則謂之大奸；
　　　　其罪猶為符節度量之罪也。故其民莫敢託為奇辭以亂正名……
　　　　故壹於道法而謹於循令矣；如是則其跡長矣。[9]

　　荀子將「名」的效能與發用作了循序而進的交代。相較於「名」而論說「辭」，「辭」的外延更寬闊，能表達出更豐富的涵義；或者說，相較於「名」而言，「辭」更顯現其在意義建構上的重要性。「名」是

---

[6]　《荀子‧正名》。

[7]　《荀子‧正名》。

[8]　鄭敏（1998）：《結構——解構視角：語言‧文化‧評論》。北京：清華大學
　　　出版社，頁 227。

[9]　馬丁‧海德格爾著，孫周興譯（1993）：《走向語言之途》。臺北：時報文化
　　　出版公司，頁 2。

荀子「正名」論中必要卻最小的成素,「名」藉由「辭」與「辨說(辯說)」往更廣的範圍延伸。荀子看重「辨說」的效果,預期「辨說」能對治「奇辭」與「名實亂」。

簡單地言,荀子重視「人之生不能無群」《荀子·富國》觀點,也強調語言的效能需是可以「跟他人對話」且不產生矛盾與誤會。荀子與墨家有差別,他對於語言文字形成的說明是比「實存感召」說,更強調社會性的另一種類型。

(三)轉向「話語」焦點來論

德國詮釋學家漢斯-格奧爾格·加達默爾(Hans-Georg Gadamer)乃是從人與人相互間的交流對話這層意思往「語文自身」的角度來論語文的時代意義,也強化了語言的生成與流傳的本質涵義,這更是有近於前述兩種語文形成觀,是不同於前兩個類型的語言形成觀。不同的語言見解自然也會影響吾人對世界的認知與界定,影響所及更可以從「產業」與「語文產業」對於「語言」見解的依賴來說解。

本小節主要談論加達默爾的語言觀,他受到海德格爾(Martin Heidegger)的影響甚深。海德格爾對於語言的見解是:語言在向人說話而不是人在說語言。或者說,這種當代的語言觀是新穎而難以為現今學者有共識的一種見解——是語言構成個體的主體性,而不是個體的主體性創造語言。[10]依循著海德格見解而有的語言觀,加達默爾的語言論點是帶有存在主義色彩的觀點。

海德格爾曾論述「語言」的本質,他說:

> 語言本身就是語言,而不是任何其他東西。語言就是語言……
> 因此我們要問:語言之為語言如何成其本質?我們答曰:語言

---

[10] 同前註,頁 22。

說（Die Sprache spricht）。這當真是一個答案嗎？也許正是。這裡要澄清的是：何為說（sprechen）。於是，對語言的深思便要求我們深入到語言之說中去，以便在語言那裡，也即在語言之說而不是在我們人之說中，取得居留之地。[11]

又說：

人說，是因為人應合於語言。應合乃是聽。人聽（hören），因為人歸屬於（gehören）寂靜之音。問題根本不在於提出一個新的語言觀。重要的是學會語言之說中棲居。為此需要一種持久的考驗，看看我們是否和在何種程度上能夠作本真的應合——這就是在克制中搶先。因為人只是由於他應合於語言才說。[12]
語言說。
語言之說在所說中為我們而說……

　　海德格爾之後，加達默爾從人與人「談話」（其意相當於對話或說話）探索語言的形成。談話、說話或「跟他人對話」的觀點，常見於當代學者的論述裡。但是加達默爾更在這個樣式上做了新的變化，他從「說」的角度強調語言的固定與流傳觀點，可以歸於這類思維項下，他認為：

語言的基礎顯然在於，儘管詞有確定的含義但詞卻不具備單義性，詞具有一種擺動的含義範圍，而正是這種擺動性才構成了說話現象特有的冒險性。正是在說話過程中，在繼續說話的過

---

[11] 漢斯－格奧爾格·加達默爾著，洪漢鼎譯（1995）：《真理與方法·第二卷》。臺北：時報文化出版公司，頁216。
[12] 同前註。

程中，在某種語言語境的構造中，話語中帶有含義的因素通過相互挪動整理而固定下來。[13]

我們也許認為習慣用語是由使用它的人任意使用的，但是實際上語言恰恰不取決於使用它的人。語言拒絕被濫用，是語言本身規定了什麼叫語言的使用，這並不是存在語言的神秘化，而是指一種不能歸結為個人主觀意見的語言要求。是我們在說話，不是我們中的任何一個人，而是我們大家，這就是「語言」的存在方式。[14]此見和前述從「實存感召」、「跟他人對話」的角度所說的語言形成論點有相當大的不同。這是回到「語言」自身來說明語言的形成與發展。而前述兩種論點：一是從「實存」作為最先考慮點，另一則從「社會功能」作為焦點。強調「話語」的「說」，乍看下加達默爾的觀點相似於「跟他人對話」的論點，但是不同調之處乃在於加達默爾的觀點更具備了對「語文」本質的強調與考究。

如何看待「語言（文）」，影響著如何界定「語文產業」，因此針對語言（文）或其與人的關係加以釐析說明，乃是語言產業化這個大構思來臨前需要照料的重點之一。此外對於語言是如何反映我們的觀點的說法，也必須先有所釐清。這就會關涉到語言知識的來源是什麼？是人類心理的一部分？還是約定俗成的？喬姆斯基是著名的語言學家，他自稱心理主義者，認為語言知識是人類心理的一部分。[15]但是他幾乎不從社會科學角度去研究語言。換句話說，社會或社群所產生的「約定俗成」並不是喬姆斯基所認同的語言生成模式。從生成語法的角度來論語言者，和從社會約定的角度來談論語言者對於語文與產業的關聯會有何差別？

[13] 徐烈炯（1997）：〈中國人看喬姆斯基的語言哲學〉，收入香港大學人文學部主編：《邏輯思想與語言哲學》。香港：香港大學出版社，頁188。
[14] 漢斯－格奧爾格·加達默爾著，洪漢鼎譯（1995）：《真理與方法·第二卷》。臺北：時報文化出版公司，頁231。
[15] 同前註，頁54。

　　如果將加達默爾對於語言的理解看做是對西方心理主義者如的變革，亦即視其乃走出心理主義生成的語言觀點，那就會誤以為他反向走入社群、約定俗成或社會科學的角度來論語言。其實，加達默爾對於「談話」（「對話」）的見解有更深遠的義涵，不可不察。

　　「談話」從「人」創造語言的動機上觀之，通常被認為是彼此的互動或互相了解。但是加達默爾卻從前輩學者的觀點裡綜合並提出自己的見解，他認為「談話是通向世界經驗之路」，或者說「談話是通向真理之路」。他說：

> 什麼是談話？我們想到的當然是在兩個人之間進行的一種過程，這種過程儘管具有擴張性和潛在的無限性但卻具有本身的統一性和封閉性。對我們而言所謂談話就是，在我們心中留下某些痕跡的東西。這並不是說我們在談話中經驗到某些新的東西從而才使談話成為一場談話，而是說我們在其他人那兒遇到了我們自己的世界經驗中未曾接觸過的東西。[16]

又說過：

> 在講話中完全指明真理的究竟是何種經驗？真理就是去蔽。讓去蔽呈現出來，也就是顯現（Offenbarmachen），就是講話的意義。[17]

　　是經由談話、講話，也是經由語言在我們心中留下某些痕跡的東西，是我們自己的世界經驗中未曾接觸過的東西。這分明說的是語言的效能而不是人以語言為工具的能耐。

---

[16] http://asia.edu.tw/~mclin/exam/LIA_NOTE.pdf。

[17] 參見文建會網頁 http://web.cca.gov.tw/creative/page/main_02.htm。

三、語文與產業的關係

（一）何謂產業

　　產業（Industry）是指一群正在從事類似的經營活動之企業的總稱。依照類似程度的高低不同，產業的定義範圍可大可小。認定產業的關聯性應該由產品、服務的功能性是否相近加以界定分析。

　　從服務、從企業經營的角度所論的產業都指向社會功能，但是不論從實存的感召，或從人與人相互「對話」的角度切入，都可以說明「語文」與「產業」聯結的意義。只是其中的涵義卻因著我們對於「語言的形成」與「語言的作用」之差異而有很大的差別。

（二）認識與檢別文化創意產業

　　國內對於文化創意產業的定義，係參酌各國對文化產業或創意產業的定義，以及臺灣產業發展的特殊性，將其定義為：「文化創意產業係指源自創意或文化積累，透過智慧財產的形成運用，具有創造財富與就業機會潛力，並促進整體生活環境提升的行業。」[18]文化創意產業必然與「語文」脫不了關係，但是實際上的發展卻很少針對「語言」或「語文」自身來深入探究其中的意義。而是強調了「創意」對於「文化」的加乘效果及其對於文化的傳遞意義。語言被包裹在「文化」一辭裡，而並沒有被顯現在醒目之處。故談論「語文的產業」不能不加以檢別。

　　由於文化的定義廣泛，加上創意可以運用在任何的科技、技術之上，使得文化創意產業的範疇與定義相對模糊。目前以英國政府的創

---

[18] 同前註。

意產業發展，為國際上產業別架構最完整的文化政策。定義創意產業
CI（Creative Industry）的過程困難重重。想了解文化創意產業可以先
對下列二點說明作初步把握：

1.創意產業 CI（Creative Industry）即起源於個體創意、技巧及才
能的產業，通過知識產權的生成與利用，而有潛力創造財富和就業機
會。」其中將創意工業分成十三類：廣告、建築、藝術及古董市場、
工藝、設計、流行設計與時尚、電影與錄影帶、休閒軟體遊戲、音樂、
表演藝術、出版、軟體與電腦服務業、電視與廣播。[19]

2.「文化產業」（cultural industries）適用於，「那些以無形、文化
為本質的內容，經過創造、生產與商品化結合的產業」。這些內容典型
地是被著作權保障著，並且可以採用產品或者服務形式來表現。文化
產業或可被視為「創意產業」（creative industries）。一般認為「文化產
業」有：印刷、出版、多媒體、聽覺與視覺、攝影與電影生產，亦等
同於工藝與設計。對某些國家來說，也包括建築、視覺與表演藝術、
運動、音樂器具的製造、廣告與文化觀光等在內。[20]

今日處於全球化浪潮衝擊的境況，各國正努力呈現本土特色，臺
灣自然亦以此為努力方向。如何開發臺灣人本土的、文化創意點子？
這就是一個涉及地方文化藝術生命力的課題。尤其在技術高度發展而
製造業幾乎完全依賴機器的這個世代，人們如何將文化生命延續，以
及如何彰顯人文藝術精神與特色就顯得特別珍貴了。

臺灣曾經歷過在經濟的發展的優勢，於今隨著第三地區人力投入
製造業的影響，臺灣原本依賴人力優勢的經濟實力已經呈現衰退現象。
衡諸今日全球化的事實與缺失，臺灣所面臨的是缺乏特色商品競爭優勢
的危機，不得不尋找另一條出路。而整合臺灣的智慧與文化魅力，結合
美學與新的創意，在產品發展的同時照顧社會大眾的生活品質，才是臺
灣許多產業煥發新生機、新潛能與新商機的關鍵策略。換句話說，臺灣

---

[19] 同前註。
[20] 同前註。

長期以發展高科技產業及大型製造業為主，對於文化藝術相關產業的輔導、非營利事業環境的建構與藝文生態的策進等，均極少被視為扶植產業或國家重點發展方向。此次文化創意產業的目的，即在整合地方智慧與文化藝術生命力，將其應用於產業發展以因應全球化之挑戰。[21]

目前許多國家莫不殫思藉由藝術創作與商業機制，將自身的文化特色彰顯與發揚，藉以增強人民的文化認同與產業的附加價值。文化創意產業計畫是臺灣面對全球化潮流時，將最具水準的文化藝術創作，利用科技技術生產出具創意的文化產品，然後以分眾式、多樣化的行銷方法，建構一種新經濟型態，以凸顯臺灣的國際文化形象。在這一波世紀挑戰中，我們希望掌握在地的文化特色，展現包容度與創造力，推動東西方的交流，創造亞太地區的創意平臺。期待未來，在地球上的每個角落，都能運用「創意」思考生活、用美學素養來豐富生活品質，共同建構美好與和平的創意世紀。[22]

「文化創意產業」是一個時代產物，經由提升文化、結合創意、推行產業概念所產出的文化經濟價值，除了可以提升生活品質、強化生活美學的涵養，亦有助於打響臺灣在國際的知名度。「文化創意產業」釋放一個契機，它作為傳統與現代文化的接榫外，更是文化、教育與經濟各個領域攜手合作共創未來的重要點子。

近年來，「文化創意產業」被強調出來。賴聲川說，「文化創意產業」變成很流行的行業，但事實上我們必須看清楚：「創意產業」必須依賴「創意」才能成立；「創意」又必須依賴「文化」才能茁壯。[23]在文化創意產業的論題裡，從「文化」的題旨切入而把最深奧的語言或言說的問題擱諸腦後，因此這個題旨下來論說的「產業」，相對地把問題簡化而容易許多。至於談論語文產業就必須深入於語言的範疇來認識問題的本源所在，是比較繁複的一個論題了。

---

[21] 同前註。

[22] 參見文建會網頁 http://web.cca.gov.tw/creative/page/page_01.htm。

[23] 賴聲川（2006）：《賴聲川的創意學》。臺北：天下雜誌，頁342。

（三）產業時代的「語言」描述「產業」

產業需要語言的推介，語言的使用有一個目標，即把產業顯示。在這個情景裡，主體是「產業」，語言是隨著產業變化而變化者。語言的價值也是隨著產業而定位的。「創意」是被看重的，但卻是帶著解決問題的意識來顯現其重要性。或者說，語言是具有彰顯產業價值的責任。語言的修飾與使用，旨在於「符合」產業事實、「傳達」產業訊息、「美化」產業價值。因此除了「描述性」語彙外，還需要的是「建構性」的語彙。

創意和語言一樣都是產業時代的重要元素，而產業的創意更是需要語言的創意來配合。如何在「名符其實」與「創意美化」之間取得一個平衡點，更是產業的責任所在。

語言處於「名」對於「產業」有「舉實」與「美化」的職責上，要避免的是「誑言」、「謊言」或「誇大其實」等情景出現。

此外，語言的「對話」意義，也是產業推展所不可或缺的部分。服務與企業經營都需要展開「人與人的對話」，只是這乃為產業服務的「語文」，是一種手段、工具的地位，此種「語文」用途與價值是被用「量化效益」或「功利」來衡量的。

無論是以「實」為第一序而說的語言形成之見解，或者以「對話」為重心的語言觀點。如果語言是相對於「產業」的感召，而得以相隨於產業而服務於產業。那麼，語言和產業的關係是一種依傍的關係──是語言依傍著產業的模式。也就是說產業相對於語言是第一序的，或著說是邏輯地在先。對產業而言「語言」的效益是「使用說明」或「產品形容」所招來的顧客數量。

今日察識產業時代的「語文」涵義與用途，可以作此解說：產物需要語言、文字對其有所描述與界定。「語文」與「產業」的關係是採用「相加而相成」的方式存在的「兩類」事或物。

四、語文的功能：描述與建構

（一）對於知識的記載與傳遞

　　語文作為產業的引介者，是處於產業所「兼有」的部分。或者說，語文相對於產業是「第二序」的。檢證產業裡的語文是否恰當或合適，標準自然是來自於「產業的目標」。因此，是否「如實」、是否達成「廣告效用」、是否「挑動購買慾望」等，是檢驗產業裡的語文的標準。在這個範圍裡，語文的任務是一種偏重於描述功能的工具，負責知識的傳達與產業的推介。

　　對於所聞所見進行描述，是語文的「舉實」任務。語文的使用範圍在描述功能裡的情形，就不是立於語文自身的成就來論述的語文功效，而是為了表彰外於其自身的另一種實存事物而有效。

　　如果說語文具有描述的功能，那自然是指語文對於「實際事物」的描述，若從時間上來論，描述所相稱的對像是屬於過去，或著是當下呈現的部分說的。所以描述是針對歷史與現狀所做的敘述或記載。而經過文字或語言所傳遞的正是「事實」或「歷史的事蹟」，也就是成就「知識」的成素。

（二）對於真理的建構或言說

　　古希臘時代，以柏拉圖為主的真理觀，強調了現象界對於「理型」的複製。而理型究竟為何？卻不是可以從現象界可以透視的，可是哲學家卻對於真理涵義的「理型」多所描繪，透過語言變成一條追尋「真理」的途徑。只不過「描述」一個不存在於現實世界的「理型」，實際

上不可得。但是哲學家仍然努力不懈地探索與「言說」。似乎想要透過語言的「言說」把「真理」傳遞給大家。如果哲學家無法使用語言的「描述」功能來透顯「真理」，那是否表示語言還有其他的效用？或者說語文產業的總合不是為了「描述」一個語文之外的什麼，而是為了其自身的發展，而發展的終極地不是語文而已，已經是人類的「文化」、世界的「輪廓」、真理的「化身」。

　　如果從加達默爾對於語言的理解來論，語言的言說才是世界被留意到的原因，同樣的語言觀下並不能從人可以「看見」來論說「真理」。而是透過「言說」才真實化我們對「世界」、「存在」的契會，這就是語言的效能：一種建構人們世界經驗與真理觀的效能。

五、以「語文」作為核心的語文產業

　　語文產業裡的「語言」已經不同於語言作為一種人類的交往工具，或對具體產業的描述手段的語言。「產業」在語文產業的談論裡是作為一個語文的「集合概念」或是「整體發展的形容詞」。「語文產業」概念之下，語言彰顯了它作為自身發展的時代意義。所以可以將語文產業視為語言自身的成長，而不是依附於某具體的它類產業、事物，或作為介紹用的語辭出現。返回語言自身作為產業主體的事實，所圓滿的不再是語言之外的產業，而是語言所要表意的真實，或說是「真際」、「真理」。

　　也許有些語文產業只是以「感性」的抒發為重心，它的功能還不能及於「真際」、「真理」的層級，它卻在與人的主體相關聯的這個意義上發揮了其效能。在這個意思上，語文產業也滿足了對於「人」的服務，是偏重於感性需求的滿足上。而在「真理」的理解上言，語文產業就是與一切的學科「理論」脫不了關係的部分了。加達默爾認為：

在真的存在和真的話語之間就有一種原始的聯繫。最精妙地進行這種聯繫的講話方式就是理論（Lehre）。[24]

在以「語文」為材料而形成的產業，在某個意義下是需要透過學校教育作為初步學習的場所，或說是依伴著「語言」作為產業的材質來發展的。因此，想要談論語文的產業化，就其核心材料的介紹說起，必然要回歸到語言學——語音、語法、語意等的探討。但是不能不關心的是做為「產業」來論說，必然要涉及到「產品」、「經營」與「服務」的部份。

在語文產業化裡「文本」就是一種相當流行的「產品」。可以稍加區隔的是，「產品」通常指稱一種可以量化的產物，而「文本」則是一個學術研究的「稱謂」，它是由某個人所完成的「產品」也是「資產」或「智慧結晶」。通常「文化創意產業」所推廣的就是一種文化「產品」化的作法。而語文產業最普遍的產出常用「文本」稱之。

這裡所陳述的語文產業化並不是作為「文化創意產業」的一環而已。而是針對「語言」作為產業化核心，所相關於人類感情、知識與真理而言的產業化。換句話說，語文產業化的重心是人類的成長與文明的推展，而不是針對某些「產品」的研發而論成效的觀點。所以說語文產業化的成效是從「人」的成就來論的，更重要的是語文不拘任何形式所做出的「服務」，而不是單就語文作為一種「產品」所呈現的可計量價值。

與其將語文產業的成效說是「教科書」不如說是「教學」。與其將語文產業的成效說是「教學」，不如說是「教育」。如此一來，語文產業化的產品，初步說是詩、文、小說、學科理論，但終究是以「人」作為最後驗收的成果。

---

[24] 漢斯－格奧爾格‧加達默爾著，洪漢鼎譯（1995）:《真理與方法‧第二卷》。臺北：時報文化出版公司，頁54。

產業化時代的語文，主要是以描述產品為其重責大任。但是語文的產業化，則有不同的實存感召：是歷史、文物的描述，也是科學事理的發現，更包括各種學裡的建構，都與「語文產業」有關。

至於從人與人「對話」的義涵來論，「語文產業」因為是來自於「語言自身」，因此其更重要的成效乃在於其對於「人才」的語文培育，包括修辭、辯論、寫作等能力的提升。「人才」的語文能力之培育，實際上蘊含著語文對於未來世界所展現的的創造力與生產力，我們不妨稱其為語文具備的「建構性」義涵。

在此階段對於「語文產業」的認識，意指的是語言從自身的豐富性展延而得出語文產業。「語言」與「產業」的關係是一種「自體成就」的方式，「語文產業」的實質就是「語言」。並不是「語言」與「產業」的「合成」。

六、語言建構功能所成就的「語文產業」

但是如果真理是可以描寫的，那就表示真理是可以被人所知覺或傳遞者？但是從現實的教育所得，我們知道真理並不是具體可以範限的事或物。最清晰的界定可以理解為諸多的事之上有一個「理」。吾人的視角必須走出具體可感、可見的事物才能有所悟。這需要能力的提升，而能力的提升需要「心智」的開發與努力。這裡說的努力仍然是需要博學約文才可以達成的。換句話說，仍然需要語文的學習與涵養。

這裡涉及了一個「真理」的理解問題。人們是否能經由語言而通向真理？還是有語言之外的理解真理之途？這就延伸出另外一個問題，那就是人類是否依據於語言文字來進行思考？或著說語言能在多大程度上規定思維？這個問題的釐清，將有助於我們更清楚地界定「語文產業化」的實際範圍。某個意義下加達默爾對於「語言」的見解是我們談論語文產業化的重要提示。他說：

關於我們理解的語言性問題上的真正誤解實際上是對語言的誤解，似乎語言祇不過是詞、句子、概念、觀點和意見等等的組合。語言實際上祇是一種詞，這種詞的效能為開闢了繼續說話和彼此談話的無限性，以及和自己說話和讓自己說話的自由。話語並不是強加在我們身上的人們製造出來的習俗，前圖式化的負擔，而是使語言整體不斷重新流動起來的生成力和創造力。[25]

從上述引文得悉偉大的詮釋學者對於語言的見解。我們所見識到的語言的特色與作用都需要加以修正。語言再不是以一個詞、句子、概念、觀點和意見來建構語文的產業，語文的真正能量在於它作為話語的交流而使得語言整體不斷重新流動起來的生成力和創造力。因此一切文化創意產業的產出，一切創意的表現，還有新生活世界的再造等，都是語言整體的生成力和創造力成就的。這麼一來，如果從所有產業都不能缺乏的生產力、創意或創造力來論其實質。語文根本是產業不可或缺的條件，因此語文的產業化範圍就是我們的文化、我們的世界。

周慶華教授曾說：

語言和文化所以能夠係聯，絕不止於語言和文化本身有所謂內在理路的相通或某些本質的同一，還要看論述者如何給語言和文化下定義。也就是說，語言和文化之間的關聯，最後是要由論述者所做的界義來決定。[26]

對於語言和文化之間的關聯持不同的見解者，對於語文產業的界定也會有所差異。依照加達默爾從語言整體的生成力和創造力來論，語文產業不僅不會是「文化創意產業」的一部分範圍，語文產業還會

---

[25] 漢斯－格奧爾格‧加達默爾著，洪漢鼎譯（1995）：《真理與方法‧第二卷》。臺北：時報文化出版公司，頁 226。

[26] 周慶華（1997）：《語言文化學》。臺北：生智文化事業有限公司，頁 2。

是一切文化與非文化產業的條件。這麼一來,「語文產業化」的涵義就不是狹義的以語言符號作為產業基本材料所形成的與語文作為內涵的產業。換句話說,每個人對於語文的紮實學習與研究,都是為「語文產業化」的發展做出努力。

七、結論:「語文產業化」的重要產出是「人」

語文產業一方面是語文自身的成熟與發展;一方面也反映了人類的心智發展。產業的語文加上語文的產業可以說就是人類文明的兩條重要的主軸。在這兩項相關於語言,也相關於人類文明的發展軸上,除了從技術層面上講究語言使用的技巧外,還有什麼要點是不可忽視的部分?「名實相符」是產業的語文所看重的價值,「探索真際」是語文產業的目的,兩個價值需要什麼條件來配合?

「名實相符」的要求一般可以由修辭、邏輯、辯術等來努力,至於以「探索真際」為目的又該如何努力?「語文產業化」果真能助益我們對於「真際」、「真理」的理解的話,那麼其真正的產品不是用語文所形構的產品,最終應該將目光投注在「人」的成長與氣質變化這回事上。也就在這個意義上,我們注意到「語文產業化」不能離開「語文教育」,或著說「語文產業化」和「語文教育」互為表裡。缺乏「語文教育」就別奢言「語文產業化」;不明白「人」乃是「語文產業化」的重要產出,那就是停留在用「語言」為內涵而製造出「產品」的階段,這形同在「產業」的範圍裡,只是為「語文」畫出一個版圖罷了,並不是真正對於「語文產業化」的全面理解。

根據「語文產業化」的實義,能努力起步的作法是什麼?從「語文產業化」作為「語文教育」的「關懷」而言。做好「語文教育」就是對「語文產業化」的努力。原因為何?因為「語文產業化」的諸多產品裡,包含了這樣一個重要的產出:具備良好語文素養的「人」。

參考文獻

《墨子》

《荀子》

周立升（1989）：《春秋哲學》。濟南：山東大學出版社。

周慶華（1997）：《語言文化學》。臺北：生智文化事業有限公司。

姚振黎（1978）：《墨子小取篇集證及其辯學》。臺北：文史哲出版社。

馬丁・海德格爾著，孫周興譯（1993）：《走向語言之途》。臺北：時報文化出版公司。

徐烈炯（1997）：〈中國人看喬姆斯基的語言哲學〉，收入香港大學人文學部主編：《邏輯思想與語言哲學》。香港：香港大學出版社。

楊秀宮（2009）：〈墨家「名實觀」之研究——從「字義釐析」到「名實辨正」的理路說明〉，「『字義』論述：詮釋學與語文教學研討會」（地點：臺北，臺北大學）。

漢斯－格奧爾格・加達默爾著，洪漢鼎譯（1995）：《真理與方法・第二卷》。臺北：時報文化出版公司。

鄭敏（1998）：《結構——解構視角：語言・文化・評論》。北京：清華大學出版社。

熊公哲註譯（1990）：《荀子今註今譯》。臺北：臺灣商務印書館，1990 修訂四版。

賴聲川（2006）：《賴聲川的創意學》。臺北：天下雜誌。

Http://asia.edu.tw/~mclin/exam/LIA_NOTE.pdf.

Http://web.cca.gov.tw/creative/page/main_02.htm.

Http://web.cca.gov.tw/creative/page/page_01.htm.

創意與審美經驗及藝術創意

歐崇敬
環球科技大學通識教育中心

摘　要

　　創意美學，應由現實生活中去創造詩意，所以詩人、畫家或是藝術家，他們本身都能從現實生活中去發現詩意、美感，進而創造藝術作品。所謂的創意美學，事實上即是以人為原則的一門學問，所以在某種程度上，無法脫離流行人類學或文化人類學的活動，因此，創意美學可說是少數能躲避哲學人類學受到批判的一個哲學部門。

　　哲學整個部門可說是都受到意識哲學或心理哲學被批判的狀態，但，創意美學是少數可以迴避意識哲學、心理哲學批判的部分。論及美學，不可能不談論到人的心理與意識，然而，由於意識哲學、心理哲學受到批判的緣故，所以創意美學便不能完全侷限於這兩個角度，更需面對人所有的知覺來探討。在現象學其哲學立場受到批判後，事實上還可轉入創意美學的領域繼續發展。原因是創意美學基於以人為原則。

關鍵詞：創意、美學、藝術、後現代、解構

一、創意美學的基本調性：基本定義討論

創意美學，應由現實生活中去創造詩意，所以詩人、畫家或是藝術家，他們本身都能從現實生活中去發現詩意、美感，進而創造藝術作品。所謂的創意美學，事實上即是以人為原則的一門學問，所以在某種程度上，無法脫離流行人類學或文化人類學的活動，因此，創意美學可說是少數能躲避哲學人類學受到批判的一個哲學部門，因為它無法離開人類學的背景而發展，例如：我們無法研究狗的創意美學甚至是研究其藝術創作。

哲學整個部門可說是都受到意識哲學或心理哲學被批判的狀態，但，創意美學是少數可以迴避意識哲學、心理哲學批判的部分。論及美學，不可能不談論到人的心理與意識，然而，由於意識哲學、心理哲學受到批判的緣故，所以創意美學便不能完全侷限於這兩個角度，更需面對人所有的知覺來探討。在現象學其哲學立場受到批判後，事實上還可轉入創意美學的領域繼續發展。原因是創意美學基於以人為原則，所以始終必須要面對人的意識和知覺，而意識和知覺的脈弱，主要是通過胡賽爾、列維納斯、梅洛‧龐帝三位的重要發展，使得人們可以掌握創意美學通過意識、知覺的本質描述，來掌握身邊的詩意、靈感。但是，美學同時還有一個重要的表現項目，即關於藝術作品的哲學，此部分被稱為藝術哲學。談論到藝術哲學時，指的是八大藝術的藝術作品之創作哲學，所謂的八大藝術，包括電影、繪畫、雕刻、舞蹈、園林建築、音樂、書法，但不包含文學，文學理論應該獨立在八大藝術之外。離開藝術作品的美學，不可稱為藝術哲學，換言之，美學的函度比藝術哲學大，藝術哲學則比美學更為專業。

　　藝術哲學有藝術家的創造與藝術品的生產問題存在，所以它不能單純討論審美、品味的問題。創意美學可以結合社會學去討論品味[1]、審美社會學、審美心理學的問題，它也可以和其他哲學部門或是其他學科做結合，如：經濟學、管理學，這些便屬於創意美學的跨領域動作。藝術哲學就僅專屬於藝術家、藝術品和藝術欣賞者間的種種交互關係。依此界定而言，若要從事如此多元領域的美學研究，如何讓它去輻射向所有學科，其以人為準的核心理論，作為重要的軸心，是以那些部分為重點，此主要闡述毫無疑問會牽涉到，人的意識、知覺、品味、風格、靈感、現實生活以及精神生活等層面去討論。

　　創意美學的討論範圍不限於藝術品本身[2]、空間或是時間，甚至純粹空白也可被列為創意美學的討論對象，如此，幾乎可將美學放大到等同於哲學的角度，連邏輯學、數學等具有精準規律性亦或是可實驗性的內涵，皆可討論創意美學，所以才會有科學創意美學之類的內容出現。此外，關於人內在性的種種心靈層次也可融入創意美學來探討，譬如可將佛洛依德和所有心理學派的研究，轉為創意美學的語言加以思索；將所有資本主義消費市場的一切經濟行為，轉為創意美學的角度來討論；甚至把管理學的一切管理轉為創意美學的角度探索。據此，創意美學似乎就會變的無限廣闊，也容易流於氾濫、難以把握。有鑑於此，人們要討論創意美學時，一開始就要界定它和藝術哲學、藝術品或是其他學科間的交互關係為何？才不至於使整個美學有流於散漫的可能。創意美學是一個跨學科的名詞，且是以人的活動和審美為原則的重要學科，只要涉及到審美及被審美的表現，就會涉及到美學，即舉凡人存在的所有的領域，都有創意美學的領域。

---

[1]　見 Barthes, Roland, The Empire of signs, translated by Richard Howard, New York：Hill and Wang press（1987），其中的表現即是結合社會學的美學成見。

[2]　見 Barthes, Roland, The Pleasure of the text, translated by Richard Miller, New York：Blackwell（1975）.其中羅蘭‧巴特即把文本擴張為一切的美學的藝術領域。

大致上可將創意美學劃分為四大區塊加以經營：

（一）科學領域的創意美學從美的角度去思考科學

包含數學、物理學、天文學、生物學、化學等領域，當然也包含科學所製造出來的科技產品、電腦、資訊、網路各種領域。

（二）人和市場關係的創意美學

範圍包含經濟學、財務金融、銀行經營、流行體系、管理學、會計學、統計學等，皆可導入創意美學的世界。

（三）符號體系的美學

包含所有的文學作品、繪畫、音樂、建築、雕刻、舞蹈、文化人類學、任何可展現在空間或時間中的可符號化的範疇。

（四）心靈的創意美學

範圍包含宗教學、心理學、社會學、哲學的意識層次研究。

一般創意美學討論，較集中於後兩個區塊內容（符號世界[3]、心靈世界），這兩方面的內容討論也最吸引人，我們所要討論的主要也是集中在此。關於宗教的部分，經常是跨足在後三個區塊層次的討論（管理層次、符號層次、心靈層次），許多討論都指出，藝術源自於宗教，亦可說藝術起源於文化。隨藝術逐步從文化人類學和宗教學的角度脫離，遂成為具有獨立的價值，此時藝術學又和歷史做結合，這也屬於第四部分的結合。

藝術與歷史結合，人類讓藝術成為純粹藝術是什麼樣的歷史階段才進行的？毫無疑問的，若有獨立藝術家的產生，無論在中國、希臘、歐陸文明等歷史上，如荷馬史詩的創作以及中國古代音樂家的出現，都很難早於三千年前，原因與社會分工有密切關係。人們也可從社會型態去論證或以專業性的藝術創造工具歷史，如樂器、繪畫工具等，來佐證純粹為藝術而藝術的藝術家的誕生，是很難早於三千年

---

[3] 見 Barthes, Roland, Elements of Semiolog, translated "by Annette Lavers and Colin Smith, New York：Hill and Wang press（1967）.羅蘭・巴特在其中即提出美學的符號學理論。

前。純粹討論創意美學的創意美學家，在歷史上的形成方式？十八世紀鮑姆嘉通首次提出美學，然而當時還不是以專業美學家的方式型態出現。

創意美學與經濟學的形成時代是差不多，且，創意美學的興盛程度已及於經濟學，美學學問的創作、研究發展的學術論述著作更是遠不如經濟學。人們也很少能找到哲學家是以身為專業創意美學家而生存的，他們作為創意美學家通常都局部和業餘的，如：康德、黑格爾（他們有專業美學著作並稱之為經典，但這樣的著作在中西哲學史上數量不多），或是哲學體系的一個部分，如叔本華、尼采（他們並沒有為美學而去創作的部分）。

創意美學何以無法被量產？因為：

（一）創意美學必須要總結太多的學門。

（二）創意美學要作為專業化而生存有困難。

如：人們很少能在大學裡找到，專門以教創意美學而生活的教授。直到中國大陸將哲學分為八大區塊，美學是其中一個區塊後，才有專業創意美學家存在。美學在中國大陸有個特殊發展歷史，將近二十年，被稱為美學熱，原因是創意美學不涉及到太多的政治意識型態[4]，所以可以被大量發展。

說到創意美學與政治意識型態的關係，若套用在前述的第四區塊中，還有一塊就是政治和公共政策與創意美學的關係，人的美感鮮豔判斷在政治上並透過媒體不斷發酵，如：政治人物長相貌美、身材姣好容易獲得選票，或不同民族對審美的不同要求，使他們的投票行為不同。如果加入政治創意美學、意識型態創意美學、公共政策創意美學的討論，會發現創意美學之所以無法全幅展開，涉及到現實上的政治、多元社群思考上的艱難。

---

[4] 但 Jameson, F. The political unconscious : narrative as a socially symbolic act Ithaca, N.Y: Cornell University Press（1981）.其中則把美學和政治無意識作為結合的討論。

到了二十一世紀，大部分的已開發國家，應該都有能力作全面思考，在哲學家的世界裡，並不會受到太多學術外因素干擾。這樣的情形也足以說明，在過去美學無法全面被專業化發展，主要是因為藝術家才懂藝術品，要為藝術品寫哲學需有哲學訓練，要熟悉哲學概念和其表述的語言，要兩者兼具實有高度困難。能夠兩者兼具者，通常也只能為某一類的藝術代言，如：音樂哲學、創意美學，繪畫哲學、商品創意美學，很難有哲學家除精通哲學語言外，同時又精通八大藝術；這也就使的藝術哲學家的出現難度提高，而讀者也很難擁有太豐富的閱讀知識，與藝術哲學家分享他的作品內容。讀者實質上常是分眾的。美學因此也常停留在以審美為主的表現或是以流行文化為主的討論上，不易精深到各個藝術學門分管的領域。

為何藝術會有經典作品？人類審美後的共識而產生，在人類精神領域中具有劃時代的作用，經典作品會被反覆不斷的重整而聆聽、閱讀。但並非所有作品都是在完成之後立刻被欣賞，被列為經典。

其中涉及到：（一）人類觀看的視野，是否能夠很快將它對焦。（二）有時人類意識的發展速度，比藝術家創造的速度慢。如：卡夫卡、尼采、梵谷的創作。只有少數天才型藝術家能像畢卡索一般，能於在世時就享受到他應得的報酬。天才表現[5]，在哲學或藝術的各個領域的創造是最為明顯的，這些創造越是天才，命運、下場越是坎坷，原因是不合時宜。

天才和時代間產生的必然矛盾，似乎很難架起橋樑，是否一定無法克服這橋樑？這是天才社會學的問題，也許天才的腦需受過其他鍛鍊，使他願意同時做其他的工作才行。卡夫卡就是較好的例子，他可以一邊當銀行行員，一邊寫他的小說。類似於卡夫卡這樣而取得社會認同，並在生活上富足的作家，還可以舉出：義大利的 Calvino、日本的安部公房，他們都是在世時作品就既享有聲望又能獲得社會報酬，

---

[5] 如尼采著，林建國譯：《查拉圖斯特拉如是說》（臺北：遠流，1989）。其中的超人學說。

雖然未必能像通俗作家的作品般暢銷，但通俗作家卻無法享有他們那般的聲望。

為何會被人們認定為經典？牽涉到它所表現出的符號型態，對於人類的精神領域具有突破性的典範作用，即它推翻了過去的典範。天才之所以可被稱為天才，是因為他可以創造出新的藝術典範或新的精神領域典範，他能夠呈現出過去從未呈現出的一種典範，這種典範，對於人來說有審美的價值意義存在。

當這些典範出現後，對人類創意美學具有教育意義，而美學總要回歸到人的本性，也就是很難離開民族性、歷史屬性。遂許多創意美學家會誤以為美學脫離不了歷史，這方面從馬克思主義的美學家就能觀察出；當然這是錯誤的。因為超現實的創意美學、許多後現代的藝術表現，就脫離了歷史。

所以商品藝術的表現之所以困難，在於藝術家難以脫離民族性或歷史去做純粹藝術的思考，他們不容易觀察到普遍的人性，常掌握到的是屬於歷史性、民族性、社會性的人性。藝術家更難掌握到純粹符號性的藝術，所以要跨越到具有價值的創意美學或具有純粹符號的藝術表現，實際上大約要等到十九、二十世紀才會出現，這跟全球化的腳步及世界體系的出現有關係。在此之前，人類總是被侷限在自身的歷史、民族、社會的脈絡裡，於是，總以為自己的歷史屬性所表現出的理性或感性，就代表人類本性的理性或感性，所以此論述就會出現問題。所以後現代正是在反省，這些被歷史所侷限的理性與感性內容的問題。

創意美學進入專業化表現階段，事實上要到康德[6]、叔本華、費希特、謝林、席勒、黑格爾這幾位哲學家的世界，才真正專業化。創意美學的論述表現也成為一種學問的型態。思考問題開始有學理性討論，如席勒對人性的先驗結構做分析，討論人格跟自我的內涵，甚至

---

[6] 見康德：《判斷力批判》（北京：人民，2003）。本書可說是美學專業經典之作的開山之作。

是理想的人性、神性、有限的存在（指一般人的存在方式），這些都驅使美學思考專業化。但是，在這幾位哲學家論述中有個巨大缺點，主體主義哲學的影子尚未被去除，所以他們所留下的哲學表現，應該抓住他們論題的思考方式，如：想像力的討論、關於感性、人性的討論。

在這種主體主義哲學討論中，甚至會出現所謂的絕對主體，乃至於上帝的影子都還揮之不去，這些在後現代哲學裡已有做深度批判，也使得舊創意美學有一定程度上的失效。在此，等於論述了兩個階段的美學失效，一個是唯物主義的創意美學，一個是被歷史、社會性所侷限的創意美學，而有效的創意美學表現，大概要到二十世紀的六○年代後的發展。

在過去的哲學裡，權力、慾望以及身體的總體討論常被遺忘，所以如果想要討論完整的創意美學或是藝術哲學，就不能漏掉這三個部分的內容。即不能僅困在過去理性與感性的世界裡來討論美學的內涵、判斷力、想像力、遊戲、崇高、審美等等內容，這些內容在問題上我們或許可以加以保留，但在討論的型態上，就必須要進到非主體化的世界，才能使得討論內容有效。譬如：人們都有從事遊戲的需要，可是，是否有一定參與遊戲的衝動？在遊戲過程中，人的感性、理性如何運作？還是只是單純的混合？這樣的一個討論方式，就是主體哲學和意識哲學的框架結合，並具有二元對立的方式，即感性理性最為一個二分的方式。在使用身體時，大腦和神經的啟動是多元的，所以我們應該返回到身體與整個神經網絡，甚至是更複雜的精、氣、神跟環境的關係，來討論審美。在慾望和身體及權力的視野下，可看見遊戲的審美，總是充滿權力的運作過程和身體的互動過程以及慾望的展現過程。通過遊戲的發展，會發現權力慾望在過程中獲得紓解與滿足，如：打麻將、看球賽、參與競賽。這種審美本身體現的是，所有存在者的差異，通過這種差異的實現，表面上展現的是重複，而實際上，所有的重複本身都實現了一種差異內容，人們所看到的同一化錯誤假象，所有的同一化只是重複的表現，差異的相反詞是重複而非同一。

於是，從遊戲的觀點[7]來看待新的創意美學觀，也就會反對過往把遊戲和緊張、鬆弛的二元對立畫上連結，或者是把理性與感性的運用畫上連結的這些態度。是否一定要通過需求滿足，想像力才能毫無拘束的發揮？人很可能是在物質極為貧困時，創造出高度的藝術作品，人也很可能是在受壓抑、被命令之配時，產生高度重要作品。所以，我們很難從單一角度去探討想像力的發揮與自由創造間的關係。藝術創造和天才發會的神祕力量，不能以簡單客觀的形式或需求滿足的論述來加以討論。

天才的哲學家、藝術家的創作條件，只需基本的工具、物質需求及溫飽，並不需要太過於豐富的物質享受；豐富的物質享受，反到經常會腐蝕天才和藝術家的出現，因為會沒有創作的衝動，而感官受到太多俘虜後，其精神創造典範的衝動也會下降，在現實生活上過於滿足，他的想像力的發揮便會縮小，所以，一定的拘束、自由及需要抗爭，反而是想像力發揮的重要因素。很多偉大的藝術作品，常是面對著困境和需求的不滿足而產生。天才需要被爆發，除了有極好的鑑賞力外，尚需被苦其心志勞其筋骨，當然也不可令其陷入不可活的狀態。

審美以及藝術創造，要脫離物質的控制和現實眼前世界的控制，進而達到可以與所看見的世界、所創造的慾望內在世界交互自由表現的狀態，這方面涉及到表現材料、表現工具的問題，如：舞臺劇的表現工具是人、舞臺及布景，文學的工具是語言、紙張、筆墨，舞蹈的工具是身體，建築雕塑的工具是泥土、鋼筋等。這些工具本身就是媒介，然而媒介本身也會有其限制存在，所以各種藝術表現本身，都有它的長處與限制，對於人的感動，在人的美感經驗上也是不同的。審

7　見 Jean-Francois Lyotard and Jean-Loup Thebaud, Just gaming . translated by Wlad Godzich ; introduction by SamuelWeber ; translated by Brian Massumi. Minneapolis: University of Minnesota Press, c(1985).其中李歐塔已提出遊戲的觀點來看待文本。

美若想擺脫物質性需求，則要視藝術作品而定。換言之，所要擺脫的物質性需求是傳統物質性結構的限制，因為它還是會有一定程度上要通過某種部分的物質來做表現，所以，越不需要物質表現的藝術，內容就越豐富、越抽象，相對的，其可以上升的精神層次及自由廣度越高，想像力表現空間也會越大。創意美學與藝術哲學作為一個推動藝術家和天才使他們的創作更遙遠的延伸，即形成一種反省的助力作用。

二、審美經驗[8]與創意

什麼是「審美經驗」？是為由人自己的知覺面對世界，這面對世界包含世界任何一個存在物，甚至是道德實踐和各種倫理行為所產生的美的判斷。這種「審美經驗」與創意，不同於科學或理性的研究。它可以違反邏輯，但仍可用概念的思維。它甚至可超越因果關係，同時它可以沒有任何利害可言，而且也與熱門與否無關。它可以超越實用立場，可以是務虛的，不必務實的。當然許多審美原則是務實的，但是實際上審美經驗與創意可以是不實用的。甚至它超越功利、利害、利益，它只是滿足於我們知覺、意識上、需求上的慾望。那麼，可能是追求超越、超脫、崇高或者是要把人們多餘的精力能有所消化。於是人們看自己的審美經驗乃是無概念狀態，它基本上是純粹直觀的方式呈現，它的形式是依於人們的知覺構造而呈現。

也就是說，當人們是二十歲，其二十歲的身體會影響到審美的直觀形式；當人們是三十歲，三十歲的身體又是不同的審美的直觀形式。男人的身體和女人的身體，由於知覺的構造不同，審美的直觀形式亦會有所不同的。也就是說男人認為瀟灑的男人和女人認為瀟灑的男人會可能有所不同的；男人認為的美女和女人認為的美女可能會有所不同的；男人對喜歡的顏色和女人對顏色的喜歡可能會有所不一樣的。

8　同註6。其中以為審美經驗作的定義。

小說中的《笑傲江湖》，就說明令狐沖的師父岳不群和師弟林平之，去勢（即閹割）後，審美感完全變化。

除聲音變化外，對穿著的喜好也會不同，這一點也就說明古時候太監的性格和一般人不同，可能是另一種變態心理的一種審美經驗和性格。由於直覺是不同於理性的運用，在於整個腦區裡面，所以在推理之外，在概念系統運用之外。直覺又稱為直觀，它是可以做各種事物的形象創造的，也就是說可為藝術作品創造出新的典範，更可以無中生有。審美的感受，經常是可以獨立於人的內在經驗之中的。換句話說可以獨立於理性判斷的世界，可以獨立於概念系統運用的世界。

甚至是在被催眠、有些昏迷的狀態中仍可進行。這恰可說明男人喝醉酒的時候，也有其審美概念，所以才會有玩笑話說，男人喝醉酒後，不小心做了錯誤的選擇，因而一生的抉擇做了改變。或者說女生被半催眠狀態下，在花前月下昏了頭，接受了不該接受的男性的求婚，指的都是這樣的東西。因為人的直觀作用，獨立自為的運作，所以審美經驗引導人做了不一樣的事情，這當然可解釋某些男人接受天上掉下的禮物，然後說是上半身管不了下半身，其實是理性管不了自己的直覺，理性判斷沒辦法管理感性的衝動，以及其直觀[9]審美與經驗。在直觀的審美作用運作中，主客之間很容易交融，也很容易想佔為己有。譬如說，聽到很好聽的歌曲、戲劇，很多審美與經驗過程中，想與之合而為一。那麼對於人，很想佔為己有，覺得這實在是太漂亮了，希望與對方合而為一，是一樣的。這當然有自我迷思的狀態，拋棄原有的屬性和自我意志。僅僅只做一個存在的個體，而進入所審美對象跟對方完全結合在一起。這恰足以說明，審美與經驗概念會影響人的命運，人的審美與經驗概念若沒改變，命運也不會改變。這放在公共建設和政治選民的結構中而論亦然。選民的政治審美概念沒改變，國家的命運是不會改變的，因為整個直觀活動是有所分別的。想徹底改

9　見柏格森：《時間與自由意志》（北京：商務，2006）。其中直觀的定義已界定十分清楚。

變選民的選舉行為，唯有改變審美判斷，改變直觀運作。這裡可能要改變環境的結構、居住條件的結構。譬如說，將國民黨黨部設在臺南，中央政府所在地搬到高雄或臺中，說不定整個審美概念會改變。

此外，還有一個關鍵作用，叫做「移情作用」。所謂「移情作用」，就是人以為自我是統一的，然後把個體主觀投射在所觀看的對象世界之中，接著又將世界的各種可能性的情緒因素，反射於個體內部，這種情狀即稱之為「移情作用」。而這種「移情作用」，會使黛玉葬花事件出現，亦會改變命運。譬如，居住一段時間後會對屋子有感情，這是移情作用；居住一個社區，會對雜貨店有感情，這是移情作用；在一個學校唸了三、四、五年後，會對學校有感情，這是移情作用；對一張用了二十年的書桌，會對書桌有感情，這是移情作用。通常能產生移情作用的，是他能產生美好的、令人陶醉的情愫；不美好的，不太有人會對之產生移情作用；壞的環境不會有人希望能產生移情作用，不太有人會懷念災區，或希望之再產生災難；不太有人會希望發生戰爭，那種殘破，不易產生美好的情愫讓自己投入，所以凡是美好的情愫的投入，就容易產生移情作用。特別是面對生命的時候，生命做為一個移情對象；包括狗、樹……都會產生，當然也會有人對植物、動物（寵物）產生移情作用。

所以審美與經驗直觀[10]的發展，是一種高度精神投入狀態，它和理性思辨，可以說是完全不協調的，只有極少數人可以將理性運作和概念思辨、審美與經驗直觀放在一起的，這種高度精神投入狀態的發展，可說是一種自由的美。如果一個藝術品，可以達到高度發展的美，即具有高度藝術價值。至於人為什麼要追尋自然，享受大自然，就是要追尋這種自然美的享受。如果越有豐富的生機，高度藝術美的饗宴就更豐富了。審美與經驗的直觀到底可不可以與批判的理性，同時並存？也就是說，因為批判事實上是包括邏輯推理、概念的聯想與判斷，

---

[10] 定義同上註。

能不能同時進行？答案是只有極少數人可以做到。所以許多人在做審美活動時，是把另一方面的概念邏輯、推理活動暫時放下，這也就說明從事美學藝術、文學的發展，令人感覺特別歡愉。

所以快樂的呈現，通常透過審美與經驗直觀所產生的快感，迅速的刺激、感官知覺，而人會去追求這種快感所產生的崇高、超絕的感受，而這種直觀饗宴並不等同於哲學上的享樂、快樂主義。事實上指的是創意美學的一種饗宴。而且這種高峰經驗似的美學快感饗宴，常常是很難再出現的。也就是說，首先看到某齣戲劇或聽到某一音樂時候，第一次的震撼，第二次就很難再有那樣的震撼。但人總在追尋這種高度審美經驗的快感，所以，這種高度創意審美經驗的快感，可以說是審美直觀所感受得到的那種美的基本屬性之一，所以這種創意審美乃就沒有道德屬性。於是這種沒有道德屬性，如果沒有受到良好的道德制約的話，就容易走入暴力美學世界之中，也就是這種錯誤的觀點，干擾了倫理的世界。

譬如說打老婆、打小孩，這就給了精神病患者一個犯罪的溫床。換句話說，審美世界乃不應該侵犯道德世界，道德世界也不應該侵犯審美世界，只要它卻不影響人的正常的身心靈運作，如果作為審美去看色情片，是道德世界不應干涉的，但是它卻不應該影響兒童、青少年的身心靈發展。但是一旦影響人的身心靈發展的時候，它就進入了道德世界，這不道德就應該被禁止。所以人的觀看僅止於道德世界容許行為的範圍內，而不能因此而引發不道德。所以色情片有成年人要自我負責的地方，如果會引發不道德動機，甚至會促使產生不道德行為，就該終止。

從這角度來看八大行業，色情行業、書刊、色情媒體，若從審美自由[11]這角度來看，是不可能完全禁止的。它總會進行，它總會在許多私底下進行，包括那些極權國家，甚至於極權國家，私底下更氾濫，

---

[11] 此處的自由定義，同註9。

明朝就是案例。但是過度自由化而缺乏道德訓練，一樣會侵犯社會秩序的養成，所以在這裡，生命教育必須是美的生命教育和道德的生命教育，同時進行。在互不侵犯的基礎上，能同時被尊重。當然就不採取激烈態度，以道德來壓抑審美或審美來侵犯道德的事件。那麼從自由這角度來說審美直觀表現，永遠不被限制在簡單的形式之中，形式主義只能提供局部創意審美需要，而不能佔據完整的創意審美世界。

　　空間和時間對於創意審美有何關係？空間距離有助於創意審美，如若干男生講的話：「某女生遠遠地看很漂亮」，或者說某個人被追憶，泛黃的照片由於追憶，而使它變得更美。這都是空間和時間的距離產生的交互變化。也就是說，一個對象，由於空間和時間的距離產生，會產生美感上的變化。美感上的變化由於美感上的變化的發展，會產生各種使小說、傳奇、神話，或者是稗官野史的流傳，而這流傳本身是審美活動的結果，但不等同於事實。所以當人們看許多的史詩、小說、傳奇、神話，或者是稗官野史的各種流傳，可看作一連串歷代傳述者審美活動的一種需要，而不必等於原始人物的內容。例如：白雪公主與七矮人的故事，白雪公主原來是個惡毒、淫蕩的人；而七矮人是輪暴她的人；親吻她的白馬王子原來是個姦屍癖的人，一切是令人覺得非常不名譽的。唯一倒楣的是皇后，把淫蕩的白雪公主趕走，其實皇后是對的，淫蕩的白雪公主和父親是亂倫。改編後，白雪公主變成是好人、可憐的人；七矮人變成是勤奮的人、救贖的人；姦屍癖的變成是英勇的人；而皇后變成是惡毒的人。流傳之後和原來的版本未必要一樣，又例如藍鬍子亦然。

　　人們對事物，是不是應該基於時間與空間的距離，而採取一定保持距離的態度來審美？並不一定，是基於各種審美需求不同而定的。事實上，距離經常產生審美上的自我矛盾。此話怎講？其實很簡單，原本看、遠遠地看很好看，可是近看之後，怎麼搞的？愈來愈不好看，成為枕邊人，轉頭看到她卸了妝，就會驚魂動魄。或者說，外表溫文儒雅、風度翩翩，回家後，結果連馬桶都不刷，衣服、棉被不摺、香

港腳臭的不得了，又非常不負責。原先所感覺得到的溫文儒雅不存在了。所以審美必須要採取你自己所需要的劇本才能決定。所以美學它具有非理性部分，但美學不是完全違反理性的，因為數學所呈現、邏輯所呈現，一樣有它的美感。也就是說，創意美學也可以是理性的、邏輯的、科學的那個部分。但，只是在說明時，經常審美活動是獨立於理性的、邏輯的、科學之外的。換句話說，透過數學符號，或者是科學儀器，也一樣可產生獨特美感。

在整個審美活動最複雜的，莫過於是電影[12]和音樂劇；而最能感動人的莫過於，當它以悲劇形式出現。它會形成高度的情感投入，和道德判斷的衝突。也就會使人進入一種深層的思考，也就是二元對立。生與死；善與惡；正義與邪惡；上帝與撒旦；天堂與地獄之間的種種判斷。人由於想追求正義的實現，就會對悲劇的感受特別強烈，因為悲劇不實踐人的正向需求，而往反面方向走去。最後使得整個審美要求大大提升。審美強度一旦升高，意識感就會增強。所以王國維認為：悲劇是藝術的最高手法。藝術的最高手法還要看藝術的配件，藝術的配件最為複雜者，毫無疑問是電影和音樂劇。二十世紀興起另一種電影是動畫電影，人們把動畫電影加入進入其中有三個條件：動畫電影常能達到一般電影所做不到的，它是通過圖畫影像來做任意的組合，有些是人的表演所做不到的。而音樂劇也常做到人所達不到的，用很複雜的音樂效果和樂器的組合，來產生獨特的審美感受。進而它有獨特的空間效應和時間效應，包括各種距離感和遙遠感，和各種情愫的轉換世界感受，表現在裡面。這三項藝術，都是進入二十世紀才推向逐步完美的發展，特別是動畫電影。

由於悲劇總具有高度的抒情作用，所以它可以把人潛在心中的元素挖掘出來，而這挖掘出來，就可以看到人的命運是受到什麼情愫在侷限的。也就是說，我們透過審美活動可以看到我們的命運是被什麼

---

[12] 見德勒茲：《電影》（臺北：遠流，2003）。其中已為電影的複雜性建構的理論。

內容所侷限著。大部分可以和理性、邏輯的推理的科學無關,任何人類的情愫、情緒、心理狀態與美感有關。例如慈悲、寬容、嫉妒、仇恨、崇高[13]、壯麗、雄渾、陰暗、憂鬱……等等,人們可以想到任何心理的形容詞,或性格的形容詞,都可以加上美感而加以發展,所以有多少心理的形容詞,就有多少的美感種類。換句話說,美感的種類受限於民族語言之表現。若民族語言缺乏美感語言,也就會限制美感發展。它無法被產出、被說明,它可能會默默在心理被體驗著。例如:明華園版之《暗戀桃花源》裡的陳勝在說:「這種感覺(臺語)!這種感覺!」時,說:「用臺語很難說出它的感覺,用國語時則豁然開朗」。於是說它受制於語言無法表達內在的感受,是時而有之的。有時候我們會發現,用閩南語或國語無法表達出來,用英語或日語表達會好一點。假如人們有共同的語言經驗,人們可能用另一語言協助表現美感的感受。換句話說,國際語言也可以加入美感的表述的世界。那麼,人們大概可以說有心靈的、性格的、和直觀的感受的形容詞,就有多少種不同的美感。而更多的感受在彼此之間,經常也會形成一種心靈內在結構化的現象。換句話說,各種心靈內在結構化的現象,由於它二元對立現象的依然存在,每一種美感之間有交互的現象。譬如說,愛與恨之間,悲與喜等等可兩兩交互依存。甚至感嘆、扼腕、珍惜,都可形成美感經驗之一。換句話說,生活中的任何的點點滴滴、任何的一草一木,都可以是美感經驗的一部分。這也就是說,城市有城市的美感,鄉村有鄉村的美感,春、夏、秋、冬各有各自的美感,冰天雪地和熱帶各有其美感。因為它在人的經驗美感上的不同,這說明瞭人受之於不同的感官經驗,就決定了它的美感經驗的世界。人若受之於不同的語言,也就決定了它的美感經驗的世界。所以美感經驗的世界又決定人的命運,又反過來決定人的知覺結構。所以,人的命運被詞語之間和環境之間交互決定。

---

[13] 定義同註6。

所以什麼地方，可生產出什麼好文學作品，就幾乎已命定。因為它的語言可能性，就只有在語言內部所可以產出。所以過往經常認為美好的、正向的，才是美感的審美。人們漸漸從上述的敘述中，知道未必見得是如此。恐懼、黑暗或者是被恐嚇、威脅、暴風雨或者是漆黑、陰沉、受傷、渺小、驚怖、怨恨，通通可以說是另類美學的要素。因為假設沒有這些要素，則悲情很難構成。它一樣可促使人們正向美學的交互作用，於是悲劇總是會引起另一種喜劇性的需求。看《暗戀桃花源》時，在悲劇中想笑，在喜劇中想哭，就是指在二元對立的張力中產生交互作用的存在。當然，進一步說兩端的情緒中，會含涉另一端的情緒。二元對立中，會含涉另一端點的內部的直觀感受。所以，崇高的感受會含涉卑下的感受，無利害的會含涉有利害的感受。人在這樣對稱的感受中，可消解潛在需求，也可解決命運中的不滿足，可透過審美解決命運中的缺憾，而未必需要真的親身走一遭。

三、創意藝術是什麼[14]

創意藝術是什麼？藝術是人與人之間交互往來所呈現的品味溝通工具，和符號所呈現的特殊語言，透過藝術表現出自己的意想，或者是內心的理念，乃自於內心的感動，和生命的訊息，乃自生命對於世界、對於環境的感觸。所以，藝術即表現人的情感，也表現人的思想，所以任何一種創意藝術，它都可以轉換成是一種符號的呈現，和感情與思想的語言描述。而各類項的藝術由於表達的媒介的不同，所以說產生的功能也會不一樣。好比建築、繪畫、雕塑、攝影、電影、音樂、園林、詩歌、散文、小說、戲劇、音樂劇、舞臺劇、歌劇、交響樂、協奏曲……等等，所使用的媒介都不相同。可以共同找出所這個存在的基礎分別是

---

[14] 見徐復觀：《中國藝術精神》（臺北：學生，1966）。其中的藝術定義可作為佐證。

在時間中的創意藝術，或者是在空間中的藝術，但是，它們總是可以轉變為符號；時間中的創意藝術所轉變的符號，是音符和音波，空間中的藝術就可能通過肢體的語言，或者是各種建築材料、園林材料。

人們還可以表現出另外一種藝術，就是文字元的藝術，通過各種語言文字的書寫方式，不管通過線條或色彩或者是肢體，乃至是音符，都在呈現創意藝術的品味，這種藝術品味可以使不同社會階層的人而產生交互往來的媒介。

換句話說，創意藝術的品味本身也在告訴世人品味層次的差異。這個品味層次的差異，並不以藝術品的價格來做區分，也不以流行與否來做區分，所以創意藝術品味的社群之形成，也經常形成社群聚合上的主角。不管是為人生而藝術，或者為政治而藝術，或者為藝術而藝術，不管是一種服務性的藝術，或者是應用性的創意藝術，或者純粹的創意藝術，都體現了不同的品味，當然也可以體現不同的人生境界和社會現象。站在後後現代的角度來說，不管喜好寫實的或者是現實的，或者是超現實的，或者是虛無的觀念性的藝術。都在表著藝術的一種可能項目，也代表了不同的人性的一種追求。這個追求從有人類開始，就產生了。換句話說，當人類可以開始創造符號，創意藝術就已經在進行了，這裡流露出藝術是一種人性表現在時間空間中的一種自然傾向，一種內在的渴求，和人與人互動之間的必然需要，於是研究創意藝術或者創意美學的意涵，就必需從這種人性裡面的必然需要和品味的呈現，來加以了解。

當創意藝術以一種創意美學的方式呈現的時候，以一種美感的方式來表現的時候，人們就必須警覺到它很可能在不同的族群裡面先天上就已經有命定式的差異，這種命定式的差異包括政治美學和流行文化的美學。換句話說，兩種不同的政治品味之所以互相敵對難以溝通，其實真正的原因是內在美感上的難以共容，和美感的絕對差異，假如從差異哲學[15]的角度來說的話，差異是命定的，共識才是假象的。從

---

[15] 見 Jacques Derrida. *Writing and difference*. Translated, with an introduction and

這點來說，審美如果放在公共政策或者是政治領域，差異就是一種命定，於是協商變成一個必要的手段。

審美的過程，可以協助任何一種人類社會活動的協商之可能的建立。這個審美活動，也就不儘然是在藝術品之上，而可以是通過各種人類的個體或群體活動或者是肢體的展現，或者是生命境界的展現，通過這樣的展現來產生彼此的協商。舉例來說，一個悲壯的歷史事件所產生的美感，可能可以使兩造之間的歧異產生協商，或者是一個巨大的災難所產生的黑色美感，也可以產生協商；如邵曉玲事件所產生的悲劇感，也可以產生協商，這種協商可有效的退卻差異本身所在現實上所產生的對立作用。

審美上所本來所產生的歧異，在於生命的生與死之間，在生命的舞臺之上。事實上，這是命定著只有社群上的品味階級，而沒有辦法在不同的社群之間不同階級之間產生溝通；只能呈現差異，或者是只能自我重覆，而重覆者經常是以一種沒有觀念的形式來表現重覆。這是以一種沒有創造的方式，只以一種認同的方式，來呈現重覆，但重覆本身也是差異之一，也同樣是差異的表現，所以，差異總是世襲的，通過差異的本身或者差異的創造的本身，或者通過重覆來表現差異，而沒有辦法真的同一化，也沒有辦法達成共識。灌輸創意美學思想或者是審美意識，對於教育的養成或者是生命的養成，乃至在生命教育生死教育之中的鍛煉。事實上，是對不同的品味階層做一種連根拔起的活動。這樣的活動，首先會從語言文化的教養，和各種創意藝術品的認定，乃至於各種音、聲美感的認定，來加以養成，這種養成的方式，在各種殖民主義的國家裡面，都進行過這樣的手段。

這個手段毫無疑問，也就要是重建一個新的民族，是迫使一個原有的民族死亡的一種手段，所以摧毀一個民族是徹底催毀它原來的審美方式，催毀它原來的民族所體現出來的特殊情感所表現的美學。所以當一個民族的特有情感創意美學和審美方式死亡，就宣布著一個民

additional notes, by Alan Bass.: pbk. University of Chicago Press, c(1978).

族的死亡。所以一個民族的死亡，不一定的血統上的被毀滅，真正可怕是它的美感上和這個審美認知上的毀滅，當然，如果創意美學欣賞的層次是一種提升[16]，是一種進化。那麼，就不能說是一個民族的死亡了。但是，轉變提升和美感的被取代和死亡之間，究竟有什麼不同呢，這邊關鍵的是它是否是一個連續的發展，或者是一個前後可以找到系譜脈絡的一種發展。

從原始創意藝術到上古藝術到歷史藝術到現代藝術，甚至到後現代創意藝術、後後現代藝術之間，它其實是可以找到彼此之間的脈絡和發展系譜的，而如果是介入式的話，它是只能找到他族的淵源，而沒有辦法找到這個一個民族發展的歷程。換句話說，整個民族它總有一個勞動的歷史，有一個生命的發展歷史，這個發展歷史即便是斷裂的，表現在創意藝術上，仍然有系譜和脈絡可以追尋，可以透過考古知識，知識的考掘，來進行創意藝術脈絡和審美脈絡的考掘，或者叫考察。

所以，創意藝術本身也反應著民族的基因、DNA、和民族的族性，特別是在民俗學世界裡面的創意藝術，更是如此。換句話說，創意藝術不僅僅只是天才所獨有的，創意藝術是人類社會裡面每一個人都可以從事的活動，並且，經常是有知覺障礙者所可以特殊從事的活動，反而知覺障礙者因智力上難以突破的時候，可以由藝術產生生命的紓發點，也可以表現出他潛藏在生命之中的這種渴求和特殊的特長。

那麼，所有的創意藝術的形成之於任何一個民族，也就很難離開它的土地、環境、經濟情況、政治情況、社會結構，乃至於這個家庭結構，和意識形態，而獨立存在。所以，否定一個民族創意藝術其實就是否定一個民族的存在，面對一個民族的創意藝術就是面對一個民族的生命。那麼，進一步地說否定一個民族的創意藝術就是否定一個

---

[16] 見巴特著，汪耀進、武佩榮譯：《戀人絮語——一本解構主義的文本》（臺北：桂冠，2002）。以本書的解構審美方式來閱讀文本就可以說是特殊的提升。

民族的生與死。這樣的態度，這一種否定當然是另一種形式的暴力和摧殘。於是，再怎麼樣原始部落的民族，不管站在歷史的角度、歷史主義的角度，或者站在現代主義的角度，或者是後現代主義的角度、後後現代主義[17]的角度，都應該以一種尊重生命的態度，來看待其審美世界和美感世界。因為，人應尊重所有民族差異的存在，那麼，透過這種尊重，就可以觀看到藝術後面，所顯現出來的各種政治、經濟、文化、思想、基因、環境所謂創意藝術之稱的各種基礎點。換句話說，觀察創意藝術的作品，之於各個民族有助於認識整個人類文明，在各個時期的發展，也就是說，創意藝術不僅僅只是藝術，創意藝術還代表著人類存在或在生與死之間所透顯出來的張力和力量，也代表著每一個民族在生命環境裡面的一種渴求，特別是當創意藝術和宗教結合的時候，這樣的藝術更具有一種形而上的渴求的意味。

也就是說，藝術同時也反應著一種形上創意美學的內涵，那麼在欣賞上代表著人存在的一種理念，和真正差異的表現之所在，同時也可以表現出一個民族作為與環境和萬物生存競爭之間的一種表現項目，甚至是，通過遊戲而表現的藝術，也一樣可以看出，各種存在於生活世界裡面的真實地位。而創意藝術是不是一定要依賴於經濟而存在？不是的，這個人類的精神層次發展到極高度的時候，也可以以非常簡單的這個物質、條件，就可以創造出高度的文明，以明朝末年的王船山就是代表著這樣一個例子。由於遊戲和創意藝術之間，有著必然的關係，都具有審美的需求，如同遊戲和政治之間，也有著必然的關係。所以，我們會認為遊戲和審美以及美感有一個必然的連繫。那麼，在人類的活動之間，幾乎是沒有辦法離開遊戲和審美而存在的，但是人類卻可以沒有邏輯而存在，或者是，沒有電影而存在；或者是沒有雕塑品而存在。也就是說，遊戲和審美是絕對的必需品，但是許多的藝術品卻不一定是人類的必需品，它只不過是通過審美通過感性所表現出來的一種可能項

---

[17] 見歐崇敬：《後後現代的中國存有學》（臺北：洪葉，2006）。其中的後後現代主義。

目。這些可能項目未必要真實的被需要，但是遊戲的創意確是需要的，此外遊戲創意可能存於家庭之間、夫妻之間、或者是兄弟之間，乃至於這個鄰裡之間，甚至是一個國家的創意遊戲。今天來看，全世界都需要創意遊戲，例如美國的職棒、世界盃足球賽、奧林匹克冬季和夏季等，一切都是不斷擴大的這個遊戲，而且是世界矚目的遊戲。換句話說，體育的創意遊戲，甚至是戰爭的創意遊戲，都是人類審美的一種需求，於是美學，就和政治學、和競賽、和公共政策絕對的相連，所以在創意美學上的差異、歧異、分歧，就會形成人競爭上的真正關鍵，和人難以共容難以達到共識的真正關鍵之所在。所以這樣的美學或者是審美活動，人們從早期的游牧、狩獵、漁獵就已經存在。換句話說，美學的審美基礎，會從人們的基因裡面做長期的累積，也就是說，其存在於一個家族的集體意識，乃至於人類的集體意識之中。所以，創意美學的差異就來自於家族的差異，來自於各人基因的差異，以及來自於民族的差異，甚至於來自於生物學上的差異。

審美本來就是一種存在的差異[18]，這種差異，通過世代的繁衍，就形成一種差異的重覆。所以，人們在世間之中總是一種重覆的差異，那麼這些差異和重覆表現在不同的生長環境之中，就會運用環境裡面的不同的要素來表現。譬如說農業社會、譬如說在封建王朝裡面，或譬如說是在自由社會，開放型的社會，或者是在不同的地理環境裡面，又譬如說是沙漠的生活，譬如說是熱帶地區的生活、寒帶地區的生活、冰緣上的生活，都會產生不同的審美和創意藝術品的呈現，或者是不同美感的在大地上和環境上的實現。如此說來，所謂的文明人和野蠻人之間的界分常常是一個可以位移的軸線，常是通過審美和美感的呈現的品味來加以劃分的，而不是透過倫理。所謂的上流社會和中產階級，和這個基層社會、底層社會，之間的劃分，也通常是通過美感來劃分的，這個美感到了資本主義社會，或到了消費社會以後，就用消費能力來作為一個重要的劃分指標。

---

[18] 同註 15 其中的定義。

　　當然有另外一個指標的軸線，則是通過品味來加以劃分，這個品味乃未必可以從消費能力來，而常常是以知識上的理念和人的認知來加以劃分。換句話說，消費能力也會進而生產感官知覺，只是所透顯出來的形態上的不同，而知識理念品味也會透顯出感官知覺上的不同，於是消費能力和知識理念，都會與原有的家族的遺傳基因，或者民族的遺傳基因，產生若干的斷裂關係。但是，不同的民族和不同的家族，它們之間所呈現出來的更高品味或更高的知識理念，或者是更高的消費能力，在具體的表現之上，也會有些微上的差距。由於經濟脈絡的全球化，使得經濟的消費力量或以知識理念的座標，會更有跨越各家族以及各個民族的現象，所以美學有新的發展，就是當世界逐步邁向全球化的時候，乃以知識理念的品味做一個新的階層，或者是以消費取向來做創意美學和品味的階層，那麼也就產生新的差異，或新的社群。

　　審美代表人們感受到所觀看的對象的一種特質，或對它的一種價值肯定，當然也表現出人們知覺[19]對它的感受。而審美的價值又在那裡？事實上乃是在人對事物的知覺，所產生的感受上。審美具有主觀性，審美基於人的知覺的架構，也就是說，一個人很可能在二十歲的時候的知覺架構，三十歲的時候的知覺架構，所產生的審美活動，和表現出來的審美價值，譬如二十歲的男人喜歡瘦的女人，三十歲以上的男人喜歡有點肉的女人，或者是變態的知覺，所產生的審美活動，也會不一樣。所以審美的價值感總是異於個體而存在。而所謂的鑑審力乃就和審美的價值感的完整度有關。

　　一個鑑賞力越高的人，其所可以理解的審美價值的層次愈為豐富，愈為完整；具有審美的判斷能力，也愈為精確，而不會被情緒所左右，也不會太偏限於只是個人的主觀意見，如果只追求某種特殊價值的審美，其實就是一種異識形態了，審美活動本身就是一種價值的

---

[19] 見梅洛龐蒂著，姜志輝譯：《知覺現象學》（北京：商務，2001）。其中的知覺定義。

活動。審美的判斷當然也就可以看做是一種價值的評估，所以，創意藝術作品的審美當然可以看做是一種藝術的感受體驗，和感受判斷。由於審美具有這種價值效應，所以創意美學就和倫理學和道德產生著必然的連繫，因為價值的高低和倫理世界的高低感，會產生連結作用，因為秩序也通向價值的鎖鍊。那麼，價值有沒有客觀性？沒有，價值只有社群的共同性，換句話說，在某一個社群有價值的，很可能在另一個社群完全沒有價值，例如：貞操、或虎牙（日本人喜歡虎牙）或肥肉（日本的相撲喜歡肥肉）。

所有的創意藝術品都成自於創意藝術家，而且創意藝術家創造創意藝術品本身有一種神祕的屬性，這種神祕的屬性人們把它稱之為天才，跟一種崇高的美感，或者是一種獨特到難以重覆的美感。經典的藝術品，即使是藝術家的本身，也很難重覆的再生產出同一種維度的藝術品，不管是音樂劇、歌劇、交響曲、協奏曲、奏鳴曲、繪畫、雕塑、舞蹈、話劇、電影、乃至於建築原理、景觀。所以，藝術品由於富有一種天才和神祕的氣質，所以本身也就有獨特的生命力，也有獨特的思想，甚至有一種近乎真實的生命感，創意藝術品的創造，不是隨意的，或者是偶發的，而是，透過藝術家長期的創意藝術養分的吸收，而表現出來的創造力。

任何一種創意藝術作品裡面，一定包含形式和內容，偉大的創意藝術作品永遠是創造出新的典範，而且能夠不落俗套，同時不會有任何的窠臼，甚至不會為任何特殊的目的而構成。這樣的創意藝術品和人類的心靈，可以息息交通，經常可以震懾人心，而且觀看到這樣的藝術品就可以感受到一種偉大的訊息，這種訊息透過藝術品的符號媒介，會傳遞給觀看者，甚至會傳遞給整個民族，甚至成為整個民族的靈魂。所以，偉大的藝術品所創造的典範，是超越信仰、超越意識形態，超越實際的形象，它只為自己的存在而存在，也就是它是一個為藝術而藝術的藝術作品。在心靈和藝術之間，總產生一種特殊的連繫，也就是說和這個觀看者的審美活動之間，會產生一種特殊的密切作

用，所以創意藝術家的任務總是在設法創造出天才式的作品，一切的這種創作歷程裡面很可能都在等待創作出天才典範的作品，人們不可能要求藝術家每一個作品都是天才式的作品，若沒有其他的作品也很難創作出天才式的作品，問題在於靈感的來源在哪裡？靈感的來源同時來自於創意藝術家在環境中所吸取的美感的要素，以及新的形式和內容和張力。透過模仿和反覆的練習，終於可以找到一個全新的原創形式內容，就為藝術的歷程在整個人類創意藝術作品的歷史上，邁出新的步伐，甚至原創性的創意藝術作品、典範[20]性的作品，幾乎是沒有辦法透過人工的方式，去重覆製造的，或模仿製造。它總會有差異，包括一把小提琴、一幅名畫。如果不透過科學的復製手法的話，複製總是困難的。

至於，生命的高峰經驗中的喜悅，在於藝術而言，乃是新的創意藝術作品所可以不斷的呈現，也是產生一個新的審美價值，而且具有一個新的不可取代的審美經驗之獲得。這種審美經驗，通過典範性創意藝術作品的呈現，乃可以終身難忘，並可獲得一種特殊高峰經驗。甚至，偉大藝術品應可以征服整個世界各個民族，征服全人類的知覺。一旦這種典範性的藝術作品變成一種流派和形式，就會走向逐步僵化的過程，乃至於逐漸失去創造力。所以，任何一個典範所形成的創意藝術創作，都不可能支配永遠，只可能是一個時代的浪潮，也就是說運用這個典範還可以再發揮其他相關之二級的創作藝術。那麼，如果在繪畫的話典範性作品常常會有一個系列，但不是畫家所有一輩子的畫作，乃會有一系列的畫作，是屬於這種經典典範的畫作，常常不是以單張來呈現，包括雕塑品，和攝影，也都是如此。這點和音樂或者電影，是極不相同的，音樂經常是以單首的曲子或是與歌劇，或是話劇亦是極不相同的。所以，不同的藝術屬性所呈現的典範型態也會有所不同。好的創意藝術品可以跨越民族存在的空間的藩籬，也可以跨

---

[20] 典範的定義，見孔恩著，王道還等譯：《科學革命的結構》（臺北：遠流，1993）。

越時間能夠被人們感受到那個時代的訊息的偉大，或某個創意藝術家作品的偉大。缺乏經典性的作品就會受限於環境，也受限於時間時代能夠被欣賞。換句話說，如果因於時代的流動，而沒辦法再打動新時代的人們，只要空間搬移，或者語言翻譯之後[21]，就沒有辦法打動其他的民族，創意藝術性就會下降。好比武俠小說，經常就受到這樣一個限定，因為缺乏一個普遍人性的共同或者是某一些民族音樂，由於民族性太強，例如歌仔戲，還有中國非常多的地方戲曲，因其缺乏人類普世的價值的描寫。

由於文化的傳播，許多原本可能只是區域性的民族，藝術也可能在世界的舞臺上被流傳之後，形成大家新的審美焦點，例如日本的歌舞妓和能劇，都是這樣的例子。當然，不是所有的民族藝術都能達到像能劇這般的強度而被世界認同。又譬如說鬼太鼓，亦屬於這樣的一個形態，由民族藝術而能上升到一個世界性的創意藝術案例，是不多見的，原因是這一項創意藝術的元素本身，本來就必須要俱有世界性的可能，可以跨越時間空間的可能，才能夠有這樣的潛力，如崑曲。

創意藝術品總是包含了兩個向度，也就是說內在的向度和外在的向度，所謂外的向度經常指的是它的材質跟形式，而內在的向度指的是創意藝術家賦予作品的這種心靈或者是情感。這個內在向度往往必須要配合外在的形式，才能夠讓觀看者獲得感動，例如《貓》音樂劇，如果沒有透過音樂劇的形式，如果只單是聽主題曲，譬如說那首〈回憶〉，我們單聽〈回憶〉的時候，可能並沒有感覺到特殊的感動，但透過音樂劇的形式，看到女主角兩度的出現在舞臺，以一種淒美的方式去期待黎明和期待生命的希望，跟詠嘆生命之間的苦難以及等待之際，人們會感到一種震撼。所以，許多的藝術品是不能離開其形式。

---

[21] 見 Jameson, F. The Prison-house of language :a critical account of structuralism and Russian formalism Princeton, N.J.: Princeton University Press (1972).其中「語言的牢籠」說明了對人的限定，常常來自於語言。

又譬如說貝多芬的〈合唱交響曲〉，如果單獨地唱快樂頌，可能無法感受快樂頌的偉大。

若簡單地唱快樂頌，可能沒辦法品味那種雄偉和崇高，但是，如果放在貝多芬的第九號交響曲的結構裡面的話，就會感覺到那種盛大和震撼。所以，當藝術品完成的時候，乃已經是世界的一個部分，是整個大自然的環節的部份，而不是孤立在自然的環節之外的，它永遠是具有生命的。而且一定程度乃已經脫離了作者，成為另一種生命形態的化身，而且它會和所有的觀看者形成一個不同的個別之新的交融，而這種新的交融對於觀看者來講，都是獨立而不可分割的。好比一部電影，或一部小說，當出現以後，就屬於讀者，或者一個戲劇也一樣，是屬於讀者，或者一個建築，也會屬於一個觀看者，不再會和作者那麼緊密的相連，

但如果不是創意藝術品？就無所謂存在[22]與不存在了，樓起樓滅總是如日常的柴米油鹽那樣一般的平凡，人們面對創意藝術品的時候總是會追尋它的起源。而起源，總是來自於大地及天上的星宿之間和一切的自然萬物之間，綜合的訊息的感觸。同時，人們會問他的發展，這個發展總是會離開歷史的脈絡，和環境的要素，以及精神層次的理念。接著，人們會問到創作的這個詣趣，這個詣趣當然最高峰是在創造一種高峰的崇高卓覺的經驗。創意藝術所呈現的符號性，會達到一種趨近於無限的一種精神形態。也就是一種似乎，創意藝術品在述說的一種無盡的故事。這一點在看梵谷的繪畫也好，達利的繪畫也好，似乎都覺得十分的雋永，或者是八大山人的繪畫，乃至表達的形態方式是以卡通的方式，可能都會覺得真正的雋永，所以一個經典的創意藝術作品，是可以反覆被閱讀，而永遠不會覺得厭倦，而流行歌曲之所以只是流行，是因為他會被厭倦，流行的商品作為文化的表現之一，而不是創意藝術作品之所以會只是流行商品，是因為他也會被淘汰，

---

[22] 見 Martin Heidegger. *Being and Time*. Translated by John Macquarrie and Edward Robinson. New York: Harper & Row(1962).其中對存在有清楚的定義。

會被厭倦，也就是說他如果不是當今時，似乎就會被厭倦，這當然也
包含各種的服裝、皮包、鞋子、汽車、或者是首飾，當首飾上升到像
翠玉白菜那樣的經典之後，就不再只是流行的商品了。所以，換句話
說，所謂的流行和經典的創意藝術品之間，關鍵並不在於材質，而在
於它的形式和內容，以及是不是達到一種崇高的創意藝術精神性，或
其創意藝術理念是不是指向著一種無限和永恆。

創意藝術的本質是永遠不會改變的，其本質就是「崇高」，含有一
種追求純粹的、和典範的、和具有天才的這種形式的創作，創意藝術
不獨屬於感性的世界，創意藝術同時是感性知性理性綜合表現在各種
可以運用的符號工具或者是材料工具上所創造出來介於天和地之間，
的一種特殊的創造典範，的完成，而且當它完成的剎那間，它就有獨
立的生命。

聲音之道

——以「人文心曲」為例的 中文文化創意產業

賴賢宗
臺北大學中國文學系

摘　要

在這一篇文章之中，筆者闡明人文心曲的中文文化創意產業的一些初步成績，強調的是「文化」與「創意」的自主性（Autonomy），以及「文化」與「創意」對於「整體生活環境品質的提升」的動能。

樂曲的展開是人的實存體驗的一部分，不能脫離她的存在場域和文化流傳物，所以，樂曲的展開與她展開的場域所涵攝的生命境界、物性自然是密不可分的，也會有她相應的流傳人間的文本（Text），得以互相參照，此中，人格境界、文本的內涵、物性自然也包含「志、情、理、願、心」的五個部分，也都具備「曼陀羅」的結構與動能。

關鍵詞：文化創意產業、人文心曲、美感體驗、音樂美學

一、導論

　　文化藝術與經濟生產的結合是基於二者彼此之間的互補性。文化藝術需要經濟生產，否則不能製造生產價值，無法宏揚其功用。又，經濟生產需要文化藝術，否則缺少體驗價值之內容，經濟單向的膨脹發展導致人文價值淪喪，社會大眾心靈空虛。[1]

　　文化創意產業（Cultural and Creative Industry）一詞最早是由行政院於 2002 年 5 月在「挑戰 2008：國家發展計畫內」的「發展文化創意產業計畫」所確定，從此之後，文化創意產業成為臺灣官方之定名，各國定義不同，在社會民間的一般討論者，另有稱為創意產業、內容產業、文化產業。

　　臺灣的「經濟部文化創意產業推動辦公室」關於「文化創意產業」的定義：「源自創意或文化積累，透過智慧財產的形成與運用，具有創造財富與就業機會潛力，並促成整體生活環境提升的行業」。除了以「行業」來定義文化創意產業之外，文化創意產業也可以表現在個別產品與產業形象的提升上面。就此而言，凡源自創意或文化積累，運用於個別的產品設計、生產、行銷，與推廣，能夠形成智慧財產，並增加產品的創造財富與就業機會潛力，尤其強調對於整體生活環境品質的提升，以上這些都屬於文化創意產業的運用範圍。

　　筆者以為：「文化創意產業」在以往的做法比較偏重於「產業」方面的強調，而相對而言忽略了「文化」與「創意」的自主性（Autonomy），以及「文化」與「創意」對於「整體生活環境品質的提升」的動能。過於強調「文化創意產業」的「產業」方面，是一種物質化的傾向、

---

[1]　1.大衛・索羅斯比：《文化經濟學》（Economics and Culture）（臺北：典藏，2008）。2.Bruno S. Frey：《當藝術遇到經濟》（臺北：典藏，2008）。3.辛晚教、古宜靈、廖淑容：《文化生活圈與文化產業》（臺北：詹氏書局，2005）。

商品拜物教的異化。「文化創意產業」仍然應該以「文化」與「創意」的自主性為本質，才有策略上的正當性，以及應該強調「文化」與「創意」對於「整體生活環境品質的提升」的動能，從事社區的靈性再造，如此「文化創意產業」才具有洽當的目的性。例如近年來臺灣原住民的祭典被發展為觀光性質的文化產業，被批評為喪失了臺灣原住民的祭典原有的儀式性與神聖性。論者以為，這種方式的「文化創意產業」做的越多，就越是造成對於臺灣原住民祭典傳統的傷害，此乃過於經濟取向的文化產業的弊病之一例。

在這一篇文章之中，筆者介紹自己關於人文心曲的中文文化創意產業的一些初步成績，強調的是以上所說的「文化」與「創意」的自主性（Autonomy），以及「文化」與「創意」對於「整體生活環境品質的提升」的動能。

復次，以藝術教育、生命價值為核心，在大學校園之中展開「文化產業先導活動」、「生命價值創新學習」，培養學生的「藝術人文」、「美感體驗」的基本能力。例如，在臺北大學所在地「海山地區」（三峽、鶯歌、土城、樹林、桃園等）創造一個具體而微的優質生活典範地區，兼具自然人文之美，兼顧濟生活和精神內涵，並保存在地鄉野淳樸質性、及具備國際視野和創發力。筆者從事於人文心曲的中文文化創意產業，乃是在大學校園之中展開「文化產業先導活動」的一個環節。

在這一篇文章之中，筆者介紹自己關於人文心曲的「實作」方面的成績，並且開展相關的音樂美學理論，後者結合中國哲學的心性論與美學之中的境界說，比照分析心理學家榮格（K. Jung）所說的「個體化的曼陀羅理論」，而建構「音樂曼陀羅」之說。可以說，本篇文章是以「實作」方面的體驗為出發點而有的發揮，而不是一篇單純整理文獻與整理其中義理的論文。

德國音樂理論家舒巴爾特（C.F.D. Schubart739-1791）發表《關於音樂美學的思想》題除「音樂美學」（Aesthetik in Musik）的構想以來，

對於「音樂美學」研究有很大的進展。[2]韓鍾恩主張音樂美學是人用美學的理論方式去研究人如何透過音樂的方式所進行的審美活動，包含用觀念的方式去把握音樂和用經驗的方式去把握音樂，並研究其結果。這是一種既是理論也是實踐的工作。[3]音樂美學的論域包含「音樂美學現象論」、「音樂文化人類學本體論」、「音樂哲學人本論存在論」（Philosophical Humanism in Music－Ontology）。[4]

里爾克（Rikle）《致奧爾弗斯十四行詩》說：「歌唱即實存」（Gesang ist Dasein）海德格解釋裡爾克此詩說：「何時我們如此這般存有，以致於我們的存有就是歌唱」。[5]基於「存在即歌唱」的理念，筆者目前以「志、情、理、願、心」來建構「音樂曼陀羅」，郭淑玲作曲已達四百首的「人文心曲」則是我這方面的實作。樂曲的展開具備「志、情、理、願、心」的五個部分，藉此可以遊觀樂曲體驗境界的迴旋轉化，體驗樂曲的相攝相入的多重境界。

如此的「音樂曼陀羅」可以從事於「生命教育」、「覺之教育」。「音樂」直接呈現生命境界，可以歌，可以詠，讓人不致於覺得古聖先哲的生命境界太過於玄遠而不可親近。「音樂」的境界具有「曼陀羅」的同時性結構，可以讓人遊於其中（遊於藝），在「志、情、理、願、心」的五種生命境界的交涉之中，興觀群怨，涵養性情。

樂曲的展開是人的實存體驗的一部分，不能脫離她的存在場域和文化流傳物，所以，樂曲的展開與她展開的場域所涵攝的生命境界、物性自然是密不可分的，也會有她相應的流傳人間的文本（Text），得以互相參照，此中，人格境界、文本的內涵、物性自然也包含「志、情、理、願、心」的五個部分，也都具備「曼陀羅」的結構與動能。

---

[2] 韓鍾恩：《音樂美學與審美》（臺北：洪葉，2002）。
[3] 韓鍾恩：《音樂美學與審美》（臺北：洪葉，2002），頁141。
[4] 韓鍾恩：《音樂美學與審美》（臺北：洪葉，2002），頁108-109。
[5] 引文引自海德格〈詩人何為〉。海德格著，孫周興譯：《林中路》（臺北：時報），頁293。

運用在教學上,在「音樂曼陀羅」的音樂創作曲的前導之下,可以進行相對應的文本的講解,展開音樂創作曲所相應的文學與哲理,又可以進而曠觀物性自然,皆具至道,成為一位真正的哲人。

「曼陀羅」是遍在一切,廣攝一切存在的。樂曲的展開、人格境界、文本的內涵、物性自然也包含「志、情、理、願、心」的五種生命境界的展開,以及彼此之間的種種交涉,這些交涉又可以激發出許多靈感與創意;可以導入於藝術的跨界創作,到時候「音樂曼陀羅」不只是可以歌,可以詠,更是可以入畫,乃至於可以舞,可以演,以「曼陀羅」為共通的介面,不同種類的藝術創作可以跨界合作,共同致力於於「生命教育」、「覺之教育」。

二、海德格的存有思想與音樂美學

海德格的存有思想是筆者音樂曼陀羅理論的重要思想淵源。

里爾克(Rikle)《致奧爾弗斯十四行詩》說:「歌唱即實存」(Gesang ist Dasein)海德格解釋里爾克此詩說:「何時我們如此這般存有,以致於我們的存有就是歌唱」。[6]

海德格說:「歌唱之道道說道說著世界實存的美妙整體,此世界實存在心靈的世界內在空間中無形地為自己設置空間……歌唱本身乃是「風」……冒險更甚者是詩人,而詩人的歌唱把我們的無保護性轉變入敞開者之中。因為他們顛倒了反敞開者的告白,並且把它的不妙的東西回憶入美妙整體之中,所以,他們在不妙之中吟唱著美妙。[7]

---

[6] 引文引自海德格〈詩人何為〉。海德格著,孫周興譯:《林中路》(臺北:時報),頁 293。

[7] 引文引自海德格〈詩人何為〉。海德格著,孫周興譯:《林中路》(臺北:時報),頁 294。

正如海德格所說，這種真正的吟唱並不是四處轟響，而是一種真正的吟唱，在此一吟唱之中，有所吟唱並不是最終的收穫，而是在吟唱的過程之中，唱出之際已經毀滅了自身，從而體驗到那被吟唱者本身（存有）成為吟唱的本質。因此，海德格這裡說「歌唱之道說道說著世界實存的美妙整體，此世界實存在心靈的世界內在空間中無形地為自己設置空間」，這裡所說的「美妙整體」就是筆者所說的音樂曼陀羅。

波蘭的現象學家羅曼‧茵加爾登（Roman Witold Ingarden）〈音樂作品及其本體問題〉區分「觀念的客體」和「純意向性客體」。「觀念的客體」產生之後不再發生變化。「純意向性客體」產生之後一再發生變化。音樂作品是一種「純意向性客體」，當音樂作品與人們發生關係的時候，每一次都要發生一次意義的「重建」的活動。不同的演奏者和聽眾對於同一首音樂作品所作的不同的具體化，將導致不同的結果，而人的意向性影響著作品呈現的面目。[8]可以說，音樂作品不是一般的外在對象（外境），而是意向性活動的所思（意境）。在「意─象─言」的運動之中，「音樂作品」是已經寫下來的「言」，而「音樂作品」如何呈現與呈現出什麼，則是有賴於意向性活動，有賴於「意」（意向性活動）所詮釋出來的「象」，所以，音樂作品的真實存在並不是以「言」（外境）的方式，而是作為「意境」而存在。相關的討論有王寧一〈音樂作品存在方式之我見──羅曼‧茵加爾登〈音樂作品及其本體問題〉讀後〉。牛龍菲〈音樂存在方式──同人有關的思路〉（中央音樂學院學報，2/1995）。茅原〈現象學的理性批判並音樂作品及其存在方式〉（美學與藝術學研究 1，1995.5）。[9]底下以中國哲學境界美學來闡明這裡所說的著重於存有論的音樂美學。

8　韓鍾恩：《音樂美學與文化》（臺北：洪葉，2002），頁 64-65。

9　韓鍾恩：《音樂美學與文化》（臺北：洪葉，2002），頁 51-64。

三、中國哲學境界美學與音樂美學

　　中國哲學心性論與境界美學是筆者音樂曼陀羅理論的重要思想淵源。例如在《論語》之中，有下列的記載。

> 子曰：「《詩》三百，一言以蔽之，曰：『思無邪』。」（《論語‧為政》2）
> 子曰：「志於道，據於德，依於仁，遊於藝。」（《論語‧述而》6）
> 子在齊聞〈韶〉，三月不知肉味。曰：「不圖為樂之至於斯也！」（《論語‧述而》14）
> 子謂〈韶〉：「盡美矣，又盡善也。」謂〈武〉：「盡美矣，未盡善也。」（《論語‧八佾》25）
> 子曰：「知者樂水，仁者樂山；知者動，仁者靜；知者樂，仁者壽。」（《論語‧雍也》22）

　　在「志於道，據於德，依於仁，遊於藝」之中，以「志於道」開始，以心靈的意向性（志）開始，以追求意義的心靈活動開始，正符合於「詩言志」的儒家美學。「詩言志」之「志」正是「志於道」，詩學正是成人（人的生命成長）之學。最後，呈現為「遊於藝」的藝術境界，此中正包含了「據於德，依於仁」的種種「情」與「理」相與俱化的轉化昇華。

　　「思無邪」、「三月不知肉味」講的是「遊於藝」的藝術境界，講的是此中的「情」與「理」相與俱化的藝術境界，也就是生動活潑的「據於德，依於仁」的生命真實境界。此中的生命真實境界表現為「知者樂水，仁者樂山」兩種不同的取向，「知者樂水」傾向於優美，「仁者樂山」傾向於崇高，一者偏向於陰柔美，一者偏向於陽剛美，而一陰一陽之謂

道，知者樂水與仁者樂山二者同歸於道。什麼這裡的生命真實境界？可以孔子對於〈韶〉樂的鑑賞心得「盡美矣，又盡善也」來加以說明，「盡美盡善」成為孔門美學的最高境界與審美判準，「盡美」是形式性的優美，而「盡善」則指涉最高善的精神內涵。又，《禮記‧樂記》說：

> 德者，性之端也。樂者，德之華也。金石絲竹，樂之器也。詩，言其志也。
> 歌，詠其聲也。舞，動其容也。三者本於心，然後樂器從之。是故情深而文明，氣盛而化神，和順積中，而英華發外，唯樂不可以為偽。

「詩，言其志也。歌，詠其聲也。舞，動其容也。三者本於心」，可以看出「詩」、「歌」、「舞」都來自於「心」，這是儒家文藝理論以心性論為其存在基礎。又，琴（古琴）是中國古代文人的基本素養，古人留下許多琴論，可以視為中國音樂美學的精華的寶藏。

古琴的演奏與欣賞是古代文人的基本文化素養，在古琴的琴論之中，認為天、地、人、琴融合為一，琴通乎道，琴與道合，這種以天、地、人、琴為一體的美學思想，貫穿於中國琴學始終。古琴美學十分強調存有論、宇宙論的基礎。琴樂能以心性思想啟示人生。琴樂可以啟示心性哲理，實非偶然之事，是因為古琴美學具有存有論、宇宙論的基礎。那些能啟示思想者，稱之為「道」，琴能開顯道的人生哲理思想。而詮釋表達道的意思情境者，稱之為「意境」（境界）。例如如下所引之樂論。

蔡邕：「琴者天地之正音，是其材可以合天地之正器；得其人可以合天地之正道，得其律可以合天地之正音。故伏羲制琴以象天地陰陽之數，而合神明之德，是謂正音」。

此中，古琴表現的是天地的正音，古琴作為樂器乃是合天地之正器，正如古琴樂器首圓尾方，象徵天圓地方，而中間的十二徽象徵周流天地

之間的二十四節氣，伏羲制琴以琴來象徵天地陰陽之數，琴人藉琴可以合神明之德，所以「得其人可以合天地之正道，得其律可以合天地之正音」。這一段文字清楚表達了古琴美學的形上學基礎，古琴的形制與古琴音樂的律理樂理具備合乎中國哲學的宇宙論，故古琴音樂可以移異人心，變化氣質。下列文本顯示了古琴在儒家文化教育之中的功能。

《禮記・樂記》：「琴者，禁也。禁止於邪。以正人心」。

朱熹的〈紫陽琴銘〉曰：「養君中和之正性，禁爾忿欲之邪心，乾坤無言物有則，我獨與子鉤其深」。

儒家的文化教育非常重視琴學。而魏晉玄學家嵇康則在其〈琴賦〉中說，琴能「感天地以致和」、「和心足於內，和氣見於外，故歌以敘志，舞以宣情」、「能盡雅琴，唯至人兮」。此中，「至人」來自於莊子所說的「至人無己，神人無功，聖人無名」，在琴賦之中，能夠完整表達琴的雅致深蘊者，是道家的至人。「感天地以致和」是貫穿上下，古琴在「和」之中，回復天地的存在場域於先境界。「和心足於內，和氣見於外，故歌以敘志，舞以宣情」，古琴透過「和」的境界，融合內外，使心志得到內在的滿足，也使情感在外在的氣韻變化之中得到充分的表現。此一「和」是莊子所說的「天鈞」、「物化」是超越內外的境界。

四、佛曲禪修與能量音樂的文化創意產業

底下闡明的筆者進行的「佛曲禪修與能量音樂」，除了已經進行過兩年的課程教學、演唱與示範，也在諦聽文化與風潮音樂兩家臺灣著名的心靈音樂公司製作 CD，準備出版之中。製作的構想，是音樂版與教學版的雙 CD。此外，也將出版「佛曲禪修與能量音樂」專書。具有中文文化產業的動能。

（一）普庵咒　聲音禪修

〈南管普庵咒〉前兩段的文本：

> 總首
>
> 唵　迦迦迦研界　遮遮遮神惹　吒吒吒怛那
>
> 多多多檀那　波波波梵摩
>
> 首迴，首段
>
> 摩梵波波波　那檀多多多　那怛吒吒吒
>
> 惹神遮遮遮　界研迦迦迦　迦迦迦研界

　　根據一般的理解，〈南管普庵咒〉是宋徽宗時候普庵禪師創製的咒語，又名「釋曇章」（悉曇字母的章句），用以校正梵文發音，〈普庵咒〉的第一段（總首）的內容就是「梵文字母五十音」。據雲普庵咒具有「普安十方」的保護效果，所以也稱為「普安神咒」，至今修持者甚多。後來〈普庵咒〉被譜各種樂曲，例如南管曲、古琴曲等。普庵禪師為禪宗臨濟宗開悟祖師，閱讀《華嚴合論》至「忘情達本」而開悟，他也是修持密咒有成就的大師。

　　其實，根據筆者的研究，〈普庵咒〉不只是「梵文字母五十音」的發音練習，而是與唐密和藏密都有的「緣起咒」相關，並且是具有咒輪語佈字法的成就法。在唐密之中，此一「普庵咒」的「梵文字母表」被書寫成咒輪，也有實修的觀想法，是一可以修持至成就的成就法。佛教之中以梵文字母維修持法門的除了〈普庵咒〉之外，還有著名的「華嚴字母」，是《華嚴經》傳出的修持法。在密教之中，「普庵咒」與「華嚴字母」都是文殊菩薩所傳的開智慧咒、字母修持成就法。並且在各種成就法的修持儀軌之中都納入「梵文字母表」的練習，例如「大手印五支圓滿道」。所以，〈普庵咒〉不只是「梵

文字母五十音」的發音練習，而是作為成就法的宇宙緣起的聲波法門」。

那麼，〈普庵咒〉不只是「梵文字母五十音」的發音練習而已，而是這樣的梵文字母五十音的發音練習就是宇宙緣起的聲波法門」，所以「字母」和「緣起咒」合修具有什麼意思？筆者以為，這是「宇宙緣起」的意思，以佛教的術語來說是「性起」、「如來性起」（華嚴宗）。〈普庵咒〉不只是「梵文字母五十音」的發音練習，而是這些梵音代表著宇宙緣起、性起、如來性起，也就是說在修持之中，演練宇宙的逆返過程與重新創造的過程。〈普庵咒〉是以聲音建立曼陀羅，來演示宇宙的各種元素逆返回到空性的過程以及與重新創造新天新地的過程。若以唐密的五輪觀來說，聲音由海底發生上升至頭頂，是從地輪收攝於水輪，由水輪收攝於火輪，由火輪收攝於風輪，由風輪收攝於空輪，於空輪展現定慧光明，這也相應於《楞嚴經》所說的與楞嚴定相應的宇宙演化的程式。

在「聲音之道」的課程之中，嗡 Om，即 AEIOUM 五個母音的融合，這五音分別相應於身體之中的地輪、水輪、火輪、風輪、空輪，也就是說隨著聲音的產生，能量從一個脈輪昇華到另一個脈輪，也就是地輪（海底輪）、水輪（臍輪）、火輪（心輪）、風輪（眉心輪）、空輪（頂輪）之間的五輪逐輪收攝。練習時候，AEIOUM 各唱出長音與短音，形成陰陽變化，發動根本元氣，如此便包含了除了彈舌音之外的十二個母音。十二個母音加上四個彈舌音（la, la, ri, ri）就是全部的十六個梵文母音。四個彈舌音的功能再於接通喉輪至頂輪的能量，也就是從前意識轉化為超意識的能量，可謂天音。

又，就子音而言，「迦」（ka）是「喉音」，「遮」（ca）是「舌後音」，「吒」（ta）是「舌中音」，「多」（ta）是「舌前音」，「波」（pa）是「唇音」。也就是說，「迦」、「遮」、「吒」、「多」和「波」這五部類的聲音是內氣由內而外所發出的聲音，而口腔給於此一聲音以不同的造型，稱之為「子音」。從身體的內感說來，當發出「迦」、「遮」、「吒」、「多」

和「波」，內氣由內而外發出聲音的時候，海底輪的內氣由下而上震動，逐輪而上，經歷了地輪收攝於水輪，由水輪收攝於火輪，由火輪收攝於風輪，由風輪收攝於空輪的過程。

〈南管普庵咒〉的首句是「唵」（Om）字，它的唱誦觀想是在臍輪（下丹）、心輪（中丹）、眉心輪（上丹）逆旋（逆時鐘旋），盤旋而上，三丹合一，最後於「頂輪」（泥丸）放光。經歷下丹、中丹、上丹之時候，分別是低音、中音、高音，觀想分別渡化欲界、色界與無色界之眾生，解脫三界粗細之一切煩惱。

底下配合五輪塔而解說之，「五輪塔」是唐密胎藏界修持法的根本法，「五輪塔」是大日如來的表徵。修行者觀想自身五輪與大日如來的五種智慧相應，即身成佛。底下的修練只是一個範例與基本法，可以視具體狀況而有所改變，活用之妙存乎一心。此方法必須跟隨教導師學習，方能進行深度的實修。

（二）禪修四句與聲音之道的四種境界

「聲音之道」的修行者以內氣歌唱，歌唱曲譜以郭淑玲創作的人文心曲為主。內氣歌唱之時候感覺身體內外能量的變化，能量具有升降、開合、順逆的變化。依此能量變化而淨化身心，改善周遭環境的氛圍。並從何結合禪修心法，進行深度禪修。「聲音之道」的修行因此具有「四念處」禪修的內涵：身念處、受念處、心念處、法念處。因此，「聲音之道」的修行具有音樂、能量、禪修三大部分。

「聲音之道」的修行因此具有「四念處」禪修。感覺回收至修行者自己身體的能量變化乃是「身念處」。體會修行者自己身體之內的能量中心，以及諸能量中心之間的能量具有升降、開合、順逆的變化，會產生種種光明、喜悅、平靜的覺受，此乃是「受念處」。若有悲傷等情緒產生，也要接納它，讓它自然流露出來，這是情緒淨化的過程的現象。覺知光明、喜悅、平靜的覺受仍然是無常的，層層突破，往上

超越,此是「心念處」。體悟的「緣起性空」、「同體大悲」、「自性平等,自性清淨,自性慈悲」等等則是「法念處」。

以內氣歌唱,能量由下而上,由內而外,能量具有升、降、開、合四種變化。「聲音之道」的修行可以配合佛、道、瑜珈、基督宗教等各家各派的靈性修持,超越宗派區隔,融合宗教的修持。例如,《道德經》所說的「法地、法天、法道、法自然」,依據《道德經》而演示的道門觀法的觀有、觀無、重玄道觀、道法自然,相貫通於此處所說的「聲音之道」的四句修持與四種境界。瑜珈哲學與基督宗教神學的密意亦然。

今且以佛教教理與禪修,解釋「聲音之道」的四句修持與四種境界。如下:

配合禪修心法,在「聲音之道」的課程之中,「升」是般若智慧上升,體會能量由海底輪逐輪而上。「降」是般若智慧上升,體會能量由頂輪逐輪下照行者自己與六道眾生,強調的是「照」。「開」是中道佛性開啟無量玄門,重重交涉的華嚴世界。「合」是中道佛性澈法緣起,每一微塵皆是淨土,展開妙華蓮花的妙法實相。所以,「升」「照」「開」「合」分別搭配於華嚴經教的「四法界觀」與天臺佛教的化法四教所說的藏教、通教、別教、圓教。

禪修四句與聲音之道的四種境界:

歌唱要訣	觀修內涵	天臺佛教化法四教	四句不可說說無生	修行心要	華嚴經教四法界觀
升	根本智(初生般若)	藏教	生不生	生(般若根本智生起)	事法界
降	後得智	通教	不生生	照(般若後得智下照六道)	理法界
開	無量光明	別教	不生不生	開(佛性光明普照十方)	理事無礙法界
合	澈法源起	圓教	生生	澈(佛性即世間,澈法源起,每一微塵皆是一佛淨土)	事事無礙法界

生：般若根本智生起。修行者歌唱的時候，能量由海底輪向上逆旋，在中脈逐輪而上，歸於一點，一點消失於空中，體驗空性、體真止。內氣先入後出，激起空性不離之真氣。般若智慧生起，修習心要是「生」，般若智慧根本智生不生。

照：般若後得智下照六道眾生。修行者歌唱的時候上承般若智慧光，向下順旋，在中脈逐輪而下，下照修行者身體中每個細胞的煩惱與業力，並且下照六道眾生的無名煩惱。修習心要是「照」。不生生，不生而生起覺照力、方便力，不生之生。

開：中道佛性的光明普照十方。修行者歌唱的時候身體放光，自身融入光明之中，至十方世界千萬億無量佛土，中道佛性開啟無量玄門，重重無盡，如華嚴經所說的光光相網的華嚴世界。修行者上承諸佛光明，下化無量眾生。此處的修習心要是「開」，開啟無量玄門。不生不生之中，展現重重無盡的華嚴世界的理事無礙法界。

澈：修行者歌唱的時候體悟輪迴即涅槃（輪涅不二），澈法源起，每一微塵皆是一佛淨土，宛如無量無邊妙法蓮華，華果同時，華開蓮現。修習心要是「澈」，澈法源起，體悟無量世界之中每一世界有無量微塵，每一微塵皆是一佛土，每一佛土又含無量微塵世界。宛如妙法蓮華，六根現證諸佛究竟三昧。不思議的生生之中，塵塵三昧，法華三昧。展現重重無盡的華嚴境界的事事無礙法界。

「四諦」者苦集滅道，「四諦」是佛陀轉法輪之基本教法，「佛以一圓音說法，眾生隨類各聽解」，四諦教法也有其不同的側面與層次。上述聲音之道的四句也可配合於華嚴經教的「四法界觀」以及天臺佛教《摩訶止觀》所說的「四種四諦」，修持者在聲波的微妙震動之中，去體驗四種四諦：

1. 生－生滅四諦：藏教－事法界－生不生
2. 照－無生四諦：通教－理法界－不生生
3. 開－無量四諦：別教－理事無礙法界－不生不生
4. 澈－無修四諦：圓教－事事無礙法界－生生

　　「聲音之道」的禪修法門是藏教、通教、別教、圓教的經教內涵的具體實踐方法。以「升」「照」「開」「合」的心法，配合三脈七輪、法界觀與生命實踐而實修之。

　　四首歌曲之範例：

　　在「聲音之道」的課程之中，以下列佛曲的四個範例，皆可以運用上述四句禪修與聲音之道的四種境界。這些範例又分兩種，其一是曲譜的每一句之中運用此四句觀法，其二是四句曲譜分別運用此四句之觀法。以（1）（2）（3）（4）分別表示此四句（「升」、「降」、「開」、「合」）。

1. 般若心經揭諦咒：曲譜的每一句之中運用此四句觀法：

般若心經揭諦咒

（1）｜3 3 3 3｜（2）2 2 2 2｜（3）1 6 1 1｜1 - - -｜（4）6 1 2 1｜1 - - -｜
　　揭　諦　揭　諦　　波　羅　揭　諦　　波　羅　僧　揭　諦　　　　　菩　提　薩　婆　訶

（1）｜3 5 5 5｜（2）6 1 6 1｜（3）6 1 1 1｜3 - - -｜（4）6 1 2 1｜1 - - -｜
　　揭　諦　揭　諦　　波　羅　揭　諦　　波　羅　僧　揭　諦　　　　　菩　提　薩　婆　訶

2. 九字佛號：南無本師釋迦牟尼佛：曲譜四句分別搭配於四句聲音之道四種境界：

南無本師釋迦牟尼佛

（1）｜5 6̂1 6 6̂5｜3 5 3 2｜3 - - 5̂3｜（2）2 3̂5 1 6｜5 6 1 2｜1 - - -｜
　　南　無　本　師　釋　迦　牟　尼　佛　　　　南　無　本　師　釋　迦　牟　尼　佛

（3）｜6 5 3 5｜1 2 3｜2 - - 1̂6｜（4）5 6̂1 5 6̂1｜1 2 1 1｜1 - - -｜
　　南　無　本　師　釋　迦　牟　尼　佛　　　南　無　本　師　釋　迦　牟　尼　佛

3. 本師釋迦牟尼佛心咒：曲譜的每一句之中運用此四句觀法：

本師釋迦牟尼佛心咒

5 - - - ｜（1）｜6 6 6 6｜（2）6̇ 1 6 5｜（3）3 5 3 2｜1̂6 1 2（4）1̂1 - -｜1 0 0 0｜
唵　　　　　　　牟　尼　牟　尼　　嘛　哈　牟　尼　　釋　迦　牟　尼　耶　　　棱　哈

5 - - - ｜（1）｜6 6 6 6｜（2）6̇ 1 6 5｜（3）1̂2 3 2｜1 1 6 5｜6 1（4）1̂1 1 - 0 0｜
唵　　　　　　　牟　尼　牟　尼　　嘛　哈　牟　尼　　釋　迦　　　牟　尼　耶　　　棱　哈

（三）六字大明咒「嗡嘛呢唄咪吽」

唱誦觀世音菩薩六字大明咒「嗡嘛呢唄咪吽」，郭淑玲譜曲。六字大明咒是四臂觀音（藏傳）、白衣觀音（漢傳）的心咒。

唱誦「嗡嘛呢」：唱誦「嗡」依照 Ａ、Ｅ、Ｉ、Ｏ、Ｕ 的次序由下向上配合身上五輪（地水火風空），能量上升至頂輪。行者點燃海底輪的能量之後，逆旋而上。「嗡嘛呢」，能量上昇至頂輪之一點，契入空性。

唱誦「唄咪吽」：於頂輪唱誦「唄咪吽」，能量於頂輪下降，行者自成本尊（四臂觀音），並觀想觀世音菩薩安住行者之頂上。唱誦「吽」：唱誦六字大明咒之中的「吽」字，頂上本尊放出無量順旋的清淨光明，至十方界，淨化無量眾生。

（四）禪修

在「聲音之道」的課程之中，運用上述四句禪修與聲音之道的四種境界。歌唱上述佛曲時候，運用上述四句禪修，體驗聲音之道的四種境界。歌唱之後，進入靜默之中，修持禪修，反聞聞自性，以內在的聲音，來進行深度禪修。以下說明的方法必須跟隨教導師學習，方能進行深度的實修。一般修行者只需歌唱之後，進入靜默之中的時候，默念此前所唱的心咒或佛號，融入空性光明之中，轉識成智，即可。

脈輪淨化法：運用本師釋迦牟尼佛心咒、般若心經揭諦咒的末後兩字「梭哈」，總攝這些經咒的轉化力量，以淨化修行者的各個脈輪、無始劫來的業力。主要在眉心輪修持之。此方法必須跟隨教導師學習，方能進行深度的實修。

反聞自性禪修法：修行者的能量上升至眉心輪與頂輪，在眉心輪與頂輪運用末後兩字，「吽捨」。「吽」是五方佛智的總集。「捨」千手千眼觀世音菩薩、阿彌陀佛的種子字。此方法必須跟隨教導師學習，方能進行深度的實修。

「四句」是華嚴經教的「四法界觀」，以及天臺止觀修習「化法四教」（藏教、通教、別教、圓教）。運用上述四咒，修持「四句」的聲音禪修境界的道次第，列表說明如下。

界	身	句	心法	舉例
欲界	氣化身	第一句 事法界	升（般若智慧生起）	揭諦揭諦
色界	光身	第二句 理法界	照（般若智慧下照六道眾生）	波羅揭諦
色究竟界	極細微身	第三句 理事無礙法界	開（中道佛性開無量玄門）	波羅僧揭諦
妙法蓮華 圓融妙諦	妙法蓮華	第四句 事事無礙	合（中道佛性、妙法蓮華澈法緣起）	菩提娑婆訶

（五）天臺禪觀與梵唄的關係

天臺佛教對於中國佛教音樂具有深刻影響，筆者闡明此中的理論內涵，尤其是天臺禪觀與梵唄的關係。就禪修而言，從智顗《覺意三昧》之文本來考察，智者大師如何界說「覺意三昧」此一語詞，智顗說：

> 問曰：雲何名覺意三昧？何等是意。菩薩覺是意故，即得具足三摩提耶，且復諸法無量。何以但對意用覺以明三昧？答曰：覺名照了，意名諸心心數，三昧名調直定。行者諸心心數起時，反照觀察不見動轉，以是義故，名為覺意三昧。[10]

以音樂來進行禪修，和現象學的音樂美學所說的「主體意向設入，客體存在還原」是一致的，音樂演示的過程乃是意向性活動的

---

[10] 智顗：《覺意三昧》，《大正藏》第四十六卷（臺北：新文豐），頁621b-c。

Retention，Intention，Protention 的交疊共融與往前流衍的歷程，在此一「主體意向設入」之中可以回到「純粹意識」的「永恆的現前」，而達到「客體存在還原」。也就是此處所說的「覺意」的進程。《覺意三昧》這裡所說的「行者諸心心數起時，反照觀察不見動轉，以是義故，名為覺意三昧」，也就是相當於《摩訶止觀》「非行非坐三昧」所說的「未念、欲念、念、念已……能了達此四，即入一相無相」，智顗《摩訶止觀》說：

> 初明四運者。夫心識無形不可見，約四相分別，謂未念、欲念、念、念已。未念名心未起，欲念名心欲起，念名正緣境住，念已名緣境謝，若能了達此四，即入一相無相……於佛法中無正觀眼，空無所獲。行者既知心有四相，隨心所起善惡諸念，以無所住著，智反照觀察也。

就聲音禪修而言，首先，以聲音導氣，運氣於身體之內，內氣出入，這是安那般那的一種練習。其次，「行者諸心心數起時，反照觀察不見動轉」，唱誦的時候，心隨氣轉，聲音將身體與心靈的種種覺受統一起來，進一步「反照觀察不見動轉」，可以入禪。

此一「聲音禪修」包含「聲音」、「能量」、「禪修」三個部分。佛曲唱誦的「聲音」並不重視外在的形式，而是著重於「聲音」在身體之內的發聲與流衍，所以「聲音」帶動「能量」的上下、開合、順逆。「聲音」所帶動的「能量」上下、開合、順逆具有「由空出假」與「由假入空」的涵義，也就是「空觀」與「假觀」的禪觀，也就是「藏教」的「聲音禪修」與「通教」的「聲音禪修」。甚至於借助於聲波的微妙震盪，開啟重重無盡的華嚴玄門，也就是「別教」的「聲音禪修」。塵塵三昧，綻放澈法緣起的妙法蓮華，也就是「圓教」的「聲音禪修」。

此文所說必須配合郭淑玲小姐從事「人文心曲」的創作四百多首，加以演示，配合「聲音禪修」，方能具體的感受其意義。

　　《摩訶止觀》所謂的「心識無形不可見，約四相分別，謂未念、欲念、念、念已」，「未念」是識之體，「欲念、念、念已」是識之作用，即未來心、現在心、過去心，必須了達識之體用即是空，無相實相。聲音最具有此項特質，凡夫之聲音之流衍從過去心的執著，到未來心的攀緣，在現在心之中起虛妄遍計的了別作用。修行者的聲音過去心、現在心、未來心三心皆了不可得。例如一個「嗡」（OM）字，以禪修的方式唱誦之，可以分為 AUM 三音聲，自在流衍於空中。唱誦 AUM 三音聲而融會成為「嗡」（OM）的時候，AUM 三音聲從過去重疊到現在，並且融合於未來，融合成美妙的「嗡」（OM），此是謂「梵音」、「海潮音」，「非彼世間音」。在這裡，必須進行實作的示範。

　　此也如同或是如《無量義經》所說的「深入一切諸法。法相如是生如是法。法相如是住如是法。法相如是異如是法。法相如是滅如是法。法相如是能生惡法。法相如是能生善法。住異滅者亦復如是。菩薩如是觀察四相始末。悉遍知已。次復諦觀一切諸法。念念不住新新生滅。復觀即時生住異滅。如是觀已。而入眾生諸根性欲。性欲無量故。說法無量。說法無量義亦無量。無量義者。從一法生。其一法者。即無相也。如是無相。無相不相。不相無相。名為實相。菩薩摩訶薩安住如是真實相已。所發慈悲明諦不虛。於眾生所真能拔苦。苦既拔已。復為說法。令諸眾生受於快樂。善男子。菩薩若能如是修一法門無量義者。必得疾成阿耨多羅三藐三菩提。」體會「生」、「住」、「異」、「滅」四法的「從一法生」，而「其一法者。即無相也。如是無相。無相不相。不相無相。名為實相」。聲音法門最能體會此中所說，說明如下。

說明表

	1	2	3	4
音樂音形	起	承	轉	合
書法造形	入筆	引筆	轉筆	收筆
佛門原理：生滅即空	生	住	異	滅

五、人文心曲的實作

筆者目前以「志、情、理、願、心」的境界美學來建構「音樂的存有學」。樂曲的展開具備「志、情、理、願、心」的五個部分,藉此可以遊觀樂曲體驗境界的迴旋轉化,體驗樂曲的相攝相入的多重境界。在實踐上,筆者已經以此一理論引導郭淑玲小姐從事「人文心曲」的創作四百多首,其中包含了許多當代佛曲(《心經》、《藥師佛灌頂真言》、《觀世音菩薩心咒》、《華梵大學》、《玄奘大師》、《觀世音菩薩聖號》……)等。

樂曲的展開是人的實存體驗的一部分,不能脫離她的存在場域和文化流傳物,所以,樂曲的展開與她展開的場域所涵攝的生命境界、物性自然是密不可分的,也會有她相應的流傳人間的文本(Text),得以互相參照,此中,人格境界、文本的內涵、物性自然也包含「志、情、理、願、心」的五個部分,也都具備「曼陀羅」的結構與動能。「曼陀羅」是遍在一切,廣攝一切存在的。樂曲的展開、人格境界、文本的內涵、物性自然也包含「志、情、理、願、心」的五個部分的展開的彼此之間的交涉,又可以激發出許多靈感與創意。

如此的「音樂曼陀羅」可以從事於當前教育界所重視的「生命教育」,以及曉雲法師所提倡的「覺之教育」。「音樂」直接呈現生命境界,可以歌,可以詠,運用此一措施,可以讓青年學子不致於覺得古聖先哲的生命境界太過於玄遠,而是化為可以親近的直觀境界。在「志、情、理、願、心」的五種生命境界的交涉之中,「音樂」的境界具有「曼陀羅」的同時性結構,可以讓人遊觀其中,興觀群怨,涵養性情;是當代的「聲明」法門。

關於生命個體的生命成長(覺之教育),可以用〈華梵大學組曲〉為例,而開展志、情、理、願、心的整體發展的教育理論。筆者由此

開展人格心理學的曼陀羅，與冥想音樂的禪修曼陀羅，並將二者統整起來，從事理論建構，讓冥想音樂的理論開展，燦然大備。運用到西方分析心理學家榮格（C. G. Jung）的個體化理論與宇宙集體意識之說、中西哲學理論，不僅具有理論的開拓性，更是具有文化教育的實際操作的意義。

西方傳統人格理論區分為知情意，也就是前述五大環節的前三者（志、情、理），缺乏了「願」的部分，「願」是菩薩救度一切眾生的菩提願。

如果說「志、情、理、願」構成了生命的迴環，那麼「心」的部分則是其中樞，居於迴環的敞開的中心。「志、情、理、願」四者構成了生命的迴環，由志（主觀意志）啟動。繼而轉化俗情（客觀情思）成為情操。復次，通達於理（上達至理），進行哲理觀照，開拓心胸。復次，發菩提心，行菩薩願，也就是願（下化眾生）的部分。最後，在圓滿的金剛心之中，融會貫通，兼攝志、情、理、願，四方通達。圖示如下：

理（合主客的真實界：達觀文理）

（客觀情思）情　　　　　　　　志（主觀意志）

願（真實界的流行創造：菩薩願力）

六、文學與哲理的涉入：以〈莊子逍遙遊組曲〉為例，解釋「志情理願心的音樂曼陀羅」

這一節解說〈莊子逍遙遊組曲〉與「志情理願心的音樂曼陀羅」，用以例釋以個人的生命境界譜曲者，不僅可以配合文本，也可以運用和發揮文本的文學性，文學的藝術性與音樂的藝術性雙彰兼美，使得藝術創作得到進一步的發揮。

　　復次，〈逍遙遊〉不僅是文學的文本，更是哲學的文本，〈逍遙遊〉
是莊子一書的首篇，以生命境界的文學性表達，來呈現道家的理想人
格，道成肉身，將道家哲理內涵加以具體化，所以，這裡所說的〈莊
子逍遙遊組曲〉與「志情理願心的音樂曼陀羅」涉及的不僅是文學的
文本，更是哲學的文本。

　　關於〈莊子逍遙遊組曲〉（志、情、理、願、心），除了樂曲本身
的志、情、理、願、心的五部分的展開，我們在這裡的作曲練習多了
一個必須考慮的元素：「志、情、理、願、心」五曲如何與莊子〈逍遙
遊〉的文本能夠互相配合？解說如下。

　　第一首是「志」的部分，命名為「北冥有魚」。鯤（小魚子）蟄伏
於北冥（無），蓄養精神能量之後，終於能變化成大鵬鳥，搏扶搖而上
九萬裡，樂音時高時低，通貫天地，言其上下察也，飛往南冥（有的
方向，生命的方向）。

　　第二首是「情」的部分，命名為「野馬塵埃」。情思化為渾沌，如
〈逍遙遊〉所說的野馬塵埃，人間情思經過澡雪精神，化為野馬塵埃
渾沌一片，暫時留存九萬裡之下。

　　第三首是「理」的部分，命名為「藐姑射山」。如〈逍遙遊〉所
說的「藐姑射之山」，這是神仙所居的靈山，吾人生命嚮往的仙境。

　　第四首是「願」的部分，命名為「神人玄觀」。如〈逍遙遊〉所說，
「神人」吸風飲露，「乘天地之正，御乎六氣之辯」，遊行人間，消除
人間災厄。

　　第五首是「心」的部分，命名為「無何有之鄉」。如〈逍遙遊〉所
說，「子有大樹，患其無用。何不樹之於無何有之鄉，廣莫之野，彷徨
乎無為其側」，俗人以「道」之「言」與「道」之「藝」為大而無當，
修道之人則將之安立在自己心上的「無何有之鄉，廣莫之野」，無為逍
遙，安頓生命於藝術與哲學的至樂之中。

　　〈莊子逍遙遊組曲〉之解說：「莊子的第一個故事（大鵬）：小魚
子在北冥（無）之中醞釀，上沖九萬裡，往來於有無之間（北冥）之

間。淑玲創作曲中的高低疊宕的音聲，好像大鵬鳥翱翔於有無之間的感覺，莊子文中提到「野馬塵埃」，就像樂音的渾沌一氣。我很喜歡這首創作，王船山的莊子注之中提到，〈逍遙遊〉的「逍」是「時間的消失」，「遙」是「空間的無限大」，「逍遙遊」談的是時空限制的解放。〈逍遙遊〉一開始的故事之中，大鵬呈現的境界，也是整個老莊道家的根本境界，相當於老子第一章有無玄同的哲理表現，只是莊子多了一份精神豐滿的藝術情調。〈逍遙遊〉再往下讀的重點應該是「堯讓天下於許由」的一段，此中提到「至人無己，神人無功，聖人無名」，以此三句合盤托出道家理想人格，這裡是曲子的一個重點。「至人無己，神人無功，聖人無名」是莊子理想的人格（神明之性），此三者分別通貫於佛家講的化身、報身和法身。又往下讀，〈逍遙遊〉最後的結穴是在「子有大樹，患其無用。何不樹之於無何有之鄉，廣莫之野，彷徨乎無為其側」這幾句，這應該是淑玲創作曲的總結。圖示如下：

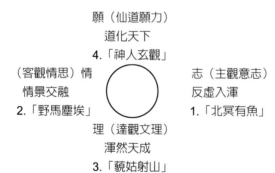

七、結論：歌唱即存在

「能量音樂與聲音之道」乃是筆者最近所從事中文文化創意產業的具體項目，包含在社會上、大學中的教學課程與工作坊，也包含音樂 CD 和專書的出版，以及若干演唱會。

　　基於「存在即歌唱」的理念，我將「能量音樂與聲音之道」歸類為下列的四個類型：

　　（一）人文性創作曲的「聲音法門」。以王維的〈辛夷塢〉為例。此詩是詩佛王維所作，王維是詩人、畫家與音樂家。〈辛夷塢〉創作曲包含音樂、詩作與繪畫的元素於其中，三者融會貫通，聞聲即解脫，如〈觀世音菩薩普門品〉、《楞嚴經》、《維摩詰經》之所說。吾人唱歌的時候經由文字義義與樂曲音樂性而投射畫面，經由樂曲、身體能量變化、禪觀三者融通的「聲音法門」，最後達到超越文義與音樂的禪境。此中禪修的基本原理是：金剛杵的 8 字型觀想適基本音型。以金剛杵的 8 字型觀想，唱誦〈辛夷塢〉的時候，以此運心。金剛杵股，環環相扣，順逆圓融，實虛相生，心心相入，兩心相入，非實非虛，超越世界，十方圓明。

　　（二）「觀音三咒」，講解「聲音法門」的三個部分：樂曲、身體能量變化、禪觀。也就是說：歌唱佛曲的樂曲的時候，音樂是基本元素。歌唱時候的身體能量變化，例如能量在中脈上下的升降開合以及順逆旋轉。禪觀：歌唱時候的身體能量變化，加上禪修的心法。第一咒「六字大明咒」火上水下，光明普照，三身一念，無念見性。第二咒「六字大明咒加種子字」智慧火，向上一機，度脫三界，一念普照，十方圓明。第二咒「大悲陀羅尼」，正法明如來以佛位現金剛身，一機立斷，度脫三界，無見頂相，一念普照，十方圓明。

　　（三）「聲音之道」的四句教理與禪觀。此處所謂的四句教理與禪觀主要是就天臺止觀以及藏密大手印四瑜珈而言。歌唱時候的身體能量變化之升降開合，配合禪修心法。天臺佛教的藏通別圓的化法四教不止是對於教理的詮釋，也是對於解脫體驗的實踐功夫的詮釋，對於有情眾生的存在的不同面向的詮釋。「聲音法門」的纏修心法此一化法四教教理賦予實踐。

　　最後，在佛教之中，比較普及的聲音禪修是常用的海潮音念佛，可以作為佛曲禪修的導引入門。從「能量音樂與聲音之道」的角度，重新

整理念佛法門的「聲音法門」如下。1.母音：「阿彌陀佛」四字佛號包含了 AEIOU 五音，分佈於身體地水火風空五輪，表徵「阿彌陀佛」的五種佛智。2.音調：「阿彌陀佛」四字佛號的每一字都包含了五個音調，也就是轉一圈咒輪，放射無量光明至十方。3.子音：「阿彌陀佛」所推動的橫向的體內能量變化，是由內而外，也就是喉音、舌音、齒音、牙音、唇音，相當於子音的五種類型。4.內涵說明：由下而上是入空，順旋而出是出假，無量空、無量悲都在「阿彌陀佛」的本願力之中成就，所以「阿彌陀佛」的佛號為「無量光如來」、「無量壽佛」。

附錄

賴賢宗「能量音樂與聲音之道」工作坊

工作坊之理念：

1. 聲音之道：聲音是一條通往宇宙人生真善美的大道。

2. 「佛曲禪修：聲音之道」工作坊包含「音樂」、「能量修煉」、「禪修心法」三大部份，三環一體。

3. 「佛曲禪修：聲音之道」工作坊修養身心，體會心性，悟入大音希聲、圓音妙音的境界。

4. 「佛曲禪修：聲音之道」工作坊是藝術人文的課程，也是瑜伽行的修行課程，從事身心靈的修練，以「生住異滅不離於空」、「緣起性空」、「轉識成智」為修行的核心，體會「一相無相，無相實相」的心法。

5. 「佛曲禪修：聲音之道」工作坊提倡跨越宗教宗派的自我區隔，倡導性靈層次的融會貫通，以心靈昇華、大愛、世界和平為目標。

運作方式與預計達成目標：

1. 本工作坊不預設預備知識與先前的修持，來參加者必須具有正信正念，對於「修行」具有真誠之心。本工作坊承蒙海雲繼夢和尚支持，於大華嚴寺開設此一課程，也將出版專書。此為「無所得之法」，此一工作坊期盼前來修持的人可以離苦得樂，圓滿菩提，智慧解脫，行深六波羅密多（佈施、持戒、忍辱、精進、禪定、般若）。

2. 賴賢宗老師的「佛曲禪修：聲音之道」工作坊，可以習得「佛曲禪修」的法門，不僅學習到莊嚴優美的佛教創作曲，更可以練習音聲禪修法門。

敘事的創意文案

黃筱慧

東吳大學哲學系

摘　要

　　本文希藉由哲學之詮釋學與符號學的相關思考方法，針對語文教育與語文產業，提出可供應用的相關思考，以語言之言說，文本的論述與書寫的關係的探討，符號的意義之指出與說出時的語文架構幾點，討論語文教育可以透過此實用的哲學方法，將語文教育對當代的創意與文案，生產出相關的教學與應用方針。以供對哲學有興趣的語文教育者，學習哲學。文中並以相關的廣告與其文案，提供讀者實習與應用。

關鍵詞：敘事、文本、論述、文案、創意、詮釋、符號

一、哲學星空下,幻影抑或真實?

　　人類是一種非常有趣的動物。數千年前遠在還沒有書寫時,人就有了描繪的能力。人什麼都畫,唯一與時下人們沒有不同的就是人只會畫出他們感興趣的器物。當人們有了精緻的語言與文字之後,表述的世界幾乎就是另一片天空,它給予人類一個嶄新的舞臺,這個平臺將人的內心世界表現了出來。因為人有千變萬化的語言與文化脈絡,人類的語與文,恆亙在五大洲的各民族之間,上至數千年歲,下至最新穎的火星奇文,舊與新都各自有其再次被創新的機會與時緣。在本文中,我們希望透過一種人類自創的世界:哲學,來觀看在人的語言與文字產業上,哲學可以有什麼貢獻?

　　正因為中、西方的哲學,自古至今非常看重一個問題,那就是到底一個物體的所謂不會再改變的真的實現是什麼?當西方哲學的希臘篇出現了許多大牌且知名的哲人,例如蘇格拉底,柏拉圖與亞理斯多德等,他們使用對話、理型、形上學思考的推動之下,凡是學習過西方哲學的人都會說出一些有關物的實體與潛能等的研究角度,或是所謂因著物的表像的不確定,而想要尋找物體與人以外的理念世界的一種奇特的研究路線。本文希望運用西方哲學的實現與潛能,以及物的由現存的物體可否凸顯出一個隱形的神秘理型的雙重路徑,繼以配合著當代的詮釋學方法,運用所謂敘事(narrative)[1],處理創意的文案。敘事的創意文案,指出的是一種以關連與關聯,將一個物與另一個物,透過詮釋者,將它們連接,再輔以並聯與雙重地看待,本文將以敘事的要件,敘事的意義,與敘事的處理流程一一為讀者呈現出吾

---

[1]　敘事是一種針對說明的情節束狀整頓與構作的活動。我們將在本文後文中詳述此概念的意義。

人可以如何運用法國哲學家呂格爾（Paul Ricoeur）的詮釋學，整理出何謂敘事？以及敘事的相關應用的步驟。

因此，當我們以人類用以表述物件時所運用的語言與文字，說明自身與這個物體在面對世界時的關係時，我們以語言的述說，與文本的創作，建構出一個表現場。當代的西方哲學，以德、法哲學開啟的兩個科目：詮釋學與符號學，在這兩個面向上的表現而言，其所建立出來的方式與特殊流程，都極重要，且有著獨特的色彩。因為這兩個科目，對於語言與文本，均非常地重視。

本次研討會的主軸是語文產業。我們認為語文的產業，包含將語說出，與將文建構出來的兩個面向。它的應用與哲學可以產生出極深刻的關係與互動。哲學可以產生出對環宇四方的內在之道的探究，當吾人將此表達出來之後，我們會得到一種關於某個對象的說法與理念，或是實體的探照，在亮點處得出了有關某個存有物的依據條件，與指向它處的實在的本然之性質的了解，在理型論與實體論之關切下，西洋哲學的海洋可以對語文教育者提出一種貢獻：於人的語言生產的活動中表現出物與宇宙四方，古往今來的存在性與尚未表現出的可能性。當吾人可以表現出這種形上學的研究時，語文產業就是哲學人表現對物與世界之關的主角，展演出的是一種哲學人的創意文本（a creative text），也就是指出一種依循存在的基礎所展現的物之依據與朝向，在此依據下，此對象表現出一個樣態；在此朝向之下，此對象將我們的注目之焦點導向了一個實在的方向（a substantial direction），此方向的張望之下我們將得到有關此對象的新的潛在性的新內容。

因此，一個有哲學性的生產文本的活動，可以生產出此一對象的實體與存有，亦可由此表述的文本與語言，此即是該物的被導出的新創意。敘事的創意文案是一種將一個對象的哲學的形上學特質具體表達的創意建構的成果。創意的文案在哲學的敘事之下，有一種新的表達：使我們望見的是一個原有物的新的實體與實質。我們以此表達與詮釋出創意。創意，就是原件對象的形上學的表達。

　　本文在此，希望探討的是，如何將語言與文本兩個面向，由在當代哲學中的一些應用與思考，導引到語文產業上作為學術應用的思考基礎。我們都知道當代西方哲學對語言與人的關係非常重視，這是眾所皆知的情況。因此，我們的另一個階段的研究即是我們可以透過詮釋學與符號學的關鍵概念，如何創立出一種以敘事為主，以文案為對象的哲學面向下的語文的跨科應用。人類具有語言與文字論述的能力之後，人類就具備了足以征服時間與空間的侷限的力量，語文是雙重的利器足以跨越時間，在歷史上留下記錄，亦足以跨越空間，在不同的場域流傳。而正因為人類具有著這一種超越時空的語文表述的特質，人對於他周遭的人、事、與時、地、物等均有獨特異於一般性生物的需求性互動方式，當代的語文教育是否可由原本的文法與字彙等，並聯於西方哲學探索實體時，以哲學的形上學所指出的：實體的是指一種指出與關連，以作為主要動線的哲學之語與文的運用。語指的是說出實體的指出之方向下所有相關物與情境；文是指將此言說出的內容，放置到文本的架構之下：將吾人對某一個物件的道出，表現為論述，也即是將其因此物被照亮的內容表現出來，再將此論述關閉於書寫之中。從今而後，所有的詮釋者，但凡想將此文本最接近人的書寫的面打開時，才可以親見此論述的內容。因此，在西方哲學的數千年歷史的記錄與推動之下，哲學給予人類一種找尋對象的現場之在，與潛能之在的方法；哲學亦追問著到底在這個世界上有沒有可能所有可見的、可聽的與可聞的等等，都僅是一些人類見到真實的太陽之下的矮牆幻影？如我們將時空轉換到當代的符號學與詮釋學，自十九世紀以來，研究著人類的語與文之中的文法與撰述風格，但亦極為看重人的生命貼近處的諸種生命經驗，生命的經驗就是真實的經驗。因此哲學的殿堂如果不能帶出實存的感動與生命經驗，我們也不能以我們的訓練為依歸地將之當成是必然的真實。

　　語文產業之中所有誕生的人物與情節，旋律與節拍，思辯與修辭，這種種在亞理斯多德的文本中稱為詩學的元素的角色，不是正在我們

人間的諸種故事文本與與悲苦情節之中扮演了真實的眼淚與笑痕的各種推動者麼？人生之中數十寒暑下，何為真？孰為偽？各位哲學人終其一生學習哲理之後，終就還是必須面對一個問題：哲學的真偽之辨與人生的場景呼應與否？如果不一一呼應，我們學習後的語言與人文能力到底是被提升了？抑或被拘束了？

因此，本文整體的研究目的，希望可以針對西方哲學理論中的詮釋學的敘事方法，呈現出一種可為人文學者應用的良性的哲學方法，以：詩學的，呈現出詩學的敘事，並繼而此方法可以依憑敘事的要件與流程，呈現出古希臘所期盼的詩學的語文教育精神——以此種可以透過故事之敘述與說明，將觀眾引入轉折，動之以情節，昇華於新的心境的有效哲學方法。並進而依此步驟，推動所謂詩學的敘事之創意文案，為語文產業提供方向與方法。

二、言說之與文本之：語文產業作為創意的平臺

臺灣作為全球僅有稀特的繁體中文的社群，如何善用與保存這一種精深的文化遺產，應是身為臺灣教育者的一個重要的使命與工作。而如果我們可以善用哲學家自希臘以來探索宇宙之芸芸眾生相之潛能與實現的特質，並輔以歐陸的哲學詮釋學者所研發的敘事要點，以教導學習者善用敘事，導的語文教育的創意面向，這應可作為當代臺灣語文教育與哲學遇合的一個極為值得吾人深耕的園地。語文教育可呈現出我們如何將語言的語表現為一種言說（speech / la parole），這在當代的瑞士語言學者索緒爾（Ferdinand de Saussure）法國符號學者羅蘭巴特（Roland Barthes）而言[2]，都是極重要的一個表達。本文認為，巴

---

[2]　有關此面向之文本可參考：Ferdinand de Saussure, *Cours de linguistique générale* (Paris: Éditions Payot, 1972)與 Roland Barthes, *Elements of Semiology*（New York：Hill and Wang, 1997）。

特運用了索緒爾的關鍵詞項，以言說的面與指出意義的面，開啟了將語言表述為文本的路徑。這一個進路可將一個語言的言說教育，依循著其母文化的文化底蘊，表達出文法與語言的體系，例如在知名的歐式品牌內部，會有一個隱形的但存在著的言說，以符合其民族文化的方式表達出文法；另一進路同步地將意義的指出（to signify）的功能，表現在故事內，以能夠指出新的意義的這一種功能，表達出在所指（signified / signifié）之下，進而由能指（signifier / signifiant）的文化與傳統的層面，發揮出新的可指的，並進而表達為所指的。如此由所指到能指將會構成一次性的循環，並可繼之不懈。

　　索緒爾更進一步由語言與文字的時間與歷程這兩方面的模式，表現出歷時性的（diachronic）與共時性的（synchronic）面向。在其語言學過渡到符號學的路徑上，他引入了經歷的與過渡的這一種敘事結構的重要。[3]在這一種律動之下，我們可以進行一種由一個主人翁與他者共有的共時性的敘事開始說這個故事。我們以知名的啤酒廣告為例，共時性論述可以引起了共同的情緒，而歷時性的敘事則將一個過往的與現在的連接在一起，例如將一罐啤酒與人的愛不釋手的想要擁有連接在一起[4]，試想一下，如果一位男士與一位知名的美女相遇，照常理男士們喜愛，但此刻如果您在超市僅剩下四罐這種啤酒可以選購，再美的美女當前要與你搶這幾罐的飲料，恐怕你也將要嚴拒她的要求了！影片中的你抉擇的一點也不困難。廠商想要傳遞的共時性即刻便可感染著大眾，就是要某某品牌的它們，寧可慢怠那位美麗的女仕了。

　　我們所指出的言說之，可以透過故事的歷時性（指經歷過購買飲料的與在高處取物不易的一些經歷性）與共時性（指一種特殊的時刻下，共有的言說被轉換為：寧可要此飲品，也不要輕讓與討好眾人皆

---

[3]　Saussure, ibid, pp. 99-188.

[4]　引用自知名的啤酒海尼根（Heineken）的廣告。有關此品牌之資訊請參考：http://www.heineken.com/AgeGateway.aspx.

喜愛的美人），敘事的創意文案，將此創意，完美的表述為文本：就是要某某飲品！

因此，本論文所選定的是一種言說之與文本之的雙面向詮釋學方法。在應用時我們可以將故事的敘事，表現在：將言說表達到文本之中的策略。我們在此採取呂格爾（Paul Ricoeur）的文本定義，的特質是在其內部有著一個被書寫（writing）關閉的論述（discourse）。[5]由此進路，文本之，是指將前面進行的言說，表現到論述中，在將之固定到一個書寫之中。例如，找那一位美女演這個角色，將是我們的書寫需要處理的。但論述不變，指涉出的是：縱使大美人與你同時都要這個東西，你也不放手。由這個敘事之後，放不放手，與拿不拿得到手，成為了這個品牌的一個符號（sign）。

因此，綜合以上的想法，我們可以為本節官歸納出以下的結論，言說是以文法與文化為脈絡地方式，使一個被說的言談被呈現出來，此時意義則呈現為符號學的另一面同步但亦不同方式的運作——指出意義上的已然與可能性狀態，進而生產出所謂的新的所指出的意義；文本化則是以論述的方式，將一個形成的論點，被放置在書寫之中，以使文本被呈現出來。當代的語文產業在作為言說的，與文本的，兩重方法之下的哲學方法，可以進行一種集中於的說出與指出的平臺，進而構作出論述與文本。語文產業的創意平臺，依此哲學的建構方法訓練之後，會對論點的書寫包裝，與其呈現的被說出，與被指出意義兩個層面，逐一建構，以表現出有步驟的創意的訓練。所謂的創意，是一個被創作出的意念。此意念必須被表述為言說，以凸顯語文教育的說出之雅達等的需求，但亦必須由另一面：書寫包裹論述，文本固定住書寫的文本性凸顯出此創意之面臨於世界時的創意之狀態，以求運用詮釋學，將文本理論運用在創意上，而且此種的創意之語文產業的教育是逐一依續由符號學與哲學詮釋學推出的步驟與軌跡。

5　Paul Ricoeur, *From Text to Action*（Evanston：Northwestern University Press, 1991），p. 106.

三、創意文本的敘事訓練：重新整構（Re-constituting）

　　我們接下來將針對當代的哲學敘事，為有關創意文案的培育提出
貢獻。我們將運用敘事的方法，可以運用此符號學方法，將一段被呈
現的意義的指出，慢慢導引到已經指出的特點來。

　　何謂敘事？[6]它與故事有關，亦可用敘述（narration）表現此活動。
敘事與相關性的連接與聯合有密切關係。當我們提出有關語與文的教
育時，語文產業可以將一個物件對象的內在存在表現為一種新的存
在，一旦我們使用語文敘事時，一個新的人與物的關係將隨之成為真
正的實在。如果我們認同所謂的語與文的教育，在實質上可以由一種
書寫的版本，拆解出論述，當代的呂格爾將文本視為一種文本，而這
一種文本是一切思想的論述的外殼，當我們將之拆掉之後才會看到論
述。我們首先可以由言說之與文本之兩個面向處理有關語文的創意教
育。我們的教育亦可反之強化如何教育學生針對對象，敘事出與自身
有關的相關事件。這時，相關的事件將被連接與並聯到此對象的世界
中。我們稱此為語文產業在應用敘事時，以言說與文本化作為基底的
兩個架構，進而將自己關連到與並聯到這個對象上。這一個對象因為
此敘事與詮釋者相關並相連。

　　我們可以運用敘事針對一個對象進行詮釋的與符號的操作。也
就是說我們可進行一種重新整構的動作。以整合的方式，進行構成
的鎖住樞紐的工作。例如：我們要表現出一種行銷當代的商品的創意
文案時，我們所針對的將是一種與人的詮釋者角色有關係的論點的述
說，並依此進行書寫，以奠定文本的架構。我們可以用前文所提到的

---

[6]　我們可參照科隆大學的 Jahn 教授有關敘事的說明。Full reference：Jahn,
　　Manfred. 2005. Narratology：A Guide to the Theory of Narrative. English
　　Department, University of Cologne. http://www.uni-koeln.de/~ame02/pppn.htm.

啤酒廣告作為例證，片中飲料與人的熱愛關聯，原本與男士與美人的關係並不相同，但文案將就是要海尼根的主要文案顯示出來之後，男士與他的飲料的關係轉換成一種不可以比擬的與不能不要的熱愛。以往以啤酒的清涼或暢快的分析性與這一種人與人的熱愛對象形式的敘事相比，少了一種趣味與吸引力。敘事的創意會人改變他們對某物的印象。下次再到賣場時也很可能用一種行動表達出遇見佳人，雖心中正想要幫助佳人，但一想到只剩幾瓶之後，還是捨不得給她！

　　學習歐洲哲學的學生許多均從事文化創意與文案商品設計。在這個世界變動很大的時代哲學可提供人才的培育與規畫。本課程將針對歐洲哲學在文化創意產業上的理論與應用，實際個案教學。主要方法：我們將藉由當代法國哲學之符號學與解構理論等重要資源，如何可以建構了歐美澳亞之特定的創意與文化，本課程將針對此特色進行教學。我們將介紹結構主義（Structuralism），符號學（Semiology），與神話學（Mythology）三個學習方法，透過法國哲學的特色，教授哲學針對事物與人的存在與詮釋。課程中將由個案研究商品事物的存在與潛能的開發，教授哲學的創意解析。本課程依當代歐洲哲學之一主流方法：詮釋學與符號學為主軸，教授同學如何應用哲學於生活中的分析與視野的培養。歐洲哲學與歐洲的社會關係密切地由政治上與文化上，社會美學上，透過歐盟聯合的事實可見一般。本課程將依此為通識同學對國際視野的培養，依如何具體應用哲學思考物件與社會的關係，創出新的存在詮釋，為主要教學指標。對西方哲學的社會力量做特定的介紹。以凸顯哲學在歐洲的具體社會貢獻。我們可以如此結語本節的內容：創意可以來自於我們的敘事，當我們以我與我的捨不得不要，且不要別的牌子的模式做出創意文案之後，這一個品牌有了一種身分。它是一個伴，一個男士們寧可放下與佳人相遇的機會也要這個牌子的東西的一種愛情。故事將它表現成我們的珍貴伴侶，義無反顧地要它，且只要這一種。這一種品牌的廣告成功論述出一種特殊的

價值，有的版本則表現出一直撈不到它時的沮喪，這個自 1873 年荷蘭的品牌證成的敘事是它的獨特，不可取代的熱愛。

四、敘事與創意的即道，即隱

　　本文認為，敘事的關鍵性元素，是人與何種人、事、時、地、物切身相關，不外乎愛恨情愁等的感受。只要一篇敘事可以動的了人的心波湖面，都是一篇有效的敘事。如果，我們的敘事可以使創意生根於人的感受中，可以達到詩學的轉折感，就是一篇佳作。每一個商品都可以是帶給人深情的，當人捨不得不取，想都不想只要這個品牌時，這個品牌已經有了生命性的敘事，它與人的心是相連的。敘事其實不是魔法，但敘事會使你與影像，物件之間建立關連，並聯合一地成為聯想的，而不是兩個東西，是一對有關係的兩個部分。因此我們認為敘事建立了一種平面，在這個內在的平面上，故事使吾人與商品有著內部的存在血脈。這時文案雖然有字句，但不宜賣弄，只要點出關鍵的意義即可。也就是說：我們的商品不是因為文案好才有創意，是先有了透過敘事的構成之後所建立的關係，因此這個創意已經存在著了。文案只是使人覆誦與記憶的語文，因此哲學的部份可以創出敘事，將它以詩學的主要力道表現出關係，繼之由語文教育者耕深這一塊，但所有人都可以有語文的程度，因此，語文教育極需要有哲學的鋪陳，因為哲學可以使物與他者相接續，我們的創意一旦存在之後，文案是一個固定此論述的書寫的外殼。它使我們的敘事與創意被固定下來。

　　本文認為我們應將主要的語文訓練放在哲學的存在敘述，與隱形的存在之潛能上。當代的哲學詮釋學與符號學，絕對可以針對如何揭露出一個對象的隱然的，當代的存有學家，亦是一位哲學詮釋學者，海德格（Martin Heidegger）教我們以論述（discourse）為道（logos）

的同義詞。[7]他以現場已顯示的物為依歸,將一個物之論述視為可以照亮出它自身的活動。論述即是道,而道是一種使某物被看見的活動。因此論述使一個商品作為對象的某一個部份被看見(letting-something-be-seen)。[8]我們如果運用此作為主要的書寫所固定的內部內容,那麼,文案是一種固定的動作,也是一個將論述,亦即道,保存著與固定下來的活動,文案將字與句包住,創意就是一個使某物被看見的言說的方式。是這個創出的意念,使文案內部所固定的論述——亦是:一個使物件的某處或某種被看的方式被說出的流程。[9]因此,道使我們看見某論述到底相關於什麼。當我們以敘事為一種相關性時,我們可以充份運用這個關鍵的連用:道,亦即論述,使我們看出此物與何相關。敘事就是相關性的產物。當代的語文產業可以運用此極實用的哲學標出具體的敘事流程。論述可以使我們由另一個東西看見某物,敘事與創意的意函即是使我們由某個他物與此物的關係,運作出創意,並將之創立為文案,我們建議語文產業的教育,宜配合哲學,以語與文的方式將此創意建構出來。敘事使創意出現,人們一道出敘事之後,這個創意亦即將隱身於文案之內,被固定下來,成為文本的世界中一道堅固的鎖鍊。

五、語文產業:一種敘事的創意文案的建構

語文產業是否足以擔綱起作為敘事的創意文案的建構?本文認為是可行的。我們可以這樣總結:詮釋表現出敘事,也就將一個物由另

---

[7] Martin Heidegger, Being and Time(Malden, MA:Blackwell, 1962), pp. 55-58.

[8] Ibid, p. 56.

[9] Ibid, "The logos lets something be seen, namely, what the discourse is about." "Discourse, it lets us see something from the very thing, which the discourse is about."

一個物談起了。哲學的存有學，與哲學的詮釋學，教育著人們如何由一個道導引到另一個特定的事物，也因此而由這個道出，導引出了我們對於該原物件對象的論述。論述是一種照亮的動作。本文以啤酒廣告表達出一個案例，當綠色的瓶身不再是主角時，這個版本的廣告並不以物質與形式為主要的敘事元素。我們的敘事元素轉換成愛上此商品的人。男士取得時不再放手。女士不惜困難地一再想拿到此時在賣場之中僅剩的兩瓶。這個廣告的敘事是人的愛不釋手。一取得就不再釋手！在我們的片中邀請到一位知名的女星，以一種幾乎是世上眾影像世界中普遍都會稱讚的美麗身影出鏡，但有趣的影像此時是一種敘事。因為男士的眼神是驚呼與驚豔的，但，有趣的是他竟以同樣的眼神看到了那僅剩的兩瓶啤酒。他就頭也不回的取走了。片子的末了剩下一個女士不敢置信的眼神：他竟不理我？

正因為符號是一個創意的外顯，所有的廣告文案都會導引出一個敘事的事實。但如果我們可以依據哲學的詮釋學──針對論述與文本的構作，與當代的符號學──針對如何以言說說出一個語彙，並依其指出的意義訂出涉及的意義，接下來我們希望由敘事──即指如何由相關的關連與並聯架構，表達出一個故事與說法，將我們想要表現創意的對象，真實地表達出具有詩學特質與力量的敘事。那麼，這一種有關敘事的創意文案的構作流程即可依序完成了。對我們研究語文教育與語文產業可以有極有力的貢獻。

這個廣告的中的創意被完整的表現為一個敘事：美好的程度，愛上後不可能再釋手。世上沒有其他事物可堪比擬。美麗的女星亦無法比。我們亦可在此發現一個隱形的時間敘事，任何人都可以再找一個商店，再找其他的貨品，但，廣告的敘事告訴我們一個有趣的橋段：一刻也不能等，不肯讓給任何人。

敘事需要我們點出相關的故事，在當代的德、法詮釋學與符號學的聯合關鍵概念之結構下，本文希望未所有對語文產業有興趣研究與思考的同好，可以透過本文，思考並應用本文中連接著詮釋學文本理

論，與符號學的說出與指涉的關鍵要點，以構作出敘事學。同時我們希望這一種敘事學是一種詩學的敘事：透過一種由觀眾會心地發現轉折的閱讀與聆賞，發現有關該物品的新式的創意建構法。也就是說，詩學的敘事就是創意，文案是我們說到敘事中的影像（一種廣義的文本）或文字型的文本。敘事還必須參考時間性，以索緒爾的歷時將影片的過程建立出來，但其中的詩學的轉折是：一個人與人可共通的與同樣的反應——這種反應使共時性的敘事成為可能的。呂格爾的時間由現在建構出對過去的改寫，與對未來的新意[10]，呂格爾的思想教我們必須在廣告中改變以往對一個物件的共時性，但我們需要在歷時性中建立有關的新的創意，進而以敘事帶出一種新的想法，啤酒不再是它，它是一個必要的，不可以釋手，愛到根本不會放手等都是本文廣告案例的新的共時性。此外，這一系列的廣告將不釋手以各種的行動證明出來，再以敘事將一個個與你的日常生活極可能重疊的場景，一一將這個創意表現出來。這是一個相當成功的廣告，它的文案很簡單：它使人記住的是就是要這個品牌的。無人能及，無人可比，魅力無法擋。觀眾彷彿也有了一種記號：愛上之後我們的堅持是有意義的與被允許的。當代的詩學的敘事使人人與此品牌建立出關係，這是一種有趣的，平價的，可被允許的與達成的了的願望。它雖一點也不昂貴，但在建立共時性與創意的平臺上它異常珍貴！

六、結語

本文的主要期盼，是想藉由研究實用的哲學，將方法用在當代的新式語文產業的教學上。當代的語文產業中所有的言說與文本，都可以符合所謂詮釋就是書寫的詮釋學精神，在當代的詮釋學之文本理論

---

[10] Paul Ricoeur, *Time and Narrative*, Vol.I（Chicago：the University of Chicago Press, 1984），pp.3-30.

之中，書寫內藏著創意的論述，但我們的分析可以將這個被禁閉的精靈解放出來。我們的符號不是紅、黃、藍、綠等的外在形式或是質料的外表，我們希望所具有的符號是來自一種文化的能指，同時我們可以依憑符號，指出意義。當代所謂的符號學的當代語文產業應用，就是要使意義被點亮或被翻新。因為，當我們可以運用新的意義，說出一個物的時候，我們必須教的是如何建構故事？其實敘事不僅是故事，敘事有著故事的架構與格式，但是，它不僅是故事。另一方面我們也不能說凡是一個故事就是一篇敘事。敘事是一個與原件物品或對象有關係的新的說法。比方說手錶是天長地久的象徵[11]，但它也同時可以是另一廠商的精密的特工人員的武器[12]，當吾人都誤以為有些代表物與性質是不會變化的同時，商業界的語文又再次成功的以敘事與創意轉移了大眾對單一品牌的目光。我們可以相信，敘事就是創意的外形外質，它將物化整為意義與說法，語文教育有足夠的空間可以改變人類世界的色彩，敘事使人與物關連，使人透過物將愛戀顯現。一個有物可愛的有情天地中，故事將永遠是有力的創意代言者。但故事不是漫天隨口說的，它必須導引出人類的精神價值，或是執著的人性與不忘戀的對過去的追憶。

我們深切希望語文教育界可以將哲學的敘事法，符號的說出與指出法，文本之書寫論述固定法，可以透過本文，為語文產業的教育提供出一套的配套教學，以人類有所感動的愛恨情愁為世界創出美妙的創意，發想優美又有趣味的文案，以一種有所轉折與發現的奇特方法教導敘事學，如此，每一個創意文案都可以是一篇神龍的點睛之作。人生的創意是美好的象徵。當人們對這個人生與世界還有情義的時候，才會有敘事，也才會將敘事導出詩意的與詩學的。我們究竟在這

---

[11] 請參見香港 1992 年鐵達時手錶廣告：http://www.youtube.com/watch?v=YXQt Vnc 705o.

[12] 請參見 James Bond 在不同年代中由兩家錶商搶代言的情形：http://www.mi6. co.uk/mi6.php3.

個人間世發現了多少的絕美的佳句？抑或內藏著無窮盡懊悔與追憶的遺憾深情？唯一可以確定的是，每一個敘事都可以是詩學的，如果有觀眾看出了轉折的人生路口；每一個創意都可以被終生遺忘與塵封，只因為沒有了知音與有靈性的聽眾。因此，我們可以這麼說，敘事的創意文案還有一個哲學的語文訓練之外的要件，它需要有人聆聽與領略。一個有關愛不釋手的美好廣告也可能在一個商銅氣重的社會中被即刻棄之背後。一個不重視歷史的民族，很快會放掉任何一個美好的文本與論述，只問快速的金錢資本，不管任何有無形價值的故事與情仇。我們希望敘事的魔力可以帶給我們的世代一種尊重每一個特質的論述與文本的習慣，一個看重每一個文字與組構的辛苦與血汗，不抄任何他人的文稿而不說明，一切經過我們的文本中都有創意，我們可以一一謝過。而不是一一溶解後抄不自知。

我們可以這麼說，一個有創意的社群就會是一個有夢想的社會。如果，語文的產生與哲學的觀看是可以並聯的。我們希望本文可以為當代的繁體中文的語文產業與教育，導引出當代哲學的幾項可共用與融通的方法。在這一些元素與架構之下，我們可以建立出哲學的詮釋與符號解意與說情的系列方法。在這種敘事的架構下，將一個物與其他的物與人，逐一依照需要與靈感，將適於人類情誼基本價值的敘事相關法，一一表現出來。也正因為敘事，所運用的是一種與物與事件的相關性，當我們將一個原本與我們自身，尚無必然關係的物品，並且可以連接出一個有情的與有感動的故事時，這種敘事的創意是一種深刻的感動，文案可以因為這一種感動而誕生。正是因為語言的言說，與文本的論述的內含於書寫，都是外顯於文本的，文本將敘事的創意一一顯現與完成。

你如果有所謂敘事的創意夢想，請你一定要仔細端詳你所想要詮釋的，與表現的對象，因為這一個對象很有可能正在一步一步地將一個哲學上極為珍貴的真實性的實現，表達出來，成為在世界上的一個新的存有者。存有以它自身的特色，將它的故事，與你的生命，

共同表現出來，我們絕對有能力可以在敘事的引導下，將語言、文字、文本、書寫與論述，一樣一樣以最美好的形式呈現為顯示道的存在。敘事的創意文案是一種在世界上展現道的創意人生。而道出的亦將即刻加入現世，被看作敘事的文本，再次經歷讀者的啟迪，以完成它在時光中不停歇的展現，並靜待他者以詮釋與符號的處理，經營人生的敘事。

客語教材的編輯與出版
——以語料庫的開發為基礎探討

鍾屏蘭
屏東教育大學中國語文學系

摘　要

　　近年來隨著臺灣主體研究的蓬勃發展，客家語文得以納入國民中小學正式課程，所以不論正式教材或各類補充教材及字詞典等，皆開始了蓬勃的編輯出版。然而不論在撰寫教材或編輯詞目的過程中，卻始終缺乏科學客觀的客語字頻、詞頻數據可供參考依循，成為亟待研究解決之問題。因此本論文提出建立客家語語料庫的方法，進行字頻、詞頻的統計；並以其中得出的高頻字、高頻詞，作為客家語各式教材編輯出版的依據。相信以建立客語語料庫這種科學客觀的方法，應該可以為客家語教材及各式出版品，展開新頁。

關鍵字：語料庫、客家語、字頻、詞頻、出版

一、前言

　　族群的維繫、認同、保存、發展，從語言文化著手是最直接最根本的方法。所以不論政府機關或民間團體，皆不斷蒐集文化傳承的材料，以編輯或出版各式教材或字辭典，作為語言文化傳承的重要方法。近年來隨著臺灣主體研究的蓬勃發展，客家語文得以納入國民中小學正式課程，所以不論正式教材或各類補充教材及字詞典等，皆開始了蓬勃的編輯出版。然而不論在撰寫教材或編輯詞目的過程中，卻始終缺乏科學客觀的客語字頻、詞頻數據可供參考依循，成為亟待研究解決之問題。因此運用科學客觀的方法，建立客家語語料庫，進行字頻、詞頻的統計；並從其中得出的高頻字、高頻詞當中，作為客家語各式教材編輯出版的依據，應當是現今亟待從事的工作。

二、客家語教材的出版

　　近年來客家語文得以納入國民中小學正式課程，起初是教育部從民國 82 年修訂的「國民小學課程標準」中，開始在三至六年級增加「鄉土教學活動」課程，每週有一節上課時間。[1]隨後於 89 年修訂的「國民中小學九年一貫課程綱要」中，進一步將鄉土語言列入本國語文領域，成為一至六年級必修課程，同樣每週有一節課的上課時間，且自 90 學年度起正式實施。[2]

---

[1]　據曾玉棻《2004 年全國國小客家話教學現況調查研究》指出，當時各校得視地方特性彈性安排方言學習或鄉土文化有關的教學活動，指導學生學習（高雄市：國立高雄師範大學臺灣語言及教學研究所碩士論文，2005 年）。

[2]　據曾玉棻《2004 年全國國小客家話教學現況調查研究》指出，2000 年 3 月，

　　由於教育部正式將鄉土語言列入國民小學課程標準中，帶動了客家語教材的大量編撰。自民國 84 年左右起，各縣市政府、相關單位及各大出版社，開始先後投入鄉土語言教材的編撰出版。自民國 80 年以來迄今，全臺各縣市政府、民間出版社所出版的國民小學客家語教科書，共計十四個版本的教材：

國民小學鄉土語言教材客家語學習手冊		教育部編印	2 冊	87 年
客家語讀本	桃園縣客家語教材	桃園縣政府主編	6 冊	92 年
客家語教材	新竹縣客家語教材	新竹縣政府主編	6 冊	92 年
客家語教材	新竹市客家語教材	新竹市政府主編	12 冊	92 年
客家語	苗栗縣客家語教材	苗栗縣政府主編	6 冊	92 年
大埔音・東勢客	徐登志等	臺中縣東勢國小印行	5 冊	88 年
詔安客語讀本	雲林縣客家語教材	雲林縣政府主編	6 冊	92 年
細人仔學客話	高雄市客家語教材	高雄市政府主編	6 冊	90 年
鄉土語文客家語	高雄縣客家語教材	高雄縣政府主編	6 冊	90 年
屏東縣母語基本教材－客家語		屏東縣政府編印	4 冊	81 年
客家語讀本		中原週刊社編印	6 冊	80 年
客家語	南一版客家語教材	南一書局	12 冊	90 年
客家語	南天版客家語教材	南天出版社	12 冊	92 年
客家語	康軒版客家語教材	康軒出版社	12 冊	90 年
客語	翰林版客家語教材	翰林出版社	12 冊	90 年

教育部公布「九年一貫課程（第一學習階段）暫行綱要」，正式規定自民國 90 學年度起小一至小六學生，必須從閩南語、客家語、原住民語三種課程中選修一種，每週上課時數為一至兩節課。國中則將此列入選修課程。至此，鄉土語言正式從九年一貫中得到了正式的定位，成為正式課程。2000 年 9 月 30 日，教育部正式公布「國民教育九年一貫課程綱要」，確立了鄉土語言在國中小實施的教育政策。

　　冊數方面，民間出版社為一學期一冊，共十二冊；其他各縣市政
府方面並不完全同調，所以有一學期一冊，共十二冊的，亦有一年一
冊，共六冊者。冊數方面初步統計約一百三十冊。[3]

　　就客語教材的編寫及出版而言，主要有三大問題，分別是音標使
用不一、客語用字紊亂[4]、教材的詞彙、內容過深等問題。這與客家
語教材編寫時間倉促，及有關編撰教材所需的相關資料太少，如有音
無字的用字統一研究，常用字頻、詞頻研究等皆付之闕如大有關係。
當時編寫者各自為政，遇有客家語有音無字的情形時，或藉國語音義、
或自行造字、或以音標代替，一團混亂，使師生學習常有混淆不清，
學習不易之苦，也引起老師、學生及家長反彈，使得學習成效大打折
扣。[5]

　　由於客家語教材編撰與出版的良窳影響學生的學習意願與學習效
果，對客家話的傳承推行，影響深遠，實為不得不重視的嚴重問題。
目前音標使用問題，從漢語拼音到通用拼音的更迭使用，[6]至今的「臺

3　鍾屏蘭，《「客家語教科書常用詞彙與詞頻資料庫建置計畫 I」》（行政院客家
　　事務委員會專題研究報告）（屏東：國立屏東教育大學，2007 年）。

4　由於客家語言文字長期未被整理研究，所以目前客家語的書寫文字比起國
　　語複雜很多。尤其民國 80 年初客家語的研究如雨後春筍般的展開，各種教
　　材紛紛編輯撰寫，有些迫於時間，急就章之下不免借同音或同義字使用，
　　或以各種方式造字，使得客家用字紛亂不一。有些民眾不明究裡，往往覺
　　得客家語言本來就是有音無字，看到陌生的客家語用字便覺得太過麻煩，
　　便主張不必考究，直接以國語詞彙改讀音即可。其實這是客家語由於以往
　　歷史、地理、政治、經濟種種條件的不足，以致缺乏深耕研究的機緣與環
　　境，所以不能如現今的粵語般，文字得到一定程度的發展。所以我們現在
　　應把握當今大力提倡母語的契機，考察客家語文字的來源，選用適當的文
　　字來保存語言，急起直追，應是當前刻不容緩的重要工作。

5　根據《聯合晚報》95.8.27 日的報導：「國小鄉土語言怪字連篇、拼音混亂
　　的情況，很多家長教起孩子既頭痛、又氣憤。教育部國教司長潘文忠表示，
　　96 學年度起，民間編印的鄉土語言教材，一律先要經過審查才能選用，一
　　些罕見的怪字可望從教材中消失。」類似的報導個各大報所在多有，茲不
　　一一。

6　教育部民國 90 年出版的《國民中小學九年一貫課程綱要》客家語的標音符

灣客家語拼音方案」的推出，在教育部統一之下，已獲初步解決。至於客語有音無字，亦即客語文字化的問題，則在教育部及客委會共同努力之下，積極聘請專家學者研究進行中，第一批的客家語推薦用字300字，已於98年9月公布推出，相信在大家繼續共同努力之下，亦可逐部解決。[7]故所剩重大問題當屬客家語缺乏如國語字頻詞頻研究參考資料，可資判定詞彙常用與否，及如何選用常用詞彙，編輯與出版方便學生學習的適當教材的問題。也因此解決客語各式教材的有效編寫及出版困境，排除下一代學習客家語的障礙，並提供客家語客觀詳實之分級語詞詞目，以供社會各界廣泛的運用，發揮深遠的影響力，實為學術界所應努力的部分，且有其必要性與迫切性。

三、語料庫的建置

語料庫（corpus）的建立和研究在國外已經行之有年，在眾多語料庫中，英語語料庫建立最早，而且類型最多。另外世界上其他許多語言也都建有語料庫。賴惠玲在〈客語語法研究議題的開發：以語料庫為本〉一文中[8]，對各國語料庫的建置有概略的介紹：

號是採用「漢語拼音方案」，但至92年修訂的《國民中小學九年一貫課程綱要》，客家語的標音符號改採用「通用拼音」，至98年修訂的《國民中小學九年一貫課程綱要》，客家語的標音符號又改成「臺灣客家語拼音方案」。

[7] 任何語言的存在都有其繼承和發展，客家文字和古漢語有密切關聯，所以一直有許多學者及文史工作者從事研究考證的工作。目前的情況尚屬百家爭鳴、百花齊放的狀態。這如果從學術研究的角度來看，是十分可喜的現象，但若為了普及客家語教學，推廣客家語，這種情形卻往往緩不濟急，且讓一般學習者莫衷一是。幸而教育部於2008年成立了客家語書寫推薦用字小組，由古國順教授擔任召集人，首批推薦用字有305個，嘗試為坊間用字混亂的狀況，提出參考依據。

[8] 賴惠玲，〈客語語法研究議題的開發：以與料庫為本〉，收錄於行政院客家委員會，《96年補助大學校院暨獎助客家學術研究計畫成果發表會論文集》（臺北：行政院客家委員會，2008年）。

除英語外，許多其他語言也紛紛建立語料庫，包括德語、義大
利語、西班牙語、瑞典語、葡萄牙語、俄語、荷蘭語、威爾斯
語、波斯尼亞語、保加利亞語、以色列語、塞爾維亞語、日語、
泰語，和中文。同樣有以書寫語料為主的，例如義大利文語料
庫 CORIS／CODIS；也有以口語語料為主的，像保加利亞語語
料庫 A corpus of spoken Bulgarian；也有包括詞類和語法分析
的，如德語語料庫 NEGRA Corpus。

同時誠如賴惠玲所言，語料庫（corpus）的建立和研究在國外已
經行之有年，蒐集大量的語言資訊可提供教學、比較語言學、自然語
言處理等各種不同學科或跨領域的研究。[9]

在漢語的語料庫方面，現代漢語的詞頻研究，大陸方面早有嘗試，
由北京語言學院執行，這項計畫從 1979 年 11 月開始至 1985 年 7 月為
止，歷時五年零八個月。除專職人員外，北京語言學院許多教師也程
度不同地參加了部分工作，最後完成了《現代漢語頻率詞典》。該詞典
提供了使用度最高的前 8000 個詞的詞表，及報刊政論語體、科普語
體、生活口語及文學作品各領域中前 4000 個高頻詞詞表。還有分布最
廣的詞語頻率表、前三百個高頻詞分布情況分析、漢字頻率表及漢字
構詞能力分析等。另外特殊的是，該研究還根據中小學語文課本，編
成了《漢語詞彙的統計與分析》，及根據其中的高頻漢字和詞彙編成《常
用字和常用詞》兩本書。[10]

臺灣方面，則自 1986 年開始，由中央研究院資訊所與語言所跨所
合作的──「中央研究院資訊科學研究院中文詞知識庫小組」，完成了
中文詞詞頻語料庫的研究。其中包括中文新聞語料庫、漢語平衡語料

9　賴惠玲，〈客語語法研究議題的開發：以與料庫為本〉，收錄於行政院客家
　　委員會，《96 年補助大學校院暨獎助客家學術研究計畫成果發表會論文集》
　　（臺北：行政院客家委員會，2008 年）。
10　北京語言學院，《現代漢語頻率詞典》（北京：北京語言學院，1990 年）。

庫、平衡語料庫詞及詞頻統計、中文詞之詞庫及中文語法、中文分詞語料庫、中文句結構樹資料庫等，提供了極具參考價值之資訊。其中的《現代漢語平衡語料庫》，是中文語料庫一個新的里程碑，是世界上第一個有完整詞類標記的漢語平衡語料庫。語料庫共收約五百萬詞，語料主題內容比例為：哲學 10%、科學 10%、社會 35%、藝術 5%、生活 20%，文學 20%。資料取得可分為書面及口頭資料兩類，但目前語料來源偏重於書面語，約佔 70%。該語料庫不但對現代漢語進行斷詞、詞類標記，還提供完備的線上檢索及教學服務，在教學研究與學術研究方面都有豐碩的成果。[11]

　　另外，在我國教育部方面，亦自 1995 年起，針對國內語言環境逐年進行「常用語詞調查」工作，前期的調查，所利用的樣本都是以書面文獻為主，後考慮到單從文獻收錄書面語料並不周延，不足以代表全面語料樣本，遂嘗試進行口語語料收錄工作，統計結果所呈的各種數據，建立資料庫，提供各界參考使用。其研究成果研究成果包括《87年常用語詞調查報告書》、《87 年口語語料調查報告書》、《國小學童常用字詞調查報告書》等，對語文教育的推展有相當貢獻。[12]

　　其中的《87 年常用語詞調查報告書》是將 87 年度出版的雜誌、暢銷書籍、報紙、奇摩站分類索引中之各類網站，製作常用語詞分類表，分為政治、財經、科學、失活、文化等五大領域；再依分詞原則予以切分或合併，經統計詞頻後，結果以各種圖表呈現，並與 86 年常

---

[11] 鍾屏蘭，《「客家語教科書常用詞彙與詞頻資料庫建置計畫Ⅰ」》（行政院客家事務委員會專題研究報告）（屏東：國立屏東教育大學，2007 年）；《中央研究院／現代漢語平衡語料庫》，網址：http://dbo.sinica.edu.tw/Sinica Corpus/.

[12] 鍾屏蘭，《「客家語教科書常用詞彙與詞頻資料庫建置計畫Ⅰ」》（行政院客家事務委員會專題研究報告）（屏東：國立屏東教育大學，2007 年）；《教育部國語推行委員會/87 年口語語料調查報告書》，網址：http://www.edu.tw/files/site_content/M0001/87oral/index.htm.；《教育部國語推行委員會/87 年常用語詞調查報告書》，網址：http://www.edu.tw/files/site_content/M0001/87news/index.htm.；《教育部國語推行委員會/國小學童常用字詞調查報告書》，網址：http://www.edu.tw/files/site_content/M0001/primary/shindex.htm.

用語詞調查成果加以比較，觀察在不同年度語詞變化情形，同時提供各項分類資料庫。

《87年口語語料調查報告書》是蒐集口語語料以補書面語料之不足，使調查報告更加完整。純口語語料的收集並不容易，樣本來源包含四方面：（一）書面資料：包含演講稿、新聞稿、劇本、廣告詞等。（二）錄音資料：從各電視、電臺節目對話直接錄音下來的資料。（三）口語問卷：透過問卷設計，廣收全國各級學校學生口頭用語資料。（四）BBS討論站文章。

《國小學童常用字詞調查報告書》是教育部根據《87年常用語詞調查報告書》資料庫中之部分樣本——部編本《國語》課本整理而成，收錄部編本《國語》課本第一至十二冊全文，共計10087條詞條，加以統計而成。

在中文語料庫方興未艾、蓬勃發展之際，相形之下，不論是書面語或口語語料，本土語言語料庫的缺乏更為明顯。以客語為例，客語在兩岸三地均有使用人口，臺灣客語的人口也不少，南北地區及各次方言間的異同也往往反應次文化的差異，但比起中文的相關研究已具規模，客語的研究資源相當缺乏。因為缺乏充足的語料，而增加客語研究的困難度，無法對客語進行更全面、更深入、更廣泛的探討，導致促進客語研究的能量不足，是以客語語料庫的建立更是刻不容緩。

尤其，客家語教材編撰與出版的重大問題，當前主要在於客家語缺乏如國語字頻詞頻研究參考資料，可資判定詞彙常用與否，及如何選用常用詞彙，編輯與出版方便學生學習的適當教材的問題。因此建置一個客家語的語料庫，再從語料庫的語料中，分出字彙與詞彙，加以統計分析，以得出客家語常用字彙與詞彙，應是在客家書籍的編撰與出版上，最迫切需要進行的研究。

當然，客語語料庫的建構可提供客語研究者更具系統性、整體性及便利性的語料，可有較足夠的訊息呈現客語語言的全貌以及客語各次方言的異同，進而可以帶動更多的研究人員願意投入客語研究，一

方面結合漢語及國外語言學研究的理論基礎，一方面凸顯客語語言的特點。同時，語料庫的建構，不只強化語言學研究，也可帶動其他領域的研究，像是方言學、方言地理學、語言與文化、民族學、社會學、文學等等研究領域，均可直接的受益，拓展人文社會學科，發揮亞洲主題性，客語語料庫的建立所能帶來的成效是可以預期的。[13]

四、語料庫與字詞頻統計的方法與運用

　　語料庫一般可分為書面語語料和口語語料，也可根據語料的年代、地區、文體類型、使用對象來區分。至於根據語料庫搜集的語料，進行常用字彙、詞彙的統計，根據前人的研究，有不少的問題值得注意。

　　字頻、詞頻統計是就語料庫中的語言材料去進行累計「單字」字彙，以及詞彙出現的頻次，並以此為基礎去觀察語言的脈動及語言內部屬性結構分布的情形。此種研究法結合了語言學、統計學及心理學等相關領域知識，若透過不同角度去了解運用，字頻、詞頻統計結果具有多方面的參考價值。[14]尤其拜當今電腦進步之賜及統計學觀念的運用，將字頻、詞頻統計的方法應用在常用字詞的統計上，便能對語言的學習應用傳承，提供更為廣大而無可限量的價值。這種頻率調查的結果，不但可作為現今社會環境語言最客觀科學的了解工具，對社會學、語言學有相當意義之外，對教學上的階梯教材的編輯影響也非常大，學前及低中高年級教材的用字用詞，該如何訂出標準？適當的頻率調查就是一個重要的憑據。[15]常用字彙、詞彙的統計方法，有不

---

[13] 參見賴惠玲，〈客語語法研究議題的開發：以與料庫為本〉，收錄於行政院客家委員會，《96 年補助大學校院暨獎助客家學術研究計畫成果發表會論文集》（臺北：行政院客家委員會，2008 年）。

[14] 參見曾榮汾，〈字頻統計法的實例——國小常用字彙統計析述〉，頁 83。

[15] 參見曾榮汾，〈字頻統計法及學術應用〉，頁 32。

少的問題值得注意。如吳敏而《國民小學兒童常用字詞詞彙資料庫之建立與初步分析（III）》[16]報告中就說：

> 從上述之比較分析中發現各字彙表所蒐集到的字彙數有極大的差異，同一字詞常用度序也有很大的不同，這些差異的來源是：時間差異、對象取樣差異、語文材料取樣差異、研究方法上的差異所造成的。從時間差異上來看，從國立編譯館之研究起，各研究之時間差有十年、二十年、三十年之久，其中社會文化的變遷和其他許多因素，足以影響兒童所使用的常用字彙。從對象取樣差異上來看，有學前至九歲的，有三年級至六年級的，有一年級至六年級的，取樣對象之認知能力差異，實足以影響兒童所使用的常用字彙。語文材料取樣差異，有視覺類的，有聽覺類的，有口語類的。不同資料的來源，亦足以影響蒐集到的兒童常用字彙。研究方法上的差異，有直接法，有間接法的。不同研究方法所蒐集到的兒童常用字彙，也影響了其間的一致性。

有關以上說法，在此覺得主要可以歸納成對象性與時間性兩方面的問題討論。

（一）對象性

常用字彙詞彙的研究，有所謂對象性的問題。對象不同，所蒐集用來統計分析的材料也會隨之而有不同；也就是讀物材料會隨適用對象的不同有不同的取樣，所以適用對象影響其所用以統計分析的材料，然後據以統計分析的材料影響字彙統計的結果。此誠如曾榮汾所言：

---

[16] 吳敏而，《國民小學兒童常用字詞詞彙資料庫之建立與初步分析（III）》（臺北：臺灣省國民學校教師研習會研究室，1998 年），頁 3。

進行字頻統計首先要了解為何而作，最終的目的何在，依此目
的加以選擇統計樣本……為了了解基礎古詩文的用字情形，因
此選擇了如《唐詩三百首》、《古文觀止》、《全元散曲》等書為
樣本。像《常用語詞頻率報告》是為了了解目前一般生活領域
的語言情形，所採樣本即有不同。[17]

曾榮汾認為，若是編一部一般成人對通俗古詩詞文用字的字詞
典，選取分析的材料便是《詩文名句淺釋》、《唐詩三百首新注》、《新
編唐詩三百首》、《宋詩選註》、《唐宋詞簡釋》、《全元散曲》、《古文觀
止新編》《學生多用成語辭典》等書來進行統計分析。[18]如此一來便與
兒童常用字彙有所不同。另外一種情形是某一領域常用字彙也會與其
他領域有所不同；如傅寶琛《農民常用字彙》，劉德文《市民常用字
彙》、張耀翔《店號常用字彙》等都是。[19]因此，若要求得國小學童常
用的字彙，誠如前面所述的國立編譯館自民國 52 年開始，歷時四年始
完成的《國民學校常用字彙研究》，該研究採用的資料有國語日報，國
小課本、兒童作品、課外讀物、廣播資料、民眾讀物等六大類。也就
是若要求得兒童常用字彙，便宜從兒童平日經常接觸的讀物中去選取
分析的材料，以了解用字狀況。

又如如在國語詞頻方面，經過研究者將教育部《87 年常用語詞調
查報告書》與同年的《國小學童常用字詞調查報告書》做比對分析，
即發現差異頗大。單比對兩者前三百個「超高頻詞」[20]，《87 年常用語

---

[17] 曾榮汾，〈字頻統計法及學術應用〉，頁 32。
[18] 參考曾榮汾，〈字頻統計法及學術應用〉，頁 34。
[19] 國立編譯館，《國民學校常用字彙研究》，頁 39。
[20] 劉傑，〈漢語超高頻詞分類統計與分析〉：「超高頻詞是由大規模詞彙統計得
　　出的，從使用頻率角度劃分出一個特殊的詞集，它的數量雖少，但使用頻
　　率極高，是具體語言詞彙的核心，是語言交際須臾不可缺少的成分。」關於
　　這個「超高頻詞」段的取值區域，前文指出前三百個詞的累積覆蓋率約在
　　50%以上，所以超高頻詞以前 300 詞為理想的取值區域，收於胡盛侖主編，
　　《語言學與漢語教學》(北京：北京語言學院出版社，1990 年)，頁 266-278。

詞調查報告書》序號與《國小學童常用字詞調查報告書》序號前 300
名不同者，若以「87 年常用語詞」為基準比對的話，不同者共有 114
個，沾全部的 38%。這意味著成人最常使用的前三百個超高頻詞中，
有高達 114 個詞是不會出現在兒童最常使用的超高頻詞中，且不同的
比例高達 38%。像「將」、「及」、「時」、「於」、「並」、「元」、「已」、「由」、
「此」、「公司」、「內」、「其」、「表示」、「至」、「可能」、「者」、、「因
此」、「則」、「名」、「該」、「點」、「無」、「方式」、「電腦」、「美國」、「除」、
「開始」、「不過」、「目前」、「項」、「未」、「市場」、「因」、「提供」、「使
用」、「發展」、「活動」、「日」、「服務」、「以及」、「月」、「產品」、「打」、
「政府」、「由於」、「自」、「經濟」、「認為」、「設計」、「應」、「系統」、
「社會」、「發現」、「仍」、「也是」、「進行」、「即」、「日本」、「另」、「如
何」、「歲」、「方面」、「數」、「無法」、「教育」、「曾」、「需要」、「電話」、
「包括」、「同時」、「今年」、「重要」、「影響」、「資料」、「錢」、「相當」、
「場」、「指出」、「特別」、「受」、「分」、「處」、「人員」、「若」、「成為」、
「對於」、「研究」、「加」、「發生」、「一般」、「電影」、「便」、「甚至」、
「先生」、「主要」、「關係」、「文化」、「資訊」、「只是」、「選擇」、「美」、
「未來」、「環境」、「比較」、「決定」、「新聞」、「令」、「結果」、「其中」、
「其實」、「部分」、「低」、「所有」、「約」等超高頻詞全未出現在《國
小學童常用字詞調查報告書》的前三百詞中。若以兒童常用語詞為基
準比對的話，不同者共有 80 個，佔了全部的 26.6%。像「媽媽」、「爸
爸」、「寫」、「叫」、「那」、「老師」、「聽」、「隻」、「飛」、「地方」、「弟
弟」、「出來」、「你們」、「笑」、「練習」、「樹」、「意思」、「課」、「句子」、
「書」、「讀」、「下麵」、「水」、「看見」、「一起」、「認識」、「邊」、「下
來」、「東西」、「為什麼」、「可是」、「住」、「做」、「花」、「美麗」、「頭」、
「玩」、「句」、「狗」、「啦」、「不但」、「看到」、「一邊」、「同學」、「討
論」、「跑」、「太陽」、「講」、「高興」、「山」、「月亮」、「石頭」、「別人」、
「常常」、「奶奶」、「讀書」、「文章」、「春天」、「好像」、「完」、「放」、
「告訴」、「念」、「這麼」、「學」、「別」、「首」、「拿」、「站」、「篇」、「學

校」、「啊」、「河」、「後來」、「快」、「能夠」、「不停」、「比賽」、「快樂」、「段」、「喝」、「回來」、「真是」、「不知道」、「天空」、「事情」、「鳥」、「跳」、「得到」、「說話」、「看看」、「它們」、「原來」、「見」、「回答」、「忙」、「進」、「聲音」、「孩子」、「假使」、「船」、「臺灣」、「身」、「天氣」等。這些詞彙也完全未出現在《87年常用語詞調查報告書》的前三百個超高頻詞中。可見成人常用語詞與兒童常用語詞有相當大的差距。且從其中差異性可以看出來，兒童使用的詞彙偏向日常家庭生活、學校生活，以及周遭人物稱謂與自然環境等。一般成人詞彙則偏一般社會的政治、經濟、科技事務，且有較多偏文言的單詞。因此常用字彙、詞彙的統計，分析素材要顧慮到使用對象的需求，是成人還是兒童，是一般大眾還是某一專門領域的人士。

（二）時間性

就時間性而言，我們用字的情形，是和生活環境文物制度相關聯的，任何一個社會的生活與文化都隨時在改變，習用的字彙當然也會隨之有增減變異。[21]因社會環境與生活的變遷，習用的字彙、詞彙也不免有增減變化，二三十年前農業社會常用的字詞彙與當今工商業社會使用的便會有出入。因此教育部從民國84年起，便逐步進行所謂口語語料調查報告，至今完成的有84年、85年、86年及87年的《口語語料調查報告書》，且將《87年常用語詞調查報告書》製作常用語詞分類表，經統計詞頻後，結果以各種圖表呈現，並與86年常用語詞調查成果加以比較，觀察在不同年度語詞變化情形，同時提供各項分類資料庫。至於87年以後迄今的，則已委託大學研究機構進行搜集統計中。由此可見，時間的流轉是會深刻的影響常用字詞的出入。

---

[21] 參考曾榮汾，〈字頻統計法及學術應用〉，頁39。

　　從前面所述可知，不論是普遍性與時間性都是從事字詞頻研究不能不正視的問題，大陸的《現代漢語頻率詞典》，及我國教育部的《87年常用語詞調查報告書》，都將國中小語文教科書課文抽出另做獨立的統計，以歸納所謂的《常用字和常用詞》或《國小學童常用字詞調查報告書》，可見兒童常用語詞及成人常用語詞有相當差距，亦可見兒童常用語詞有獨立出來另做統計的必要。這也就是語料庫建立之後，在進一步進行字頻或詞頻統計時，必須要顧慮到取樣的對象性以及素材的時間性，以期得出的常用字詞的客觀與科學。

（三）統計方法與運用

　　字頻、詞頻統計的方法，一般以頻次分配及百分比為主要統計方法，並可做同類資料各項數據的交叉分析。頻次分配及百分比統計法，是指就樣本求出其出現的單字數、出現頻次、累積頻次與百分比，並依頻次高低排序。如以字頻表的呈現方式來說，是以字頻的高低進行降冪排序，出現頻率最高的字，放置於第一個欄位，字序排名為第一名，出現頻率次高的字，放置於第二個欄位，字序排名為第二名，依此類推，以便觀察字彙的使用排名。相同字頻的字則以字的筆畫進行升冪排序，筆畫較少的字置於前面，筆畫較多的字置於後面，依此類推。

　　至於同類資料各項數據交叉分析法，如常用字彙的統計，便可將各類有關常用字彙的統計所得結果，作比較檢驗，觀察彼此之間的同異。[22]

　　字頻統計結果所反映的訊息，筆者歸納曾榮汾在〈字頻統計法的實例──國小常用字彙統計析述〉[23]一文裡主要指出下列二項：

　　1.出現頻次最高的字群：如以頻次最高的前二十個字為例，頻次最高的前二十個字佔總字數的約千分之四，但累積頻次卻佔總百分比

---

22 參考曾榮汾，〈字頻統計法的實例──國小常用字彙統計析述〉，頁85-86。
23 參考曾榮汾，〈字頻統計法的實例──國小常用字彙統計析述〉，頁89-91。

五分之一以上，可見這二十個字可視為今日在國小讀物出現頻次最高，也就是最常用的字。

2.累積頻次與累積百分比的關係：在其研究的 1419219 字的樣本中，總共得到 4898 個字。這其中當所累積的頻次累積至 90%時，字數為 1072 字。換言之，若僅就數據而言，只要識得一千餘字，應該識得抽樣文獻百分之九十的用字。而由累積百分比 90%至 100%的字數，則佔總字數百分之七十餘。這部分字數佔總字數百分之七十餘，累積頻次只佔總百分比 10%，可見這百分之十的字數使用上是比較少的。更值得注意的是，累積百分比至 99.75%時，字數為 3584 字，距百分之百雖僅 0.25%，但所差距的數字卻高達一千字以上。因此這最後的一千餘字可說是字數偏多但使用率卻是偏少的，也就是最不符合學習的經濟效益的。這些數據對編輯國小教材都是相當重要的指標。

從上述曾榮汾的研究結果可知，在 4898 個字中，前一千字左右為累積頻次達 90%的字，是使用率很高的字，另外在分析的素材中，僅出現一次的，也幾乎有一千多字，累積頻次僅有 0.25%，這些是使用率很低的字。也因此字頻的統計若要運用在教材的編輯上，分級是相當重要的，亦即區分那些屬於高頻字？那些屬於次高頻字？那些又該畫入低頻字的範疇？是必須要處理的問題。同時，高頻字可以斷定應屬常用字，為國小學童應該優先學習的字；另外低頻字在國小教科書的編輯中，便最好能避免編入教材中，因為非常不符合學習的經濟效果。即使學了，不但很少有應用機會，也由於文章中很少出現，即使學過也會因為很少看到，所以容易忘記。因此從學習的最大經濟效益來看，國小階段教科書的編輯要儘量安排高頻字，儘量少用或不用低頻字。

字頻的統計分析如此，詞頻的統計分析運用也是如此，都在教科書常用字彙詞彙的選擇運用上佔有不可或缺的重要性。

五、客家語料庫的建置與困難之克服

　　要建置一個客家語語料庫，其實有相當不少嚴重問題需一一克服。其中包含客家語文字書寫及統一問題，語詞單位的確立及切分問題，詞類標記問題以及內容主題分類問題等。以下將上述問題的可能處理方式作一說明。

（一）客家語文字書寫及統一問題

　　客家語由於長期以來並未發展出標準化、規範性的文字化文本，故編寫者各自為政，頗為混亂，部份客語有音無字，各出版社多以自行造字或假借方式處理，形成一堆怪字及生難字，相當不利於資料庫的建置、研究及推廣，更導致研究軟體設計及統計上的困擾，使得原始檔案「生語料」的登錄上，以及後來語料的整理上，是會首先遭逢的一大難題。對於這種用字分歧、南北名物稱謂不一致之情形，在問題的解決上，或許可以如下方式處理：

1.同音同義卻不同字

　　如相當於國語的「玩」的意思的客家語，即有「聊」、「料」、「寮」、「嫽」、「嬲」等不同寫法；相當於國語的「邊」的意思的客家語，亦有「唇」、「脣」、「漘」、「湣」等不同寫法，相當於國語的「不」這個意思的，則更有「毋」、「m」、「不」、「冇」、「唔」、「莫」、「無」等混用情形。又再加上這些字與其他詞素結合成為另一個詞，情形就更形複雜。另外在複詞方面，如國語的「斗笠」一詞，客家語便有做「笠母」、「笠麻」「笠蔴」、「笠嫲」、「笠婆」各種不同寫法。

上述這種文字書寫的異用情形若未加統一，則勢必影響字頻詞頻統計之精確度，更有可能使高頻字詞變成非高頻字詞，因此加以統一應該是較為妥適的處理方法。建議的作法是將生語料保持原樣建檔登錄，再將這種情形予以統一。統一的原則，第一，依照教育部公布的「臺灣客家語書寫推薦用字」或為標準予以統一，如「聊」、「料」、「尞」、「嫽」、「嬲」等統一成「尞」。又如「毋」、「m」、「不」、「冇」、「唔」、「莫」、「無」等混用情形，依文意內容，統一成「毋」。第二，不在教育部公布推薦用字之列的字，則依客委會初、中高級檢定考試的用字為準，如「唇」、「脣」、「滑」、「漘」等不同寫法，統一成「唇」；「笠母」、「笠麻」、「笠蔴」、「笠嫲」、「笠婆」等統一成「笠嫲」。若兩者皆無，則以教育部國語會的「臺灣客家語常用詞典」蒐尋結果予以統一，如「一個」、「這個」的「個」，又如「食忒」、「放忒」、「除忒」的「忒」等。其餘則依電腦輸入能處理、用字普遍通用及請教學者專家等原則來選定處理。

2.異音異字卻同義

如「蘿蔔」與「菜頭」；「粄圓」與「甜粄」；「雪圓」、「圓粄」，大多是南北名物稱謂的不同，但卻是同一件事物。又如「歇」與「戴」，兩者都是「居住」的意思，但四縣多說「歇」，海陸、饒平、大埔多說「戴」，這種情形為了保存客家文化的特殊性、地方性，原則上可不加處理。另外在虛詞方面，如語氣助詞有「啊、無、唰、呢、哩、哦、啦、呀、喔、那、咃、哇、喲、嘛、唅、欸、喂、囉、噢、呀、耶唅、哩噢」等，大都與前一詞的連音變化有關，基於保存客家文化的特色，亦宜統一予以保留。

3.同形卻異音異義

這類似國語所謂的破音字，如「好」這個詞有「可以」、「喜歡」、「好」等不同意義，「發」有「發達」、「富有」、「發生」、「發芽」等不

同意義，此類情形可運用標記詞類的方式予以區隔，並加註國語，列表整理，供使用者參考。

（二）詞語單位的確定和切分問題

語料庫的建置另一個重要問題在客家語常用詞彙的探討。要統計客家語常用詞彙，首先不能不解決什麼是「詞」的問題，所以先由釐清客家語中「字」、「詞」、「詞組」的區分，接著承繼探討結果，必須確立客家語的分詞原則，以便有系統的進行詞的切分。這方面的分詞原則，基本上可參考有嚴謹學術理論基礎的中央研究院及教育部國語會的漢語分詞原則，經比較其異同後，再加以修訂成適合客家語的分詞原則。

（三）詞類標記問題

切分過後的詞條若能標記詞類，則能進一步了解詞條的使用狀況，掌握詞彙的語法功能，使教材編撰或教學、研究有更好的依據，所以與料庫中所有詞條皆應加註詞類標記。關於詞類標記方式，由於坊間各種文法書籍對詞類的劃分繁簡不一，令人有難以適從之嘆。因此在詞類標記上，基於中央研究院《漢語平衡語料庫》有最清楚之標記說明，並可供線上檢索參考，故採用中央研究院《漢語平衡語料庫》詞庫小組的 46 種詞類標記，選擇適用客家語特性及現階段研究需求的詞類標計，來進行分詞後語料的詞類標記，應是較為可行的做法。

（四）內容主題分類問題

由於詞條眾多，若能就詞彙所屬內容主題加以分類探討，亦將大有助於教材及教學運用，為了使語料庫的功能充分發揮，方便客家語

教材之編撰，故進一步將語料庫資料進行內容主題分類。則未來編教材者只須按類索驥，便能快速方便的找到適當的詞彙應用。

　　內容主題之分類方式，亦有許多前輩學者專家有不同之分類，但幾乎都是用詞類與內容主題融於一爐的方式分類，因此詞彙難免會有重出現象。為免與前面詞類標記混淆，故採用漢語大辭典的內容主題分類方式，亦即由五南出版社所出版之《實用漢語分類詞典》的類目來進行分類，應是較為理想的方式。

（五）電腦建檔相關問題

　　有關客家語語料庫在運用電腦處理的地方，包含字頻及詞頻等所有客語原始語料的工作檔案建檔、計算、統計及相互比較上。這些在執行技術上，有電腦字碼相容性的問題需要克服。目前世界通行的字碼有 big-5 及 Unicode 兩種。兩種字碼並不相容，所以只能選用其中一種作為電腦程式運作的字形。

　　在比較兩種電腦字碼後，採用 Unicode 字碼系統來處理應是較佳方式。原因除了目前幾乎所有的電腦作業系統皆已經支援 Unicode 外（例如 Windows XP 等），在目前的軟體開發主流，亦以 Unicode 為主。更重要的是，在一般使用的鄉土語言工具列，以及 ezword Unicode WS 字型，同樣是使用 Unicode 作為基礎而開發，配合辦公室軟體亦能正確統計並顯示無誤。

　　至於不選用 big-5 電腦字碼的原因，主要是因為在編碼上可能會發生轉換的困難。如客家語常用字「個」、「㤯」等常用字，都是 Unicode 碼。在 big-5 字形碼中不但無法標示，還會影響軟體的操作，造成斷詞及統計的錯誤。另外在客語語料中也包含不少國語的罕用字，也有一部分並沒有收錄在 big-5 字碼而是在 unicod 字碼中，所以國語的部分也是用 unicode 處理。因此採用 unicode 是較好的選擇。

　　另外 ezword Unicode WS 字型裡面沒有的字，處理的方式，一是可以使用拆字法，如「左○右○」，或「上○下○」之類方式。最後拆字不能處理，則可以拼音方式標示。

六、結語

　　客家語的編輯與出版，從語料庫的開發著手，雖然困難重重，但卻是最根本的解決問題之道。在客家語語料庫的建置方面，最仰賴的是大量客語語料之蒐集。衡諸現今客家書面語料的情況，內容多為民間傳說、講古、山歌、謎語、俗諺，還有部份童詩童謠，另外就是一些坊間出版的教科書，或各級學校的補充教材等，與華語語料來比，相對少得可憐，實在談不上所謂全面性兼顧的「平衡語料」的概念。所以客家語語料庫的建置，在建置之初，語料的選擇暫不考慮文體之均衡，只要是以漢字書寫之客語語料皆應盡可能收錄於語料庫中。同時為兼顧書面語與實際口語的差距，還須努力蒐集口語語料，以增加語料庫的平衡性；也因為全面的客家語字頻、詞頻研究是一項艱難且鉅大的工程，若能由教育部或客委會出面，大力整合各大專院校客家語的相關研究人力資源及研究成果，才能使全面兼具平衡性的客家語語料庫得以早日誕生。相信這對客家語文事業與出版，尤其客家語的文化、教育的傳承有重大深遠的影響。

參考文獻

一、一般文獻

北京語言學院,《現代漢語頻率詞典》,北京:北京語言學院,1990年。

吳敏而,《國民小學兒童常用字詞詞彙資料庫之建立與初步分析(III)》,臺北:臺灣省國民學校教師研習會研究室,1998年。

教育部,《國民中小學九年一貫課程綱要》,臺北:臺灣書局,2001年。

教育部,《國民中小學九年一貫課程綱要》,臺北:臺灣書局,2003年。

教育部,《國民中小學九年一貫課程綱要》,臺北:臺灣書局,2009年。

曾玉菜,《2004年全國國小客家話教學現況調查研究》,高雄:國立高雄師範大學臺灣語言及教學研究所碩士論文,2005年。

曾榮汾,〈字頻統計法及學術應用〉,《警學叢刊》第25卷第2期,1994年。

曾榮汾,〈字頻統計法的實例——國小常用字彙統計析述〉,《警學叢刊》第27期,1996年。

劉傑,〈漢語超高頻詞分類統計與分析〉,收於胡盛侖主編,《語言學與漢語教學》,北京:北京語言學院出版社,1990年,頁266-278。

賴惠玲,〈客語語法研究議題的開發:以與料庫為本〉,收錄於行政院客家委員會,《96年補助大學校院暨獎助客家學術研究計畫成果發表會論文集》,臺北:行政院客家委員會,2008年。

鍾屏蘭,《「客家語教科書常用詞彙與詞頻資料庫建置計畫 I」》(行政院客家事務委員會專題研究報告),屏東:國立屏東教育大學,2007年。

二、網路文獻

《中央研究院／現代漢語平衡語料庫》,網址:http://dbo.sinica.edu.tw/sinicacorpus/.

《國立政治大學漢語口語資料庫（NCCU Corpus of Spoken Chinese）》，網址：
　　http://140.119.174.187/.

《國科會數位博物館先導計畫／搜文解字》，網址：http://words.sinica.edu.tw/.

《教育部國語推行委員會／八十七年口語語料調查報告書》，網址：http://www.
　　edu.tw/files/site_content/M0001/87oral/index.htm.

《教育部國語推行委員會／八十七年常用語詞調查報告書》，網址：http://www.
　　edu.tw/files/site_content/M0001/87news/index.htm.

《教育部國語推行委員會／八十六年常用語詞調查報告書》，網址：http://www.
　　edu.tw/files/site_content/m0001/86news/index.htm.

《教育部國語推行委員會／國小學童常用字詞調查報告書》，網址：http://www.
　　edu.tw/files/site_content/M0001/primary/shindex.htm.

《教育部國語推行委員會／臺灣客家語常用詞辭典（試用版）》，網址：http://
　　hakka.dict.edu.tw/.

《鄭良偉、楊允言／臺文華文線頂辭典》，網址：http://iug.csie.dahan.edu.tw/iug/
　　Ungian/soannteng/chil/Taihoa.asp.

再論「矧知稱量」
——論當代語文產業的修辭效益

蔡瑞霖

義守大學大眾傳播學系暨通識教育中心

摘　要

　　一般而言，知識獲取有三個普遍來源，即：意識、身體和語言，此亦決定了該知識之發生過程及施用效益。傳統中國哲學的知識論，並非只是文字義理的心性論、踐仁行義的工夫論，更是法制政治的問題。在歷史演化中，漢文化傳統的知識價值係表現在語用學和修辭學特色中。對當代游牧單子而言，此乃垂直向度的三重基黏性之應用問題。依此，作為〈盆棺罫角〉拙文之姊姊篇，本文將通過歷史流變及演化規律來省思傳統知識論的當代意義。

　　本文聚焦在「知識」之正確獲得與應用的現實上，以「知」與「量」之內在關係為依據，以「矧」、「矧惟」及「矧曰其」等句法轉折語詞為例，探討其實用性知識之語用條件和修辭效益。故本文以「矧知稱量」為題，藉以說明傳統的類比推論思惟中，其實蘊含有更進一步實踐的動勢之知識論課題。實用觀點下，傳統知識的形成、獲得與施用，

必具有其語用情境及修辭效益之考量。單以文字章句來解讀其內容，往往抽離了現實的修辭效益。

　　以「矧」的語詞運用為例，如「神之格思，不可度思，矧可射思」（《詩》）、「至誠感神，矧茲有苗」（《書》），以及「元惡大憝，矧惟不孝不友」（《書》〈康誥〉）等語脈，皆預設了「量之前知」、「應知之量」及此知識之量所以表達之「接續語辭」的具體語用情形，藉此吾人得以打開一條貫通理想與現實之法政規範的內在理路，此實為東方漢文化知識論之基本形態。爰此，本文結論是，一旦語用條件及修辭效益的脈絡明顯，則朝向「正德利，用厚生，惟和」（案：本文重新斷句〈大禹謨〉）的理想世界為可能，而傳統知識論的當代視野之開展將更具意義。

關鍵詞：知識論、稱量、三段論、矧惟、語用學、修辭、游牧單子、
　　　　三重基黏性

苦稱量之不審兮，同權概而就衡。
——屈原，〈惜誓〉，《楚辭‧離騷》

恨我的，我必追討他的罪，自父及子，直到三四代；
愛我、守我誡命的，我必向他們發慈愛，直到千代。
——摩西，〈十誡〉，《舊約》

…punishing children for the iniquity of parents,
to the third and the fourth generation of those who reject me,
but showing steadfast love to the thousandth generation of those
who love me and keep my commandments.
——Mosse, Ten Commandments

鴟鴞鴟鴞，既取我子，無毀我室。恩斯勤斯，鬻子之閔斯。
——周公，〈鴟鴞〉，《詩經‧豳風》

一、楔子：踐阼與誓約

　　「矧」（音審）是古字，也可以寫為「弞」，大多見於先秦以前典籍，《尚書》中較多，尤其集中於周公輔弼成王時期的相關文書中。在現代日常語言中，矧字已經少用，但是它的語意卻極為普遍，隨處可見。「矧」的本義[1]，是況、又、況且之意思，現代英語裡相當意思的用語，如 furthermore，moreover，no more / less than，besides，in addition，and 等。在語法形式上，它是連接詞，有語氣加強及轉折之作用。依

---

[1] 矧為名詞，指箭鏃之引端，有本矧和末矧之不同。於顏面之描述則指齒根之意，如「笑不至矧」一語。除了連接詞之外，「矧」亦是名詞。如「父母有疾，冠者不櫛，行不翔，言不惰，琴瑟不禦，食肉不至變味，飲酒不至變貌，笑不至矧，怒不至詈」。《禮記‧曲禮上》，是指齒根。字義上，矧即況也，有況且、更且、何況等語氣助詞上的轉折意思。矧亦指箭鏃的把握部位，箭引羽根之處，故有本矧及末矧之名稱。

147

矧字而衍生的用語，有「矧惟、矧曰、矧曰其、矧曰其有、矧曰其有能」等情形。本文標題「矧知」，是指「況此知亦有所知」的意思；這可以更通俗地說之，即「更何況要知道的都已經是被知道的了」。易言之，矧知就是以「矧」的修辭形式表達之實質認知活動。通常指言說者與聽者皆認同的已知或應知之事項者。

「量」，即有關感知、考量、權衡、評估及決定之朝向認知活動或言說行為的認識之能力或結果。因此，「量」可以界定為藉由概念而令判斷形成之知識內容、過程與結果，包含前概念的、先於判斷的直覺部分，而且不論該知識形式是否形成系統者。「稱量」（enthymemes），即「修辭的說服」（rhetorical persuasion）。指通過論證路數而開展其有效說服方式的修辭學活動。然而，不論形式或實質上，都有「假偽稱量」或說「似稱量」之存在，此必須通過辯證法才比較能確認此類「似稱量」之假偽所在。稱量具有省略三段論的特性，所以稱呼它為「準三段論」也無不妥，而且稱量有其相關的分類、要素及題材之知識系統。

「稱量」（enthymeme, en-thu-miem）之譯語，理解上雖較為曲折[2]，但有依據，中譯用語詳於後文（第二節）。Enthymeme 源於希臘字 *enthymēma*，拉丁字 *enthymema*，係由前置 en-及 thymus（血氣、臆氣、心靈）字幹組成，動詞為 *enthymeisthai* 指「持存於心中」，「相稱於心之所想者」（to keep in mind）。語意上，enthymeme 指的是心中衡量、籌計或揣度於事（to consider; to observe），依 Aristotle 用法，enthymeme 與 deduction（演繹、推論）的意思相當，指已經共同認知而不待明說其前提的三段論（a syllogism in which one of the premises is implicit）。中文舊譯為「省略三段論」、「或然性推理」，甚至僅音譯為「恩梯墨瑪」（依英語則音譯為恩瑟冥\ en（t）-thi- mēm\）。無論如何，稱量是種演繹或推理，其前提（不論大小詞）常是不明說的、含蓄的，可以為公眾所默許的」。Enthymeme 集中出現在 Aristotle《修辭學》書裡，

---

[2]　中國哲學關於「量」的語意用法，印度如因明學說的「量論」等皆有可重疊論述者。

他對修辭學的定義是：「對於任何給出事例予以可利用的說服手段的一種考量能力」[1355b]。[3]所謂語用，本文特別指修辭學之運用的意思，強調言說行事的效益，尤其是公眾的公開言說活動。依此，他也將enthymeme 稱為「修辭的三段論」，以對照於辯證的三段論。

如上所述，可以說明本文標題「矧知稱量」的意思，即：公眾講演中，言說者與聽者皆得認同的已知或應知之事項，係藉由論證路數以開展其有效說服方式的修辭學活動之謂。進一步說，或解題為「矧『知以稱量』」，或謂「矧知而『稱量』」，意思皆得以通貫，其理由為何，容後敘明。

《尚書》[4]裡，周公輔弼成王相關之誥書，計有〈金縢〉、〈大誥〉、〈微子之命〉、〈康誥〉、〈酒誥〉、〈梓材〉、〈召誥〉等諸篇。周公之攝政輔弼的角色，是否得稱為「王」而其誥語是否即記為「王曰」，這在《尚書》語法裡是個問題，但可以肯定的是周公因其攝政，直接關涉到宗法制度之徹底建立，而被稱為「踐阼」。[5]這個特定歷史評價之政治用語，似乎也只適用於周公。相對於此，西方基督教的源頭，《舊約》及猶太教的奠基人物摩西，其「誓約」（十誡）與《周書》「誥書」比較起來可謂相當，皆具有政教交集之命令的意味。然而，不論形式或內容，兩者在後來的文化發展方向卻截然不同，此不在話下。雖如此，本文要聚焦的是，怎樣的政治修辭效益決定了這兩者之不同？特別是《尚書》之語法，其修辭稱量的表述方式為何？中國傳統哲學的知識論有何影響？

---

[3] Rhetoric may be defined as the faculty of observing in any given case the available means of persuasion. 已有中譯本，因其節略及譯語不準確，本文依 W. Rhys Roberts' English translation 重新中譯，下同。

[4] 清華竹簡之發現：有多篇現在流傳《尚書》版本的部分篇章，清華竹簡上的〈金縢〉、〈康誥〉、〈顧命〉等篇章和《尚書》上內容多有吻合，稍有差異，這在一定程度上印証了伏生默寫的《今文尚書》的一定可靠性。這也是竹簡的重要價值所在，為《今文尚書》真實性提供一定的佐證。2009-05-04

[5] 即帝位，掌王權；「成王幼，不能蒞阼；周公相，踐阼而治」《禮記‧文王世子》。

二、論「修辭的稱量」之構成

為了明瞭上述問題，我們有必要先行探討有關稱量之界說，定位
與表述方式，這三方面議題。

（一）修辭之界說

關於修辭之界說，通常視為省略三段論，但這是表面上與辯證法
三段論的形式對照，並未觸及實質內容和特性。茲分就兩點論述：

1.修辭研究做何用？眾所皆知，Aristotle 的 On Rhetoric 寫於西元
前 350 年，是修辭研究的典範。[6]他主張，修辭學與辯證法是相對照
的。因此，相對於辯證法有歸納（induction）和演繹（deduction）兩
部分，所以修辭學也有例舉（exampling）和稱量（enthymeme）之兩
部分。邏輯上，辯證法的演繹便表達為三段論，而修辭學也可以表
達三段論；只不過這被稱為修辭的三段論（rhetoric syllogism），或稱
量的三段論（enthymemetic syllogism）。兩千年來，將稱量視為省略
三段論，其實只看到了表面形式，沒有照顧到此稱量的真實內容。
稱量的前提可以少於三段論的大小兩個或僅用一個，也可以不從語
句形式上表達出任何前提。但它並不僅只是省略前提的意思，重要
的是或然性在公眾講演時的表述問題，因此等同於只是省略三段論
並不宜。

---

[6] Aristotle 修辭學文獻在當代有四種英譯本。一是 1909 年 Richard C. Jebb 的
譯本。1924 年另出版 John H. Freese 和 W. Rhys Roberts 的兩種英譯本。
Roberts 於 1954 年重編再版，是最流行的譯本。第四個是 1932 年的 Lane
Cooper 譯本。1991 年 George A. Kennedy 出版了更為詳細註解及當代研究
比較的新版本，被視為標準的學術文獻資料。

稱量是修辭學的關鍵。一般說來，稱量可以有兩大類別：「指證的稱量」（demonstrative enthymeme）以及「反駁的稱量」（refutative enthymeme）；兩者又皆各有真實的和假偽的情形，這如同辯證法裡的三段論有真實的和假偽的一樣。假偽稱量之不真實，如同（借佛教因明用語）「似量」不是「正量」一樣，係因為在構作稱量之時運用了邏輯上不恰當的方式而導致的，但依然在實際的公眾演講和日常溝通中被使用。Aristotle 認為，反駁稱量更受歡迎，因其修辭效益大而較為流行。[7]

「稱量」畢竟為何？我們若轉換到東方哲學來考察，將有助益。以《尚書》為例，傳統修辭學的語法結構並不明朗，然而對比研究上，《尚書》的各類誥書裡出現的「矧」字或「矧曰其有能」詞語的修辭表達就是稱量分析的具體例子。到底《尚書》的語句內容有多少修辭學意義？「矧」、「矧惟」及「矧曰其有能」的邏輯形式為何？如何量化運算或命題邏輯來分析之？深值探討。底下，本文試將「矧」的修辭語法分為兩類，對比於 Aristotle 修辭學觀點來分析之，亦即吾人將聚焦在：「矧（惟）」語法如何類似「指證稱量」，以及「矧曰其有能」語法如何類似於「反駁稱量」之對比研究上，並且探討此對比所衍生的其他問題。

Aristotle 主張，有原初稱量（Original enthymeme）和顯現稱量（appearance enthymeme）之別，還有「假偽的稱量」（the Spurious Enthymeme）和「謬誤的稱量」（fallacious enthymemes）存在，這類似於因明裡所說的「似量」和「非量」。這些有關於公眾「說服」模式的理論（theory of the modes of persuasion），即集中在論證路線之論據與證明的分析上。

2. 說服技巧以及修辭使用。依 Aristotle，修辭學即「有效地說服」之技巧，具有四個用途：「用於維護正義和真實並壓制其反面，用於特別並合適於普遍民眾的教授方式，用於分析問題的正反兩面，用於自我防衛」。Aristotle 說：

---

[7]　III. 17.

由所說文字而提供的說服模式共有三種。第一種依賴於說話者的個人個性；第二種依賴於進入聽者的某種心情；第三種係依賴於言說本身的文字所提供的證明或表面證明。[1356a][8]

簡言之，說服具有基本的三項訴求：理則（Logos），情愫（Pathos）與品格（Ethos 也可譯為稟性），三者皆訴諸於人之基本存在特徵。這些都影響我們對於稱量的運用方式，譬如情愫至少包括：惱怒或溫和、友好或敵意、恐懼或無畏、羞愧或無恥、感激或忘恩、妒嫉或傾慕、憐憫或憤慨，這些就是常見的心情表現，足以左右雄辯者對於公眾的說服力。

（二）稱量之定位：雄辯與說服力

何以本文將 enthymeme 中譯為「稱量」一語而不譯為衡量、考量或審度？此有緣由。字面上，「稱」雖通「秤」字，但超過實物意義；在此，「稱」有平準量度、衡量得失、審理議論之意思，同時又有取名賦義、語言運用之相關含義。如《舜典》說「協時月正日，同律度量衡」，即是此義，weigh against 考量、權衡。Enthymeme 有公眾講演之「就量而稱之於語句及命題表述」的說服力作用，因此，擇「稱量」一語中譯之。《楚辭・離騷》的〈惜誓〉云：

苦稱量之不審兮，同權概而就衡。

很接近於此義，心中有當言之語，呼之欲出之際的情形，雖孤獨而同眾之感。《周書・牧誓》說的「稱爾戈，比爾幹，立爾矛，予其誓」，都是誓言之語，同樣如此。還有，《管子・版法解》提到：

---

[8] Of the modes of persuasion furnished by the spoken word there are three kinds. The first kind depends on the personal character of the speaker; the second on putting the audience into a certain frame of mind; the third on the proof, or apparent proof, provided by the words of the speech itself.

人有逆順，事有稱量。人心逆，則人不用。事失稱量，則事不
工。事不工則傷，人不用則怨；故曰：「取人以己，成事以質。」
成事以質者，用稱量也。

這與 enthymeme 的意思是十分相涵的。因此，我們主張將 enthymeme
中譯為「稱量」。[9]問題是：稱量如何作用？在修辭中如何進行？底下，
我們分就三點論述：

1.說服力係依據稱量而來。Aristotle 開宗明義地說，「修辭學是辯
證法的對應項」（Rhetoric is the counterpart of dialectics）[1354a]，兩者
間有平行對應的特性。而且，會使用到修辭的情形，是涉及公眾事務
的「共業的」（借佛教用語）場合。這得有「三種修辭：政治審議、司
法判決、典儀詞藻」（Three Species of Rhetoric：deliberative, judicial,
epideictic）[1354a]，它們都和說服他人的方式有關。古希臘很多作家
都論到修辭一事，但是並不將它視為就是一項藝術技巧，對稱量之重
要性則完全失焦。Aristotle 認為，說服活動並不直接是藝術；不過：

> 恰只有「說服模式」（modes of persuasion）是藝術之真正構成：
> 其他僅是附屬。無論如何，這些作家大多不著邊際，談不到「稱
> 量」（enthymemes，恩梯墨瑪、或然式證明、省略三段論）而
> 那正是「修辭說服」（rhetorical persuasion）之軀體。[1354a][1011]

9　「權，稱錘也。度，丈尺也。度之，謂稱量之也。言物之輕重長短，人所
　　難齊，必以權度度之而後可見」。〈梁惠王章句上〉，參考自朱熹，《孟子集
　　注》《四書章句集注》。

10　The modes of persuasion are the only true constituents of the art: everything else
　　is merely accessory. These writers, however, say nothing about enthymemes, which
　　are the substance of rhetorical persuasion, but deal mainly with non-essentials.

11　The modes of persuasion are the only true constituents of the art: everything else is
　　merely accessory. These writers, however, say nothing about enthymemes, which
　　are the substance of rhetorical persuasion, but deal mainly with non-essentials.

換言之，「他們並沒有告訴我們有關雄辯家恰當的說服模式；亦即，並沒說到如何而獲得稱量之技巧」[1354b]。什麼是修辭學之核心問題？研究「稱量」此說服模式之如何能恰當獲得，是最重要的問題。

> 顯然，嚴格意義下，修辭研究牽涉到說服模式。很清楚，說服是一項指證（a sort of demonstration），因為當我們考量一件必須被指證的事情時，我們必要被完全說服。雄辯家的指證就是稱量，而一般來說這就是最有效的說服模式。稱量是一種三段論（syllogisms 演繹推理），所有種類的三段論之考量，不加區分的話，都是辯證法之事（the business of dialectic），而辯證法既成為一整體，也是其分支之一。[1355a][12]

說服要有指證，而指證就是稱量。一言以蔽之，修辭學是對公眾演說的說服模式和論證如何進行之學問。「因此，如同我們的說服模式和論證，我們必須使用人人著迷的想法，像我們在 Topics 篇裡所考察的，當涉及到對公共聽眾之掌握方式的時候」[1355a]。[13]而且，「沒有其他種藝術會得出對反的結論：惟獨辯證法和修辭學卻會」[1355a][14]，這就是說，道德目的和稱量能力可以不相同，修辭學家會涉及兩者。

---

[12] It is clear, then, that rhetorical study, in its strict sense, is concerned with the modes of persuasion. Persuasion is clearly a sort of demonstration, since we are most fully persuaded when we consider a thing to have been demonstrated. The orator's demonstration is an enthymeme, and this is, in general, the most effective of the modes of persuasion. The enthymeme is a sort of syllogism, and the consideration of syllogisms of all kinds, without distinction, is the business of dialectic, either of dialectic as a whole or of one of its branches.

[13] Here, then, we must use, as our modes of persuasion and argument, notions possessed by everybody, as we observed in the Topics when dealing with the way to handle a popular audience.

[14] No other of the arts draws opposite conclusions: dialectic and rhetoric alone do this.

在修辭學裡，無論如何，修辭學家（rhetorician）一語可以描寫演說者說話藝術的知識或他的道德目的。在辯證法裡則有不同：一個人被稱為「善辯者」（sophist 辯士）是因為他具有某種道德目的，而被尊為「辯證者」（dialectician）的人並非緣於其道德目的，而是因為他的能力之故。[1355b][15]

依此也許可以了解，為什麼 Aristotle 要說，「修辭學可以被定義為：對於任何給出事例予以可利用的說服手段的一種考量能力」[1355b][16]，如前已提及的。這等於是指利用稱量過程為手段以說服於人之能力，「而我們將修辭視為對說服手段的考量之動力」[1355b]。[17]以演講說人的雄辯家，被演講所說服的公眾，都會影響修辭效益，這兩方面的構成條件是相呼應的。依科學研究來分析，「既不是修辭也不是辯證，是對任一區隔主題的科學研究：兩者皆有提供論證之能力」[1356a]。[18]Aristotle 認為，關注到藉由證據或表面證據而達成的說服：就如同辯證法這一方有歸納法，修辭學那一方則有三段論或表面三段論。例舉是歸納法，稱量則是三段論（演繹法），而且表面的稱量則為表面的三段論。我將「稱量」叫作修辭三段論（修辭演繹法），而例舉是修辭的歸納法。

對修辭三段論，即稱量的深入說明：對應地說，稱量是三段論（演繹法）而例舉是歸納法。

---

[15] In rhetoric, however, the term 'rhetorician' may describe either the speaker's knowledge of the art, or his moral purpose. In dialectic it is different : a man is a 'sophist' because he has a certain kind of moral purpose, a 'dialectician' in respect, not of his moral purpose, but of his faculty.

[16] Rhetoric may be defined as the faculty of observing in any given case the available means of persuasion.

[17] But rhetoric we look upon as the power of observing the means of persuasion on almost any subject presented to us.

[18] Neither rhetoric nor dialectic is the scientific study of any one separate subject : both are faculties for providing arguments.

任何人藉由證據而促成的說服，事實上使用了他們的稱量或例
舉：別無他途。而且因為任何人只要他證實了任何事情，便一
定使用了三段論或者歸納法（在《分析部》我們就很清楚了），
這必定接著說：稱量是三段論而例舉是歸納法。例舉與稱量之
不同係通過論題（Topics）中早已討論過的歸納法與三段論而
徹底造成。當我們把命題的證據立基到一系列相似事例上之
時，這就是辯證法裡的歸納法，而修辭學中為例舉；當它顯示
的是，不論是恆常或通常，一旦某些命題為真，就使得跟隨的
另一命題也同樣為真，這在辯證法裡稱為三段論（演繹法），
而在修辭學中叫作稱量。每種雄辯類型都具有這些條件，這也
很簡單明瞭的。我說，雄辯的類型，在《方法部》（Methodics）
所已經說的被均等地運用到此處；某些雄辯類型以例舉而取
勝，其他則得之於稱量；類似情形下，有些雄辯家長於前者，
有些擅於後者。演說中，依賴於例舉的說服力和其他種類沒兩
樣，但依賴於稱量的卻能引發高度喝采。[1356a-b][19]

---

[19] With regard to the persuasion achieved by proof or apparent proof : just as in
dialectic there is induction on the one hand and syllogism or apparent syllogism
on the other, so it is in rhetoric. The example is an induction, the enthymeme is
a syllogism, and the apparent enthymeme is an apparent syllogism. I call the
enthymeme a rhetorical syllogism, and the example a rhetorical induction.
Every one who effects persuasion through proof does in fact use either enthymemes
or examples : there is no other way. And since every one who proves anything at
all is bound to use either syllogisms or inductions (and this is clear to us from the
Analytics), it must follow that enthymemes are syllogisms and examples are inductions.
The difference between example and enthymeme is made plain by the passages
in the Topics where induction and syllogism have already been discussed. When
we base the proof of a proposition on a number of similar cases, this is induction
in dialectic, example in rhetoric; when it is shown that, certain propositions being
true, a further and quite distinct proposition must also be true in consequence,
whether invariably or usually, this is called syllogism in dialectic, enthymeme in
rhetoric. It is plain also that each of these types of oratory has its advantages.
Types of oratory, I say: for what has been said in the Methodics applies equally
well here; in some oratorical styles examples prevail, in others enthymemes;

所以，我們應當正視修辭的責任，如 Aristotle 所說：

> 辯證並不用任何隨意雜亂的材料，譬如瘋人們異想天開，來建
> 構其三段論，而是由尋求討論的材料；修辭也是這樣，要取得
> 辯論的固定主題。修辭的責任，即：當聽到個人們無法在瞬間
> 採取複雜論證，或跟隨以長串的推理時，我們將如何無需藝術
> 或系統來引導，而仍能依某些材料來審議。[1356b-57a][20]

2.稱量的主題或說核心作用，在於提供以「論證路數」（the Lines of Argument）。稱量總是以論證路數為主題，簡言之，稱量即論證路數。關於路數，有譯為「部目」則不妥。三段論或演繹推理之執行流程，涉及大詞及中詞之表述以構成大前提與小前提如何達到結婚之過轉關係，此為論證步驟，當然譯為論證路數。在運用稱量之時，此轉折路數是對照於辯證法的推理過程來進行的，故有路數可被客觀探討。而且，這就是稱量的主題，而非題材。Aristotle 哲學來說，主題是形式邊，題材是質料邊，兩者相互成立「形質合一」的存在，但可以分開來規定。他說：

> 現在我們來談「稱量」，從某些一般考量的議題開始，即有何適
> 當方式來尋找出它們，然後施行以區別問題，並將當中的「論

---

and in like manner, some orators are better at the former and some at the latter. Speeches that rely on examples are as persuasive as the other kind, but those which rely on enthymemes excite the louder applause. The sources of examples and enthymemes, and their proper uses, we will discuss later. Our next step is to define the processes themselves more clearly.

[20] Dialectic does not construct its syllogisms out of any haphazard materials, such as the fancies of crazy people, but out of materials that call for discussion; and rhetoric, too, draws upon the regular subjects of debate. The duty of rhetoric is to deal with such matters as we deliberate upon without arts or systems to guide us, in the hearing of persons who cannot take in at a glance a complicated argument, or follow a long chain of reasoning. [1356b-57a]

證路數」體現出來。早已經指出的是，稱量是三段論，以及何中意義下它是。我們也已經提及它與辯證法的三段論 之間的不同（II-22）。[21]

我認為，辯證的和修辭的三段論之恰當主題，指的是那些關涉到我們說的規則的或普遍的論證路數（the regular or universal Lines of Argument）的事情，即這些論證路數之同等地運用到正確行為、自然科學、政治學，以及許多彼此戶不相關的其他事情者。[1358a][22]

但是也有一些特殊的論證路數，係立基於只是運用到個殊群體或事情類別上的那種命題者。[1358a][23]

重要的是，對稱量的運用來說：

事實上，大多數的稱量是立基在這些個殊或特殊的論證路數上的；相對少許則是立基於共通或一般〔的路數〕之上。所以此作品中，如此而來的，我們必須區分的是，關於稱量係被成立於特殊的及一般的論證路數之上。所謂特殊的論證路數，我指

---

[21] We now come to the Enthymemes, and will begin the subject with some general consideration of the proper way of looking for them, and then proceed to what is a distinct question, the lines of argument to be embodied in them. It has already been pointed out that the Enthymeme is a syllogism, and in what sense it is so. We have also noted the differences between it and the syllogism of dialectic.

[22] I mean that the proper subjects of dialectical and rhetorical syllogisms are the things with which we say the regular or universal Lines of Argument are concerned, that is to say those lines of argument that apply equally to questions of right conduct, natural science, politics, and many other things that have nothing to do with one another.

[23] But there are also those special Lines of Argument which are based on such propositions as apply only to particular groups or classes of things.

的是每一類事情所特有的命題，而一般〔路數〕是指那共通於所有相似類者。我們可以從特殊的論證路數開始。[1358a]²⁴

又：

現在，我們得以說手上擁有了論證路數，那是為了有用的或必然掌握的各樣特殊主題，而適用於各樣事例中的命題也已經選擇好了。事實上，我們已經確定出論證路數可被運用到關涉好壞之稱量、高貴或底層〔之稱量〕，以及公正或不公正者，同樣這也有關於角色類型、情緒與道德操守。[1397a]現在，且讓我們抓緊攸關整個主題的確定事實，從不同而且更一般的觀點來考量之。在我們討論的進程中，我們將留意到證據的路數與反證的路數之間的區分：同樣〔留意到〕，那些使用在似乎是稱量的論證路數而其實並不是者，因為它們並未被再現為有效的三段論。這些都弄清楚之後，我們將對「異議」（Objections）與「反駁」（Refutations）進行分類，指出它們如何能被用來承受以稱量（II-22）²⁵。

---

²⁴ Most enthymemes are in fact based upon these particular or special Lines of Argument; comparatively few on the common or general kind. As in the therefore, so in this work, we must distinguish, in dealing with enthymemes, the special and the general Lines of Argument on which they are to be founded. By special Lines of Argument I mean the propositions peculiar to each several class of things, by general those common to all classes alike. We may begin with the special Lines of Argument.

²⁵ We may now be said to have in our hands the lines of argument for the various special subjects that it is useful or necessary to handle, having selected the propositions suitable in various cases. We have, in fact, already ascertained the lines of argument applicable to enthymemes about good and evil, the noble and the base, justice and injustice, and also to those about types of character, emotions, and moral qualities. [1397a] Let us now lay hold of certain facts about the whole subject, considered from a different and more general point of

　　可以說，論證路數是稱量的核心工作，而稱量（另加上例舉）是修辭的重點。在稱量的論證路數中，有些論據是經過證明而成立的，有些則不然；前者之論證路數有證據支持的，後者則為反證。稱量的這些情形，是「似稱量」或說「假偽稱量」，因為自嚴格的辯證法的三段論來看是如此，不論是演繹法或歸納法。

　　3.稱量之要素是什麼？此即論證路數的構成條件，此與題材不同，如前已述。不能將題材誤為稱量的要素，即任何題材都不能取代論證路數。他說：

> 　　誇大和縮小都不是稱量要素。所謂「稱量要素」，我指的是，那相同於稱量式論證之一個路數的事情（the same thing as a line of enthymematic argument）。誇大和縮小都正是一種稱量，亦即用來顯示一件事情之大小；正如還有用來顯示一件事情之好壞，公正不公正，以及任何不同種類的其他事情一樣。這些事情都是稱量和三段論的題材；他們沒有一個是稱量的論證路數；因此，誇大和縮小也更不會是。反駁稱量也不是有別於立說〔即指證的稱量〕之不同種類（II-26）[26]。

---

view. In the course of our discussion we will take note of the distinction between lines of proof and lines of disproof : and also of those lines of argument used in what seems to be enthymemes, but are not, since they do not represent valid syllogisms. Having made all this clear, we will proceed to classify Objections and Refutations, showing how they can be brought to bear upon enthymemes.

[26] Amplification and Depreciation are not an element of enthymeme. By 'an element of enthymeme' I mean the same thing as a line of enthymematic argument-a general class embracing a large number of particular kinds of enthymeme. Amplification and Depreciation are one kind of enthymeme, viz. the kind used to show that a thing is great or small; just as there are other kinds used to show that a thing is good or bad, just or unjust, and anything else of the sort. All these things are the subject-matter of syllogisms and enthymemes; none of these is the line of argument of an enthymeme; no more, therefore, are Amplification and Depreciation. Nor are Refutative Enthymemes a different

　　稱量要素與題材之關係，我們依 Aristotle 哲學來解釋，就如同形式與質料之分一樣，具有形質合一的關係。譬如，思想判斷之容器為稱量要素，得依題材而充實為具體內容物。這些不能不與事實相應，因為：

　　稱量是立基在四種聲稱的事實之其一或其他之上的，即：或然性（Probabilities），例舉（Examples），無誤的徵兆〔符號〕（Infallible Signs），以及日常徵兆〔符號〕（Ordinary Signs）。（1）立基於或然性之稱量是依據那些通常為真或假設為真而論證的；（2）立基於例舉法之稱量，是依據那些從一件或更多相似事件之歸納過程而達到一般命題，從而演繹地論證成為個殊的推論的；（3）立基於無誤徵兆〔符號〕之稱量是依據那些恆常又必然者而論證的；（4）立基於日常徵兆〔符號〕之稱量則依據那些從某些普遍或個殊命題，或真或假，而論證的（II-25）。[27]

　　這四項事實聲稱，是所有政治、法庭及典儀的不同場合都要面臨的，因此稱量就從這些事實中取得不必明說的大前提或小前提，而含蓄地，或更直接地宣說以結論。至此，稱量的心理思惟即成為語言表述之稱量。

---

species from Constructive.

[27] Enthymemes are based upon one or other of four kinds of alleged fact:(1) Probabilities, (2) Examples, (3) Infallible Signs, (4) Ordinary Signs. (1) Enthymemes based upon Probabilities are those which argue from what is, or is supposed to be, usually true. (2) Enthymemes based upon Example are those which proceed by induction from one or more similar cases, arrive at a general proposition, and then argue deductively to a particular inference. (3) Enthymemes based upon Infallible Signs are those which argue from the inevitable and invariable. (4) Enthymemes based upon ordinary Signs are those which argue from some universal or particular proposition, true or false.

（三）稱量的表述：稱量與假偽稱量：從辯證法的三段論 到修辭學的「稱量」

1.何以稱量為三段論的省略形式？沒有大前提或小前提而形式較不完整的三段論，反而更具體說服力的。稱量通常會隱藏其自身論證所立基於上的設定（to hide the underlying assumption upon which an argument is based）。因此，一般即以為稱量被界定為省略三段論，其實這只是在形式上與辯證法的「完整三段論」相對照而凸顯出來的表相，並非定義。真正的意義是「論證路數」，如前已述。但為何採取省略形式？簡言之，稱量的形成條件在於：一方面有「必然為真」的三段論為完整形式之參照，另一方面則因為有不必明說的事實或共識為前提可以被省略，所以僅以「或然性」或「徵兆」為依據而由一些命題組成以進行推理的情形。Aristotle 說：

> 稱量須由一些命題來組成，通常比常規的三段論更少些來完
> 成。因為若任何這些命題是一件類似事實，甚至就沒有必要去
> 提及它；聽者會自行加上它……還有些事實係「必然」類型，
> 可以成為修辭三段論的基礎。[1357a][28]

因此之故：

> 我們現在看得出，稱量的材料是或然性及徵兆〔符號〕，而那必須
> 是各自符合於這些一般命題以及那些必然為真的命題。[1357a][29]

---

[28] The enthymeme must consist of few propositions, fewer often than those which make up the normal syllogism. For if any of these propositions is a familiar fact, there is no need even to mention it; the hearer adds it himself. ...There are few facts of the 'necessary' type that can form the basis of rhetorical syllogisms.

[29] Now the materials of enthymemes are Probabilities and Signs, which we can see

譬如說，明顯的事實或必然發生的徵兆，已經共認無疑的記號等。

> 有關徵兆〔記號〕，一種是如同將個殊帶到普遍上一樣地處理的語句關係，另一種是將普遍帶到個殊上。無誤的那種〔徵兆〕是「完整的論據」（complete proof）稱為 tekmerhiou（忒克墨裡翁）；有誤的那種則沒有什麼特別名稱。無誤的徵兆，我意指那些得以適當立基於三段論上的；而這也顯示何以這種徵兆被稱為「完整的論據」（complete proof）：當人們認為他們所已說出的不會被反駁，那麼就認為他們已經達到「完整論據」，意思是說，現在事情已經被指證了，是完整的了（completed，即 peperhasmeuou）；這是因為‘perhas’（of ‘end’ or ‘boundary’終點或邊界）這個字與古語‘tekmarh’這個字有相同意思。[30][1357b]

以無誤的徵兆或記號而進行推論，係完整論據，不會是假偽稱量。在辯證法上，是指該指證的已經完整了，窮盡了，被充分明瞭了的意思。因此，稱量是種推斷，其前提（不論大小詞）是不明說的、含蓄的，可以為公眾所默許的（An enthymeme is an inference in which one of the premises is implicit）可以是很明確的定義。

---

must correspond respectively with the propositions that are generally and those that are necessarily true.

[30] Of Signs (semeion), one kind bears the same relation to the statement it supports as the particular bears to the universal, the other the same as the universal bears to the particular. The infallible kind is a 'complete proof'(tekmerhiou); the fallible kind has no specific name. By infallible signs I mean those on which syllogisms proper may be based : and this shows us why this kind of Sign is called 'complete proof' :when people think that what they have said cannot be refuted, they then think that they are bringing forward a 'complete proof', meaning that the matter has now been demonstrated and completed (peperhasmeuou); for the word 'perhas' has the same meaning (of 'end' or 'boundary') as the word 'tekmarh' in the ancient tongue.

雖然無誤但形式不完整的這種三段論，亦即稱量，往往比起必然的或必要的推論（apodictic or a necessary inference）更有可能發生。依Aristotel 用語，稱量幾乎等同於「誘推法」（abduction）或「反證法」（apagoge）。依此，未明說的大前提被視為有效，然而小前提則僅僅可能的情形，就會出現在修辭稱量的論證路數中。

2.假偽稱量（the Spurious Enthymeme）係因為演講之實用而被有條件地肯定的產物。那些藉由省略之方便，卻不能依論據以完整證明的三段論，雖然表面上看來是真而其實不然的稱量，就是假偽稱量。

> 除了真正三段論之外，還可以有看來是真而其實不然的三段論；而且因為一項稱量僅只是某一個殊種類的一個三段論，隨而可說，除了真正稱量以外，還可以有某些看來是真其實不然〔的稱量〕者。[1401a][31]

其常見的第一種情形：「『假偽的稱量』之最初形成，係來自於論證路數之間被運用的個別字詞（II-24）」[1401ª][32]。這造成了似量而非正量，已說之於前。最後碰到的還有一種情形，因為混淆了個殊可能性與絕對可能性而造成的假偽：

> 還有，一個假偽三段論，如同在「有諍議的」討論中，會被混淆在立基於絕對與那些並不絕對而為個殊者上。例如，在辯證法中，它會被論證說，「那不是的」會是，係依據於「不是什麼」就是「不是什麼」；或者，那未知的可以被知，係依據於「可被知的」為「被未知的」：同樣地，在修辭學的假偽稱量

---

[31] Besides genuine syllogisms, there may be syllogisms that look genuine but are not; and since an enthymeme is merely a syllogism of a particular kind, it follows that, besides genuine enthymemes, there may be those that look genuine but are not.

[32] Among the lines of argument that form the Spurious Enthymeme the first is that which arises from the particular words employed.

中，這也會被立基在某些個殊的可能性與絕對可能性之混淆上
（II-25）。[33]

3.假偽稱量與因明似量之比較，是一個直得深入的議題。茲引拙
文〈因明與比量：關於量論的現象學考察〉相關部分，暫為論述：

其一，包含著宗教實踐精神在內的「量論」，是佛教特有的知識
論。「量」即尺度、標準之意思，引伸為正確的知識及其獲得的途徑。
量可以有廣狹兩義，狹義的量指認識事物的標準或根據，廣義的量指
認識作用之來源、形式、過程、結果以及用以判斷知識真偽之標準等。
探討這個尺度標準之如何建立的學問，便稱為「量論」（勝義知識論），
它包含了一般所謂「知識論」的基本意義。佛教知識論所主張的最主
要有兩種量：「現量」即知覺，「比量」即推理──這個界定是佛教學
者所共許的。

其二，在《入論》自悟門（為自比量）中說有兩種量（現量、比
量）以及兩種「似量」（不正確的量：似現量、似比量）。在《入論》
中所說的因明八法（亦即：現量比量，似現量似比量；能立能破，似
能立似能破）中的比量，是狹義的吐量。如前已述，一切量即是比量，
量論即比量之學。因明研究即為成立量論的論理學，所以因明八法都
是廣義的比量。所謂「他執比量」（亦可稱為他立比量、他立量、他比
量、他量，或汝執量），是論敵所執立的似量（似比量、似能立）可以

---

[33] Again, a spurious syllogism may, as in 'eristical' discussions, be based on the confusion of the absolute with that which is not absolute but particular. As, in dialectic, for instance, it may be argued that what-is-not is, on the ground that what-is-not is what-is-not: or that the unknown can be known, on the ground that it can be known to be unknown: so also in rhetoric a spurious enthymeme may be based on the confusion of some particular probability with absolute probability. Now no particular probability is universally probable: as Agathon says, One might perchance say that was probable-That things improbable oft will hap to men. Enthymemes, genuine and apparent, have now been described; the next subject is their Refutation.

稱之為他執比量。量知者為了使他執量不成立，隨自意而以因明論式成立的自許比量，便具備了「能立能破」的論證功能。依此，他執量只是「似能立似能破」。

嚴格說來，自辯證法的三段論形式來看，大部分的政治修辭語皆為假偽稱量或似稱量，其關鍵都在於公眾所默許而不明說的大前提之是否真確的問題。軍事、宗教與當代商業行銷之語句，即與此政治修辭稱量之假偽特徵有類似處。

三、對《尚書》修辭稱量之再了解：「矧惟」以及 「矧曰其有能」

> 你們是否仍記得，我們勝利之目的和完美，
> 恰是為了免於我們所征服者之邪惡和脆弱？
> Are you still to learn that the end and perfection of our victories
> is to avoid the vices and infirmities of those whom we subdue?
> ——Alexander, as quoted in *Lives* by Plutarch
> 時乃引惡，惟朕憝。已！汝乃其速由茲義率殺。
> ——周公，〈康誥〉，《尚書·周書》

（一）誥書與誓約（Book of the Covenant）〈十誡〉

如前已述，周公踐阼的關鍵議題，涉及歷史敘事與政治修辭。周公代成王攝政引起武庚三叔之亂，而阿克那頓法老王及反復辟運動與摩西出埃及，兩者有對比的差異。《尚書》中，矧之一字共出現23 次，集中在與周公相關的誥書中佔了一半，尤其〈康誥〉及〈酒誥〉佔了 9 次之多。同樣，《詩經》也出現有「矧」的修辭語句。茲分兩處論述：

1.可以推測的是，踐阼與誓約的交集點，不外乎以下三點，即「神人、昔今與親疏」之對照。首先，「神人之分」。此可以從兩方面視之，即人之所以為人的「人矣」，《詩經・伐木》說：

> 伐木丁丁，鳥鳴嚶嚶。出自幽谷，遷於喬木。嚶其鳴矣，求其友聲。相彼鳥矣，猶求友聲。矧伊人矣，不求友生。神之聽之，終和且平。

像鳥類都能以音聲呼朋引伴，更何況人能不以人之所以為人而求友生？同樣地，人異於鳥獸，人也異於神，而神之「格」（來降與臨在），同樣在《詩經》及《尚書》裡，有要求於稱量之修辭語句的清楚表述：

> 神之格思，不可度思，矧可射思。（〈大雅・抑〉）
> 至誠感神，矧茲有苗。（〈大禹謨〉）

其次，天命之時運與昔今之別。惟「蔔用」，而且訴諸於天命之知的今昔對比：

> 相時憸民，猶胥顧於箴言，其發有逸口，矧予制乃短長之命！（〈盤庚上〉）
> 今天其相民，矧亦惟蔔用。（〈大誥〉）
> 予永念曰：「天惟喪殷，若穡夫，予曷敢不終朕畝？天亦惟休於前寧人，予曷其極卜？敢弗於從率寧人有指疆土？矧今卜並吉？肆朕誕以爾東征。天命不僭，卜陳惟若茲。」（〈大誥〉）

周公東征的正當性即依於此：

爽邦由哲，亦惟十人迪知上帝命越天棐忱，爾時罔敢易法，矧
今天降戾於周邦？（〈大誥〉）

再其次，親疏之比。儒家心性論之落實關鍵是孝友觀念，與宗法
制度一致。如後將論，即語句表述的修辭內容。

文王世子：仲尼曰：「昔者周公攝政，踐阼而治，抗世子法於
伯禽，所以善成王也。聞之曰：為人臣者，殺其身有益於君則
為之，況於其身以善其君乎？周公優為之！」是故知為人子，
然後可以為人父；知為人臣，然後可以為人君；知事人，然後
能使人。成王幼，不能蒞阼，以為世子，則無為也，是故抗世
子法於伯禽，使之與成王居，欲令成王之知父子、君臣、長幼
之義也。（《禮記‧曲禮上》）

2.踐阼與誓約之修辭語句的對比。然而，聚焦在現存文獻之修辭
效益的考察來看，兩者的語句內涵有很大的重疊和差異。《聖經》〈出
埃及記〉（20:2-17）和〈申命記〉（5:6-21）兩處記載，儘管不同教派
對十誡的章節段落之劃分是不同的，但內容幾乎完全一樣的。「我是耶
和華你的神，曾將你從埃及地為奴之家領出來」，這件史實與周初之文
王與武王的奠基王室的史實，都依據於宏大敘事。然而，歷史事件之
敘事與解釋通常都是政治修辭的背景知識。摩西所面對的選民與周公
對殷遺民之遷徙於周王室封地，兩者的做為是很本質的文化對比。耶
和華經由摩西之轉述而對子民說，「除了我以外，你不可有別的神」。
周公藉「惟天」、「惟蔔」而知天命之與時轉移的歷史勢力。耶和華
說，「不可為自己雕刻偶像，也不可做什麼形像彷彿上天、下地，和地
底下、水中的百物」。周公欲行東征以平管蔡之叛亂，將一切歸諸於宗
室與天命之超越連繫，亦是「惟蔔」為神。

　　摩西轉述，「不可跪拜那些像，也不可事奉他，因為我耶和華你的神是忌邪的神。恨我的，我必追討他的罪，自父及子，直到三四代；愛我、守我誠命的，我必向他們發慈愛，直到千代」；此凸顯了耶和華的人格神之意志，此與周初推崇的天命之與奪，有朝向意志天之賞罰（如墨家所來所崇仰追隨的「天志」）之趨勢。還有，「不可妄稱耶和華你神的名；因為妄稱耶和華名的，耶和華必不以他為無罪」；天命之不可測，亦與此威望相當。較為特殊的是，〈十誡〉要求「當記念安息日，守為聖日」[34]，安息日之神聖化與蓍筮之時日吉凶化則有本質差異的對比意義，不在話下。

　　就本文議題來說，摩西與周公的角色對比，或說「踐阼即位」與「登山求禱」，以及誥書與誓約的對照，其實都指向一個關鍵的重疊議題上，即：「當孝敬父母，使你的日子在耶和華你神所賜你的地上得以長久」（Honor your father and your mother, so that your days may be long in the land that the Lord your God is giving you.）。此孝敬是文句中譯後的衍義，原本是對雙親必須要崇敬而遵從的意思。對比於《尚書‧康誥》說的「封，元惡大憝，矧惟不孝不友」的友孝意義是相呼應的，但畢竟周代是以血緣性的宗法制度為依歸的關鍵，與摩西帶領為游牧子民的尊親意義稍有不同。〈十誡〉的其餘條例，則為平常的規約。[35]

　　必須強調的是此「當孝敬父母」與「矧惟不孝不友」的對比，觸及了前已述及的關鍵議題，即「恨我的必追討其罪」而「愛我及守誡命的必發慈愛」，從《尚書》所據天命觀來看，有完全對比的意義。〈大誥〉說：「予永念曰：『天惟喪殷，若穡夫，予曷敢不終朕畝？天亦惟休於前寧人，予曷其極卜？敢弗於從率寧人有指疆土？矧今卜並吉？

---

[34] 「六日要勞碌做你一切的工，但第七日是向耶和華你神當守的安息日。這一日你和你的兒女、僕婢、牲畜，並你城裡寄居的客旅，無論何工都不可做；因為六日之內，耶和華造天、地、海，和其中的萬物，第七日便安息，所以耶和華賜福與安息日，定為聖日」（《舊約》）。

[35] 「不可殺人。不可姦淫。不可偷盜。不可作假見證陷害人。不可貪戀人的房屋；也不可貪戀人的妻子、僕婢、牛驢，並他一切所有的」。

肆朕誕以爾東征。天命不僭，蔔陳惟若茲』」；這有高舉天命為意志以遂行特定旨趣的意思。同樣，「爽邦由哲，亦惟十人迪知上帝命越天棐忱，爾時罔敢易法，矧今天降戾於周邦？」〈大誥〉，也是倫理、政治與宗教三合一的世界觀，其修辭稱量當然朝向「天命」與「神之格思」的宗教意識之方向而發展了。

（二）宗教修辭及其朝向宗法發展的解釋

1.雄辯與說服力的稱量有不同的運用領域。Aristotle 說，「修辭學之落入這些區分，係由演說的三類聽眾來決定」（I-Chp.3）。[36]依此，演講分為三種（three divisions of oratory）：政治（political），法庭（forensic），以及表演之儀典演講（the ceremonial oratory of display）[1358b]，亦即諮議（deliberative）、審判（judicial）和詞藻（epideictic）；而且「修辭學的這三種指涉了三種不同的時間」[1358b]。[37]在運用上，話語形式和演講場合也分為三類，而修辭之適用不同領域，時間觀也有所不同：決定那種較殊勝或適用，係依其相應的稱量及論證路數而決定的。Aristotle 強調說：

> 以「例舉〔法〕」作論證很適用於政治雄辯，而以「稱量」為論證則較適合於法庭。政治雄辯涉及於未來事件，它所能做的不會比起例舉法所引用於過去的多。法庭雄辯涉及於現在是或不是什麼，即那些得以較好指證的事情，因為它不是偶然的——早經發生的事情當下並不存在有偶然性。不要持續不斷地使用稱量：宜借用其他事項來解釋它們，或者它們將被另個〔稱量〕的效益給糟蹋了。其數量也當有所限制……政治雄辯比

---

[36] Rhetoric falls into three divisions, determined by the three classes of listeners to speeches.

[37] These three kinds of rhetoric refer to three different kinds of time.

起法庭雄辯較為困難；如此自然地，由於它涉及了未來而答辯
者卻涉及到過去⋯⋯[III.17][38]

然而，吾人則訴之於共業的歷史懲罰之「詩性法庭」（poetic
court），這由部落自然法則來貫穿之依據，是維柯所論述的「詩性智
慧」。對更早於 Vico 的 Aristotle 而言，當然不以此為問題解決之方向。
修辭是個殊與普遍之間的語句表述問題，此對照於辯證法的邏輯形式
之稱量意義，實際超出了歷史發展軌跡之考量。

現在，修辭之眾命題都是完全證明（Complete Proofs）、或然性
（Probabilities），和徵兆（Signs）。每一種三段論是由眾命題組
成的，而且稱量是由前述的眾命題所組成的一種個殊的三段
論。[1358b][39]

2.宗教的稱量如何可能？其表述為修辭三段論的稱量與論證路線
又如何涉及於超越層？此相關的超越層之認知如何表述？對此，
Aristotle 並未明確說及宗教家之雄辯的說服力為何？其是否也屬於修
辭學運用的三個類型內；並且，由於政治、法庭和典儀，這三者的修
辭運用不同，也隨之強調以不同的時間觀。政治訴求未來，法庭緣於

---

[38] Argument by 'example' is highly suitable for political oratory, argument by
'enthymeme' better suits forensic. Political oratory deals with future events, of
which it can do no more than quote past events as examples. Forensic oratory
deals with what is or is not now true, which can better be demonstrated, because
not contingent-there is no contingency in what has now already happened. Do not
use a continuous succession of enthymemes：intersperse them with other matter, or
they will spoil one another's effect. There are limits to their number...Political
oratory is a more difficult task than forensic; and naturally so, since it deals with
the future, whereas the pleader deals with the past.

[39] Now the propositions of Rhetoric are Complete Proofs, Probabilities, and Signs.
Every kind of syllogism is composed of propositions, and the enthymeme is a
particular kind of syllogism composed of the aforesaid propositions.

過去事件，典儀詞藻重視當下。若說宗教也是導向未來之作為，則宗教修辭當然與政治是同類的。敘事與解釋之外，修辭學是切入對比問題的焦點。Aristotle 說：

> 這真理我們早已經說過，修辭是邏輯科學與政治學分支倫理學的結合：而且它有部分像辯證一樣，有部分則像辯士的推理。（I-4）[1359b][40]
> 但是修辭說服不僅由指證而且也是由倫理的論證所造成的；它有助於演講者令我們相信，如果我們確信他自身擁有某些特性，亦即善良，或對我們有善意，或兩者皆有。（I-8）[1366a][41]

《尚書》提及天命之如何能顯現，如何來臨，如何得知，是宗教意識的政治修辭語句。茲列於下：

> 洪惟我幼沖人，嗣無疆大歷服。弗造哲，迪民康，矧曰其有能格知天命！（〈大誥〉）
> 惟厥罪無在大，亦無在多，矧曰其尚顯聞於天。（〈康誥〉）
> 至誠感神，矧茲有苗。（〈大禹謨〉）

（三）法律推理與天命

此外，宗教意識與法庭訴訟有時是一致，有時是相對的，更有時是對立的。前面提到，Aristotle 認為「以『例舉法』」作論證很適用於政

---

[40] The truth is, as indeed we have said already, that rhetoric is a combination of the science of logic and of the ethical branch of politics; and it is partly like dialectic, partly like sophistical reasoning.

[41] But rhetorical persuasion is effected not only by demonstrative but by ethical argument; it helps a speaker to convince us, if we believe that he has certain qualities himself, namely, goodness, or goodwill towards us, or both together.

治雄辯，而以『稱量』為論證則較適合於法庭」，這個看法在法哲學的傳統裡已經有一些變化。法律推理（legal reasoning）時，「通常看法是將判例法推理當作歸納推理，而將適用制定法的過程當作演繹法」。[42]

> 因此，就制定法而言，法律推理似乎的確是在試圖固定字彙的意義，繼往的案件必須在先前意義保持不變的基礎上予以判決。對字彙的意義不能進行再加工。雖然字彙的意義透過例證而變得清晰，但字彙的所指卻是固定的。這是一個很難實現的，讓法官們經常要反叛的主張。[43]

這意思是說，如今法庭上訴諸演繹法的稱量反而已經較不適合了。至於，「法律推理的基本類型是例推法（reasoning by example），就是從個案到個案的推理，這一推理過程運用的是所謂的『先例原則』，也就是說將一項由先例提煉出的論斷視同一項法則並將之適用於後一個類似的情境之中」[44]；這是偏向於歸納法的推理。原先適於政治雄辯的，反倒轉成為法庭訴訟的常見情形。本文認為，這並不影響我們對於「稱量」做為政治修辭的效益考察之問題。

事實上，依據法律系統而審慎推理的當代法庭訴訟，是歷史長久的對抗於宗教法庭之必然產物。很明白地，過去政治上的修辭稱量也部分訴諸於宗教意義所提供的論據，以進行其論證路數。然而，在《尚書》說來，這等於運用了「更何況天命」（矧曰知命）的修辭語句來聲稱的語言和公眾講演，其發展將朝向宗教意識而往，當然也可以有其相應產物，即「宗法制度」。然而，在先秦的宗教意識卻被徹底轉換了方向，它朝向「宗教人文化」而轉化為注重血緣親疏的倫理性以及與

---

[42] Edward H. Levi, An Introduction to Legal Reasoning, p.27; c.52

[43] Edward H. Levi, An Introduction to Legal Reasoning, p.33; c.64

[44] Edward H. Levi, An Introduction to Legal Reasoning, p.2; cc.2-3；底註明確比較法律例舉法與 Aristotle 所說三段論歸納法之差異。

世俗政權結合之日常知識性格，此即無可回返地固定了《尚書》修辭學的根本屬性。底下，本文進行有關「矧」的修辭稱量之分析，參考命題邏輯的形式以檢視此稱量運用的演算意義。

四、「矧」的邏輯形式與稱量之演算意義

依《爾雅・釋言》，「矧，況也」；依《說文解字・矢部》，「矤：況也，詞也」。然而，矧與況的意義雖然相通，仍有語境之細微差異。「矧」的語義急迫，相對地，「況」則較緩和。現在，我們將 Aristotle 說的兩類稱量，即指證的（demonstrative enthymeme）和反駁的（refutative enthymeme），對比到矧的兩類語句表述上來分析。茲先論「矧惟」，次論「矧曰其有能」，再論矧之論證路數的一個例子，最後進行矧的語法分析與邏輯運算之可能性。

（一）「矧惟」：指證的稱量之語法對比

《尚書》中，連接詞「矧」與「矧惟」，兩詞是相通的。「惟」多為發語用，聲呼於心而初啟為獨立語句之起首。不論肯定或否定，從所述事件的方向以「況且如何」來正面指證之，即「矧惟」或省略之「矧」的意思。還有，相對於指證稱量，若我們將疑問連接詞（含子句）的「矧曰其有能」對比於反駁稱量，是恰當的。演講時，說服公眾的語言使用了修辭稱量，Aristotle 主張有兩大類：

> 現在，若你能提出證據，就將它們與你的道德言談一樣地帶向前來；若你沒有稱量，那麼就只好退回到道德言談上：畢竟，一位元元元元好人要演示其自身做為誠實正直的人，會比他當做巧妙推理者來得更為恰當。反駁的稱量比起指證的稱量更受

> 流傳：它們的邏輯中肯性更為有力：兩相對立的事實若是並比出現總是格外引人注目。(III-17) [45]

又：

> 此處，我們再度擁有對於稱量選擇的第一原則——這牽涉到被選用的論證路數。現在，我們將考察稱量的各樣基本類型。(所謂稱量的「基本類型」，我說的是，與「論證路數」相同的東西。)我們將開始於，如我們必須做的，藉由觀察兩種稱量的存在來開始。一種證明以肯定和否定的命題；另一種則反證之。此兩種之間的不同，是與辯證法裡的三段論證據和反證之間的不同是一樣的。指證的稱量係藉由並列的命題之連接而形成的；反駁〔的稱量〕則由不可並列的命題之連接而來。(II-22) [46]

如果在一個語言表述中，「並比出現了兩相對立的事實」，那就形成了反駁，這如同訴諸於歸謬情形一樣。反駁稱量是要聽者們思維「此前不必明說的、默許的大小前提」之應當重新思維。當然，我們還可

---

[45] Now if you have proofs to bring forward, bring them forward, and your moral discourse as well; if you have no enthymemes, then fall back upon moral discourse: after all, it is more fitting for a good man to display himself as an honest fellow than as a subtle reasoner. Refutative enthymemes are more popular than demonstrative ones : their logical cogency is more striking : the facts about two opposites always stand out clearly when the two are nut side by side.

[46] Here, again, we have our first principle of selection of Enthymemes -that which refers to the lines of argument selected. We will now consider the various elementary classes of enthymemes. (By an 'elementary class' of enthymeme I mean the same thing as a 'line of argument'.) We will begin, as we must begin, by observing that there are two kinds of enthymemes. One kind proves some affirmative or negative proposition; the other kind disproves one. The difference between the two kinds is the same as that between syllogistic proof and disproof in dialectic. The demonstrative enthymeme is formed by the conjunction of compatible propositions; the refutative, by the conjunction of incompatible propositions.

以將格言視為修辭稱量的其中一種，引用格言可以放在指證的和反駁的兩種稱量中。Aristotle 說：

> 還有，有時候你應當以格言形式重新用上稱量；例如：「聰明人宜在順利之初就達成協議；因為他們將因此而獲利最大」。將此表達為一項稱量則如下：「若我們必須達成協議，是因為當這樣做會使得我們獲得最大的利益的話，那麼我們應當在順利之初就達成之」。（III-17）[47]

簡潔地說，「聰明人見好就收」這世俗諺語，被視為格言放在「矧曰」或「矧曰其有能」的表述中，是可以成立的。

總上所述，指證稱量包含了肯定與否定命題（affirmative or negative proposition）。也就是說，肯定及否定連接詞在修辭稱量中的運用，主要是以指證方式為主的。明白地指證出事項之經由完整論證而得以成立的論據來，那對於公眾默許的已知的大小前提，也就不辯自明，無需特別明說了。反駁稱量，則往往以疑問形式表述之。簡單說來，指證稱量係連接「可並列的」命題而形成的，反駁稱量則連接「不可並列」的命題來形成；這可以讓我們把「不可並列」解釋為產生了語句表述之認知的矛盾情形。

底下，以〈康誥〉三段文句為例，來分析之。

> 封，元惡大憝，矧惟不孝不友。子弗祗服厥父事，大傷厥考心；於父不能字厥子，乃疾厥子。於弟弗念天顯，乃弗克恭厥兄；兄亦不念鞠子哀，大不友於弟。惟吊茲，不於我政人得罪，天惟與我民彝大泯亂，曰：乃其速由文王作罰，刑茲無赦。（〈康誥〉）

---

[47] Again, sometimes you should restate your enthymemes in the form of maxims; e.g. 'Wise men will come to terms in the hour of success; for they will gain most if they do'. Expressed as an enthymeme, this would run, 'If we ought to come to terms when doing so will enable us to gain the greatest advantage, then we ought to come to terms in the hour of success.'

不率大戛，矧惟外庶子、訓人，惟厥正人越小臣、諸節。乃別
播敷，造民大譽，弗念弗庸，瘝厥君，時乃引惡，惟朕憝。已！
汝乃其速由茲義率殺。(〈康誥〉)

王曰：「封，爽惟民迪吉康，我時其惟殷先哲王德，用康乂民
作求。矧今民罔迪，不適；不迪，則罔政在厥邦。」(〈康誥〉)

此三句皆出自〈康誥〉，其指證稱量在矧(矧惟、矧今)的連接詞
運用上：況且現今如何、何況還如何。非宗室之親的殷民作亂都讓人
憤怒了，況且周室王親還如此不友不孝！否定命題的指證稱量，用以
要求公眾遵照命令而行的政治修辭語。否定命題的另外例子，接近疑
問句，但非子句運用。如：

若考作室，既底法，厥子乃弗肯堂，矧肯構？厥父菑，厥子乃
弗肯播，矧肯獲？(〈大誥〉)

說成白話，如果父老建築屋宇之時，既然已經打好底基，其子們
卻不願鋪設房堂，更何況願意構作門戶？！父已翻土，子不肯播種，
況且肯收獲？！這是責成之語氣，以指證的稱量來說服人。還有，訴
諸親疏遠近的宗法來要求說服不要縱容於飲酒的。

予惟曰：「汝劼毖殷獻臣、侯、甸、男、衛，矧太史友、內史
友、越獻臣百宗工，矧惟爾事服休，服采，矧惟若疇，圻父薄
違，農夫若保，宏父定辟，矧汝，剛制於酒。」(〈酒誥〉)

(二)「矧曰其有能」：反駁的稱量(Refutative enthymeme)之語法對比

典型的反駁的修辭稱量，大都包含了子句形式。而且，當中得以
兩個相反的對立論證來進行論證路線。Aristotle 說：

比起指證稱量，反駁稱量的名聲更盛，因為在一小小的空間裡它從兩個對立的論證做出來，而眾論證彼此並列對聽眾來說更為清楚。但是，所有三段論，不管是反駁的或指證的，它們更值得我們喝采，因為我們從一開始就預見了結論，雖然初看起來它們毫不明顯——因為我們感到愉悅之部分是我們自己的參與；或說我們跟隨得好，足以在最後的用字一旦被說出即看出其要點（II-23）。[48]

依此來說，反駁稱量的修辭效益是很高的。周初誥書表現為「矧曰其有能」之語詞是很典型的反駁稱量，這些又大都集中在周公踐阼之時。《尚書》中與此相關者，共有七則。必須說明的是，在語法上，「矧曰、矧曰其、矧曰其有、矧曰其有能」，這四個以疑問或感歎語氣以結尾的語詞都包含為子句或因果關係句在其中，而它們的意思是幾乎完全一樣的，亦即：「更何況說，它還能如何如何？」《尚書》中的這七句（雖然缺了「矧曰」形式的例子）如下：

今不承於古，罔知天之斷命，矧曰其克從先王之烈？（〈盤庚上〉）
在今後嗣王，誕罔顯於天，矧曰其有聽念於先王勤家？（〈多士〉）
自成湯咸至於帝乙，成王畏相惟禦事，厥棐有恭，不敢自暇自逸，矧曰其敢崇飲？（〈酒誥〉）

更何況說，它還能要遵從於先王之所為者？更何況說，它還能有聽從於先王的勤持家業之道的？更何況說，它還能敢放縱於飲酒之

---

[48] The Refutative Enthymemehas a greater reputation than the Demonstrative, because within a small space it works out two opposing arguments, and arguments put side by side are clearer to the audience. But of all syllogisms, whether refutative or demonstrative, those are most applauded of which we foresee the conclusions from the beginning, so long as they are not obvious at first sight-for part of the pleasure we feel is at our own intelligent anticipation; or those which we follow well enough to see the point of them as soon as the last word has been uttered.

事？都得以疑問語氣結尾。從子句或因果關係句之不可能及發生機會較低的或然性，來反證前面主句所說之事項的難為而更應為者。我們說，這屬於反駁稱量的運用。

> 惟厥罪無在大，亦無在多，矧曰其尚顯聞於天！（〈康誥〉）
> 洪惟我幼沖人，嗣無疆大歷服。弗造哲，迪民康，矧曰其有能格知天命！（〈大誥〉）
> 考造德不降我則，鳴鳥不聞，矧曰其有能格！（〈君奭〉）
> 今沖子嗣，則無遺壽考，曰其稽我古人之德，矧曰其有能稽謀自天！（〈召誥〉）

更何況說，它還能明顯地從天命而得聽聞〔其罪〕的！更何況說，它還有能由天命來降而知的！更何況說，它還有能降來〔天命〕的！更何況說，它還有能知曉於天命！以感歎語氣來結尾的，這些超越性的認知表述之解釋，其共通性是包含為子句在其中而成為疑問或感歎語氣。這些無法同時並列而論證成立的語句，也符合於反駁稱量之情形。

（三）「矧」與「更不庸說」（the 'a fortiori'）：稱量的其中一種論證路數

《尚書》語法的修辭稱量之論證路數，如何形成的？易言之，在「矧曰其有能」的論證路數之運用上，其中一種說明是「更不庸說」（the *a fortiori*）。相對於此，Aristotle 是這樣說的：

> 另一種論證路數是「更不庸說」（the 'a fortiori'）。依此，它可以被論證為，若且連神都不能全知，則可確信人類則更不能了。此處原則在於，若一項性質於它更多相似存在的地方事實上卻不存在，那很清楚的，於它更少相似存在的地方就更不存

在了。再次，論證說，會毆打父親的人同樣也會毆打鄰居，來自於這樣的原則，即：若較少相似的事情為真，則較多相似的事情也同樣為真；因為一個人比起其毆打鄰居較少相似於毆打其父親。然後，這論證也可以這樣進行的。或者，它會被強烈主張為，若一件事情於較多相似之處並不為真，那在較少相似之處也就不為真；若它於較少相似處為真，那在較多相似之處也就會真：依據我們所已指出的一件事情為真或不為真。[49]

此「更不庸說」之論證路數，類似於《唐律》「舉重以明輕」或「舉輕以明重」之語，套法哲學則表述為“a maiore ad minus”及“a minore ad maius”的拉丁語。‘a fortiori’, ‘with stronger reason or force’，使事項本身更有理由，更不容質疑，這些加強語氣所形成的修辭稱量是常見的。《唐律》說：

> 諸斷罪而無正條，其應出罪者，則舉重以明輕；其應入罪者，則舉輕以明重。稱加者，就重次；稱減者，就輕次。

依此，《唐律》有關「出罪」與「入罪」之比喻，是法庭訴訟的修辭稱量，符合於反駁稱量的特別運用之例子。

---

[49] Another line of proof is the 'a fortiori'. Thus it may be argued that if even the gods are not omniscient, certainly human beings are not. The principle here is that, if a quality does not in fact exist where it is more likely to exist, it clearly does not exist where it is less likely. Again, the argument that a man who strikes his father also strikes his neighbours follows from the principle that, if the less likely thing is true, the more likely thing is true also; for a man is less likely to strike his father than to strike his neighbours. The argument, then, may run thus. Or it may be urged that, if a thing is not true where it is more likely, it is not true where it is less likely; or that, if it is true where it is less likely, it is true where it is more likely : according as we have to show that a thing is or is not true. This argument might also be used in a case of parity, as in the lines.

（四）語法與修辭問題之處理：邏輯形式的演算例示

姑不論歷史敘事與事件解釋之知識背景，也不論語音及語義之再運用為何，有關矧的修辭語法與推理邏輯，其實全然是語用或實用效益的問題。茲分兩段論述：

1.基本語法與分析記號之定義。若我們同意《尚書》的「矧」語法與修辭分析，可以如前所已述者，現在我們宜以命題邏輯方式推衍之。先給予基本定義和原則：

$\vdash$ 惟：呼語於思，用於起啟句[50]。思，類於判斷而擬舉之的語助詞。依命題邏輯來說，此為 therefore，一個推理或判斷過程，即一個最適當大小的基本思維單元為起點或轉折點。

$\diagup$ 且：通亦、又等義。對等連接。合理地，此相對應之 $\diagdown$ 或、或者為對反意思。

$\diagup\!\!\!\diagup$ 矧：況、況且。矧惟、

$\diagup\!\!\!\diagup\!\!\!\diagup$ 矧曰、矧其能有等語法衍變。

$\dashv$ 語尾

2.修辭稱量的量化演算（propositional logic form in rhetoric operation）。我們試將指證稱量的情形，即「矧、矧惟、矧今」的修辭語句，其邏輯形式的運算表述如下：

---

[50] 「惟」一語。心部，惟：凡思也。從心隹聲。《說文解字》[東漢]（100 年－121 年），許慎著，卷十一〈心部〉。《第一》：鬱、悠、懷、惄、惟、慮、願、念、靖、慎，思也。晉宋衛魯之間謂之鬱悠。惟，凡思也；慮，謀思也；願，欲思也；念，常思也。東齊海岱之間曰靖；秦晉或曰慎，凡思之貌亦曰慎，或曰惄。《方言》[又名：《輶軒使者絕代語釋別國方言》]。

$$\vdash X \wedge Y \wedge Z \dashv$$
$$\vdash (p \to t) \wedge (q \to t) \wedge (r \to t) \dashv$$
$$\vdash ((p \wedge q) \to t) \wedge (r \to t) \dashv$$
$$\vdash (-t \wedge -(p \wedge q)) \wedge (-t \wedge -r) \dashv$$
$$\vdash -(p \wedge q \wedge r) \wedge -t \dashv$$
$$\vdash s \dashv \wedge \vdash -t \dashv$$
$$\vdash s \dashv$$

又，反駁稱量的情形，即「矧曰、矧曰其、矧曰其有、矧曰其有能」的修辭語句，其邏輯形式的運算，另表述如下：

$$\vdash X \wedge Y \nparallel Z \dashv$$
$$\vdash (p \to t) \wedge (q \to t) \nparallel (r \to t) \dashv$$
$$\vdash ((p \wedge q) \to t \nparallel (r \to t) \dashv$$
$$\vdash (-t \wedge -(p \wedge q)) \nparallel (-t \wedge -r) \dashv$$
$$\vdash (-t \wedge s) \nparallel (-t \wedge s') \dashv$$
$$\vdash (s \nparallel s') \dashv \quad or \quad \vdash s \dashv \wedge s' \dashv$$
$$\vdash s \dashv \wedge \vdash s' \dashv$$
$$\vdash s \dashv$$

綜括以上分析，我們可以進一步探討《尚書》政治修辭學的認識論意義，以及當代運用的可能性，限於篇幅不再深論，作者將另文處理。

五、論餘：宗法制度的修辭、辯證與雄辯

綜括以上分析，我們對於尚書的政治修辭學的認識論意義及當代運用的可能性，可以有如下幾個看法，為本文結論：

（一）中國傳統知識論是包含了修辭學與辯證法，倫理學、家政學與政治學，以及敘事學、解釋學與語法學在內的綜合式文化產物。以《尚書》來說，其政治修辭語句的基本三個構成是修辭學、辯證法與雄辯術之三合一的宗法制度。

（二）學術史再議：周初人文精神的覺醒是文化發展的大轉折，而東西文化發展差異也抉擇於此，對比於周公與摩西之修辭學內容可以看出此分途之關鍵。先秦儒家的兩路發展：修辭學與辯證法，以及倫理學與政治學，皆歸結到宗法制的本源上。可以說，傳統認識論的效益是非常實用的。於 2009 年發表的《尚書》相關文獻，「清華簡」已披露的部分內容來說，如樂詩二首，一是周武王致畢公的詩，其實應當也包括周公在內：

> 樂樂旨酒，宴以二公，
> 任仁兄弟，庶民和同。
> 方壯方武，穆穆克邦，
> 嘉爵速飲，後爵乃從。

另一是周公致畢公，其實應當是合和兩人以回應武王的詩：

> 英英戎服，壯武赳赳，
> 毖精謀猷，裕德乃究。
> 王有旨酒，我弗憂以浮，
> 既醉又侑，明日勿修。

就得以再從政治修辭的稱量分析，來整理其語句表述的特性，可以有新的了解與再解釋。

（三）當代政治修辭學實用上的假偽性，是從修辭語句的運用與效益問題來說的。當代民主選舉的政治修辭語句，其稱量及論證路數

的使用，指證與反駁的類型，以及「被刻意不明說」的省略前提，都是尖銳的議題。茲以 Aristotle 教導的 Alexander 大帝的修辭語句來總結本文的企圖：矧知稱量。

如果我不是亞歷山大，我願成為戴奧吉尼斯。

If I were not Alexander, then I should wish to be Diogenes.[51]

獅子領導的羊群軍隊，遠勝於綿羊領導的獅群軍隊。

An army of sheep led by a lion is better than an army of lions led by a sheep.[52]

不再有任何世界可去征服的了。

There are no more worlds to conquer![53]

---

[51] Alexander, Plutarch, "On the Fortune of Alexander", 332 a-b.

[52] Attributed to Alexander, as quoted in The British Battle Fleet : Its Inception and Growth Throughout the Centuries to the Present Day（1915）by Frederick Thomas Jane.

[53] a quotation in a 1927 *Reader's Digest* article.

參考文獻

一、外文文獻

Aristotle, Rhetoric, translated by W. Rhys Roberts, the Oxford University, 1924, 1954; 羅念生中譯，《修辭學》，北京：三聯出版社，節略譯本。英譯本有四個版本，有 *Art of Rhetoric* 及 *a Treatise on Rhetoric* 等名稱。

Burnyeat, M. F. "Enthymeme: Aristotle on the Logic of Persuasion." *Aristotle's Rhetoric: Philosophical Essays.* Ed. David Furley and Alexander Nehemas. Princeton: Princeton University Press, 1994: 3-55.

Edward H. Levi, *An Introduction to Legal Reasoning*,

Farrell, Thomas. "Aristotle's Enthymeme as Tactic Reference," In Rereading Aristotle's Rhetoric. Eds. Alan Gross and Arthur Walzer. Carbondale: Southern Illinois University Press, 2000: 93-106.

Garver, Eugene. *Aristotle's Rhetoric: An Art of Character.* The University of Chicago Press, 1995.

Goulding, Daniel. "Aristotle's Concept of the Enthymeme." *Journal of the American Forensics Society* 2（1965）:104-108.

I. A. Richards. *The Philosophy of Rhetoric.* New York: Oxford UP, 1965.

Kennedy, George A. *Aristotle, on Rhetoric: A Theory of Civic Discourse.* NY/Oxford: Oxford University Press, 1991.

Myer, Brian Edward. *The "New" Enthymeme and the Toulmin Model of Argumentation: A Comparison with Pedagogical Implications.* M. A. Thesis. Iowa State University, 1993.

Pelletier, Yvan, l'enthymème, argument du quotidien, la revue de la Société d'Études Aristotéliciennes: *Philosophia Perennis*, vol. III(1996), #2(automne).

Pelletier, Yvan. „l'enthymeme, argument du quotidien." *Philosophia-Perennis* 3:2 (1996): 147-172.

Piazza, P., "The Enthymeme as Rhetorical Argumentation (An Aristotelian Perspective)." *Argumentation Vol. 2: Analysis and Evaluation.* Amsterdam: International Society for the Study of Argumentation, 1995.

Rapp, Christof, "Aristotle's Rhetoric", in the *Stanford Encyclopedia of PhilosophySprute*, J¸rgen. *Die Enthymeme theorie der aristotelischen Rhetorik.* Abhandlungen der Akademie der Wissenschaften in Gˆttingen. Philologisch-historische Klasse, Dritt Folge, Nr. 124. Gˆttingen: Vandenhock und Ruprecht, 1982.

Stephen Toulmin. The Uses of Argument. Cambridge, UK: Cambridge UP, 1999.

二、中文文獻

王夫之,《尚書引義》,臺北:中華書局。

王夫之,《詩廣傳》,臺北:中華書局。

孔穎達,《尚書正義》,《十三經注疏》,上海:上海古籍出版社。

尼采著,屠友祥譯,《古修辭學描述》,臺北:明目文化事業。

皮錫瑞,《今文尚書考證》,臺北:中華書局。

牟宗三,《中國哲學的特質》,臺北:學生書局。

屈原,《楚辭‧離騷》,臺北:藝文出版社。

周振甫,《詩經譯注》,南京:江蘇教育出版。

屠友祥,《修辭的展開和意識形態的實現》,臺北:明目文化事業。

黃慶萱,《修辭學》,臺北:三民書局。

蔡瑞霖,〈由「敬天」到「踐阼」之路:殷商周初之宗教精神向道德精神的轉化〉(未刊稿)。

蔡瑞霖,〈因明與比量:關於量論的現象學考察〉(未刊稿)。

語文產業化的哲學省思
——一個因應能趨疲危機的基進的觀點

周慶華
臺東大學語文教育研究所

摘　要

　　語文產業化也因為西方資本主義的興起而盛行，整個獲利集團以無止盡榨取地球有限資源而成就榮耀或媲美上帝的名為旨趣，不意卻大為釀成能趨疲（entropy）的危機而嚴重威脅到人類的生存及其語文產業化的延續。因此，整體拯救的對策，在於以非語文產業化為語文產業化，搭配減少人口壓力和逆反資本主義潮流，並讓現實界和靈界都獲得有效的教化，而共同致力於挽狂瀾。

關鍵詞：語文產業化、資本主義、能趨疲（entropy）、非語文產業化

一、語文產業化的背景

　　語文，是語言文字的縮稱。前者（指語言）為口說語，後者（指文字）為書面語，彼此可以有相交集或相蘊涵的關係：

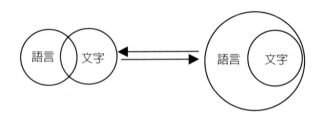

圖 1：語言和文字關係圖

　　左邊重疊的部分，就是書面語（也就是語言涵蓋書面語，而文字本身就是書面語）；但文字所以不為語言所全部涵蓋，就是因為結構文字的書面語可以是一完整的作品（有特定的思想觀念和表達技巧在裡頭運作），而一般所說的書面語僅是一可供分析的字詞或語句單位。如果不這樣區分，那麼文字就當為語言所涵蓋，彼此轉為相包蘊或相隸屬的關係，圖示就變成右邊的形態。（周慶華，2004a：1～2）

　　這是基於理論分疏而作的判別（當中「文字」，也可以替換為「文章」），實際在運用時語言和文字是合為一個單位的。也就是說，純口說語出現時文字已經「隱形」存在；而純書面語出現時語言也「寓形」傳達了。這樣也就不必再費心考量二者的分合，而可以併為指稱口說語和書面語現象。

　　這種口說語和書面語，在一般的流通上僅為一次性或非複製性的，自然跟「產業」無緣（即使如演講或非定期性的表演，也因為「無

重複機會」而不在產業範圍);但倘若它要比照其他經濟模式轉生產出相關可販售或可牟利的商品,那麼它就會開始產業化。

產業,基本上是一種重複性的製造業(也就是大規模而重複性的生產),如「音樂、出版、電視、電影、軟體、玩具、影音……當中的準則很清楚:是否做成多件拷貝?如果是,就可算產業。業務內容如果近於無形(如表演藝術),或是強調獨一無二(如藝術),就很少會自稱為產業」(郝金斯〔J. Howkis〕,2010:50)。雖然如此,在某些時刻產業與否並不是那麼容易判斷(如藝術品進入拍賣會或演講在不同場合重現之類),這時只好把它當作光譜兩端之間的模糊地帶而予以「存而不論」。

那麼語文產業化又是緣何而來?我們知道,語文活動已經變成一種經濟資產而被歸為文化創意產業的範疇;這個範疇,廣泛地包含了書籍、雜誌、報紙、視覺藝術(如繪畫、建築、雕刻等)、表演藝術(如戲劇、音樂會、舞蹈等)、唱片、電影及電視、流行時尚及電子遊戲等(考夫〔R. Caves〕,2007:3),而語文活動就集中在當中的某些項目或分散進入其他的項目,變成是一個可獨立運作、也可參夥運作的特大的經濟體。在這種情況下,語文產業化就只是被揭開的事實,它始終都在展現產業化的衝動。但因為語文的範圍太廣,以至大家就不大留意它的產業化的「總體成績」,自然也就難有相關語文產業化的課題被提出且受到重視。

既然語文產業化早已成了經濟鏈的一環,而它又遍及時下所強調文化創意產業的各個領域,那麼這一切的背景又是否可以理解?換句話說,語文產業化的事實是誰造成的,也得有一番考索說明,才能進一步評估這種產業化的「理當去處」。而這最直接可以連結的,無不以資本主義的邏輯為首要考量。正是因為資本主義所蘊涵自由市場的催化劑,語文產業這個區塊才被開發;也正因為資本主義中搶致富先機的內在驅力使然,語文產業的可利用性才持續被信守,終而導至語文產業在文化、教育和娛樂等領域發生經濟的效用。

　　至於又如何有資本主義的興起？這就得歸諸西方創造觀型文化中的原罪和救贖觀念的終極作用。由於西方人的一神信仰所在意「犯罪墮落」的不可避免（秦家懿等，1993：116～117；高師寧等編，1996：287），以至設方想法以尋求救贖也就成了終身的職志所在（曾仰如，1993：45～64；林天民，1994：6）；而這一尋求救贖的途徑，就不僅是尋常的懺悔、禱告一類的方案所能代替，它還得藉由現世的成就以為憑藉，從而在榮耀造物主或媲美造物主的氛圍中自我想像完成了獲得救贖而重返造物主身邊的行動。而因為救贖路各人所想到的不一樣，所以在試圖洗罪的過程中也就「表現紛繁」了。而這可以圖示如下：

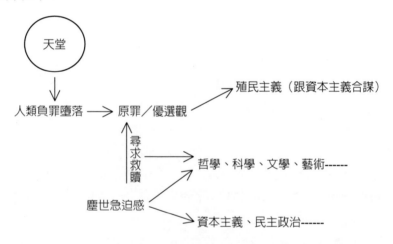

圖2：原罪／救贖和語文產業的關係

　　由上圖可知，西方基督教獨立自希伯來宗教（猶太教）為廣招徠信徒而新加入「原罪」的觀念（形諸他們所信奉的新約《聖經》）後，由於「原罪」的強為訂定，所以以導至必須尋求救贖（以便重回天堂）而出現明顯的「塵世急迫感」。這種急迫感的「積重難返」，就是到了十六世紀宗教改革後新教徒（並一起「刺激」帶動舊教徒）的相關反

應的「逾量」表現：新教徒脫離天主教教會後所強調的「因信稱義」觀念，逐漸演變成要以在塵世累積財富和創造發明（包含哲學、科學、文學、藝術等等建樹翻新）來榮耀上帝或當作特能仰體上帝造人「賜給他無窮潛能」的旨意而不免會躁急蹙迫；尤其在資本主義和殖民主義隨著矯為成形後，便見這種「過度的煩憂」。（周慶華，2006：250）語文產業化就是在這種背景下一起被逼出來的；相關的資本主義邏輯，牢牢的主宰著該產業化的運作。當然，這並不代表資本主義出現以前沒有語文產業化的現象，而是說資本主義出現後語文產業化才開始進入「資本投入→生產→行銷→獲利」的大規模經濟活動範圍，成為總體經濟的一個重要環節。

二、語文產業化的獲利集團

依據上述，語文產業化既然受制於資本主義邏輯，那麼它內在為獲利的機制就是一個統合「謀取利益」、「樹立權威」和「行使教化」的強版權力意志。換句話說，謀取利益涉及利益的多沾或多得（相對的別人就少沾或少得），可以說是權力意志的「變相」發用；樹立權威則無異是該權力意志的遂行；而行使教化更是該權力意志的恆久性效應。（周慶華，2004b：205）而這在資本主義邏輯的鼓舞下，會更勤於表現，以至語文產業化就成了權力共同藉使的對象。

這種藉使方式的利益極大化考量，勢必透過集團的操作來完成。這個集團背後的首腦是造物主，而集團以企業名義行世的總裁則是造物主在人間的代理。因此，當這一切經由全球化而成為「普世價值」時，我們才看清語文產業已經難以脫離一個更大範圍的企業集團的籠罩。所謂「全球化是歐洲文化經由移民、殖民和文化模仿而擴張到世界各地的直接結果；而它伸入文化和政治領域的支脈在本質上也跟資本主義的發展形態有關」（華特斯〔M. Waters〕，2000：5），正說明了

語文產業化不再是一地一國的事，它早已企圖在塵世實現大同的夢想。至於非西方社會原來不時興資本主義生活的（沒有一神信仰及其相關原罪／救贖觀念的緣故），如今也都被迫尾隨或自我退卻去迎合，導至一個可能的沒來由的語文產業化的迷茫感與日俱增，那就得有另一種「急流勇退」的心理準備（詳後）；否則持續步人後塵的結果，一定會不知「伊於胡底」而以浩嘆收場！

再回到語文產業化的獲利集團的問題上。獲利集團，永遠以累積財富為最終目的；而在這個集團內的每個人，也向來無從自外於金錢的誘惑。好比「不管是達文西、畢卡索、梵谷、沃荷、狩野永德、利休、藤田嗣治、北大路魯山人、黑澤明、還是宮崎駿，他們的藝術生涯最終要面臨的大問題無非就是『要如何將錢（這個跟世界的接點）聚集到自己身上或是從自己身上剝去』」，因為「藝術如果沒有跟『金錢』扯上關係，是無法前進的，連一瞬間都無法存活」（村上隆，2007：237）。但同樣都是獲利，這裡面卻又有著獲利多／獲利少或誰能連帶成名／誰就只能陪襯且默默無名的差異。

以語文的出版為例，它經過上游出版業的策畫，向作者邀稿或接受投稿，然後分工產製作品且透過中游行銷和下游販售等，自然形成一個經濟鏈的泛集團，但它們內部的獲利並非均等，依次是出版社／中盤商／實體書店；而有機會成名的則僅為出版社及其第一級序的共生體作者（他的獲利僅次於出版社），其餘則幾乎都被消音了。這即使是在當今已經巨變中的網路行銷時代，相關規模還是沒有太大出入：

> 透過併購，巨型出版集團的規模越來越大，佔據了暢銷書排行榜的大部分。在很多國家，連鎖書店控制了通路，甚至超越國界，構築全球網絡。網路書店興起，改變了讀者的購買行為，讓實體書店遭遇空前的挑戰。（蘇拾平，2007：11～12）

這所省去的中下游獲利，都由折扣和郵務所取代，形式上仍然維持了原來集團的經濟模式。因此，語文產業化的獲利集團，乃是以誰能掌握研發權（如出版社的企畫）誰就能高度獲利為常態；至於其他依附性的代工業，則只能爭奪「剩餘」的利潤。而這種情況所造成的文化劣勢，必然是產業上游從中操縱而產業中下游甘願臣服的結果；它的非平等發展，則又是西方創造觀型文化所一手促成。

大家知道，「創造」為人的在世存有，這是西方創造觀型文化所揭發或所設定的宗旨。正如「人類受造的目的，是為了創造；唯有創造，人類才能以榮耀回報造物主」（魏明德〔B. Vermander〕，2006：15）這段話所強調的，西方人已經把它奉為圭臬，當作救贖路上最光彩的一件事。因此，整體語文產業化的研發及其集團成員的納編等，也就決定了他們自我文化優勢的必然性。相對的，要跟他們競爭的團體，所能掌握的籌碼僅僅是「他們所不想做的事」（包括原料的張羅和工廠的生產等費時及高污染的代工業），而一旦被牽制住了，想擺脫就比登天還難！

從這個角度來看，語文產業化的全球布局，也就是上帝代理人和奴工的「合作無間」所促成的；當中的文化凌駕和文化被凌駕的「傾斜」關係，恐怕還會繼續下去。因此，語文產業的全球化，不論是歐洲帶頭還是美國領銜或是如今局部轉移到中國或印度（赫爾德〔D. Held〕等，2005；伊茲拉萊維奇〔E. Izraelewicz〕，2006；塞斯〔A. Chaze〕，2007；史旭瑞特〔T. Schirato〕等，2009；賈克〔M. Jacques〕，2010），都不能免除上述這一屈從於資本主義邏輯的競爭存在優勢的大作戰風險。

在這種風險中，處於劣勢或准劣勢的競爭者，他們的「攀附驥尾」的可憐樣，很快就會被窺破。像中國大陸於近十年來的崛起，它的代工業的高耗能和高污染已經名列世界第一（肯吉〔J. Kynge〕，2007；慕勒〔H. Müller〕，2009），卻仍然無法跟西方強權平起平坐，因為在整個獲利集團的運作中它根本躋不進上游產能的行列。這麼

一來，語文產業化的哲學省思就得更進一層來看它的普遍性匱乏和病徵。

三、誰能左右語文產業化的方向

所謂普遍性的匱乏，是指文化優勢的一方鐵定會讓語文產業化持續下去，而它在可見的未來必然要面臨資源耗盡而無以為繼的窘境；而所謂普遍性的病徵，是指文化劣勢的一方也勢必無法自謀生存而跟前者一起誤蹈能趨疲（entropy）到達臨界點的末路。而當雙方不知從中收手（或不願收手）的情況下，一切就會回到低一級次的「盲目競爭」裡。

這是說語文產業化的最大的難題是，它會有極限；而這個極限，不論是文化優勢的一方還是文化劣勢的一方，在主導語文產業化或迎合語文產業化的過程中都一直潛存著，遲早會瀕臨。而這在創造觀型文化中人的演出裡，因為有一隻強力「推動的手」，所以它可能會更快逼近而使得語文產業化始終要蒙上一層陰影。

前面說過，西方創造觀型文化中人為了「在塵世累積財富和創造發明來榮耀上帝或當作特能仰體上帝造人『賜給他無窮潛能』的旨意而不免會躁急懨迫；尤其在資本主義和殖民主義隨著矯為成形後，更見這種『過度的煩憂』」，而圖 2 中的「優選觀」，已經先有人加以揭發了（韋伯〔M. Weber〕，1988），但還不夠「貼近」著講。換句話說，對新教徒來說，「優選觀」是在他們漸次締造現世巨大成就以及武力殖民取得支配優勢後才孳生出來的；而這一觀念既然定型了，相伴的殖民災難就隨後四處蔓延，一直到今天仍未稍見緩和。而根據這一點來看，有些西方人的「自我察覺」就到不了「點」上（跨文化視野不足所致）。如：

> 默頓認為新教倫理有如下三條原則：（一）鼓勵人們去頌揚上
> 帝，頌揚上帝的偉大，是每個上帝臣民的職責；（二）讚頌上
> 帝的最好途徑，或者是研究和認識自然，或者是為社會謀福
> 利，而運用科學技術可以創造更多的物質財富，所以大多數人
> 應該去從事科學技術和對社會有益的職業；（三）提倡過簡樸
> 的生活和辛勤勞動，每個人都應該辛勤工作，為社會謀幸福，
> 以這一點感謝上帝的恩德。（潘世墨等，1995：114）

　　這段話所提及的新教徒所遵守的三個倫理信條，表面上有相互衝突的現象（如第三個信條就跟第二個信條很不搭調），其實則不然！因為只有過著簡樸的生活，才能「累積」財富以傲人。而新教徒所以要有這類的現世成就，一方面是想藉它來尋求救贖（冀望可以獲得上帝的優先接納而重回天堂）；一方面則是想展現自己的本事而媲美上帝的風采。此外，新教徒所認為的為社會謀福利（創造更多的物質財富）一事，明顯是基於「自利將促成物質福分的增加」這個理念，但它所以可能是建立在「塵世是短暫的，不值得珍惜」（可以無止盡的開發利用；即使耗損完了也不足惜）的前提上；而這已經衍生成地球的資源日益枯竭，且因科技不斷發達所帶來的汙染、臭氧層破壞、溫室效應、核武恐怖和生化戰爭風險等後遺症無法解決。（周慶華，2007a：243～244）這是人類的生死存亡的關頭，也是語文產業化的起落絕續的關頭，不容許有人忽視或刻意迴避不理會。因此，要別為追問「誰能左右語文產業化的方向」，就不在獲利集團本身而在該獲利集團內蘊的權力意志（既要榮耀／媲美上帝，又要影響／支配他人），以及權力意志伸展後所引發的能趨疲危機。前者（指獲利集團內蘊的權力意志），已經在語文產業化的推動中見著了，如果沒有那一慾望的存在，那麼就不會有語文產業化的實踐，它所能左右的是語文產業化的向度；而後者（指該權力意志伸展後所引發的能趨疲危機），也逐漸在語文產業化的高張中暴露了，而倘若也不曾遇見那一險巇的來臨，那麼

也就不會有語文產業化要被迫節制或止進，它所能左右的是語文產業化的絕境。

現今有人把語文產業列為「高風險產業」的範圍，原因是閱聽人使用文化商品的習慣反覆無常；如此一來，即使投注再多行銷手法，當紅的表演者或作品也可能忽然過時，誰也不能預測下一個成功文本究竟為何！（海默哈夫〔D. Hesm-Ondhalgh〕，2006：18）而這些來自閱聽人消費文本方式的風險，更因以下兩個跟產製相關的要素而變得更加嚴重：第一，公司給予符號創作者有限的自主權，希望他們能提出原創而新穎奇特的暢銷作品，但這也意味著文化公司需要不斷竭盡心力地來控制他們創作的奮鬥過程；第二，任一文化創意產業公司（公司A）都必須仰賴其他文化創意產業公司（公司B、C、D等），才能讓閱聽人注意到新產品的存在，並發現使用此產品可能帶來的樂趣，由於我們很難預測評論家、記者、廣播電視製作人及表演者等將如何評價文本，所以即使公司A擁有公司B和F，它也無法確實知曉文本可能造成的知名度。（同上，18～19）這說的並不無道理，但它仍然忽略了那些文化產業不斷「推陳出新」（儘管大多都不賣座）的原因。因此，也在文化創意產業裡的語文產業，如果不歸結上述那兩個顯隱的變數，那麼它的被左右方向一事也就無從得知，而我們真切要形塑來挽救危局的對策自然是「莫知所向」了。

四、現前語文產業化所要面對的困境

一旦語文產業化也要持續發展下去，在地球這一封閉系統內，它的耗能所一起導致的不可再生能量趨於飽和而使地球陷於一片死寂的危機，勢必會促使它臨近極限以及預告一些有形無形的困境。當中臨近極限部分，前面已經述及了；而有形無形的困境部分，則可以在這裡一併揭示，以見後面的「挽救對策」的必要成形。

　　首先是無知的困境。語文產業化的遠景絕不在它要多麼的輝煌，因為那只會參與高度耗能而提早自我終結；但至今仍有很多人還頗無知的沉浸在一片「定會看好」的虛擬世界裡。（海默哈夫，2006；考夫，2007；夏學理主編，2008；李錫東，2009；徐斯勤等主編，2009）且看語文產業最大宗的出版業，在法蘭克福書展的一幕：

> 「百樂酒店」是書展期間人氣最旺的深夜「酒」店之一。大老闆、小編輯、經紀人、作者、繪手、攝影師、美術指導、公關、製作主管、行銷人員、業務經理、印刷廠、組稿中心、貴族氣派的出版大老、長袖善舞的小暴發戶、企業會計師、產業領袖、買空賣空的騙子、目中無人的奸商、執迷不悟的做夢大師、冥頑不靈的沒用大師等等齊集一堂……到處有人在叫賣點子，到處有人在傳閱寫作大綱，預付款的行情要多加明察暗訪，版權交易更要討價還價，共版的合約一筆一筆簽，承諾隨隨便便答應，「再聯絡」此起彼落，隨蒸騰的熱流在機棚般的大廳直衝上高高的屋椽。（戴維斯〔C.Davis〕，2010：3～4）

　　像這樣盡出人力鋪張的「玩法」，試問地球有限的資源可以再供應它揮霍幾次？這是高嚷文化創意產業「向前衝刺」者無知的一面，它的美夢幻想很快就會轉成噩夢一場！因此，從都只會期待榮景而必顯闇昧無知的情況來看，收斂或整飭才是語文產業化的遠景所繫；否則，越陷越深而無法脫困，就是它的末路。

　　其次是有知卻搞錯了方向的困境。這緣於有些企業知道自己得有「社會責任」和為顧及「綠色環保」而興起改革的風潮，遠比前者的「蠻幹」顯然多了覺察的能力；但它卻僅是「以管理學的方式將各式各樣的『社會人』融入企業組織中」（不再執著於利益和利潤）（李世暉，2008）而非收手以降低能趨疲的壓力，以及改以電子書發行（段

詩潔，2009；陳穎青，2010）而忽略了相關軟硬體的生產和廣為行銷所益加耗費的問題。因此，語文產業化在這一波興革中並未真正找到紓困的途徑；反而是它的「搞錯方向」更讓人深感惋惜！

再次是能趨疲的嚴重性困擾。前二者的困境是無形的，他們在大家「不知不覺」中逐漸要面臨語文產業化無以為繼的窘況，就正好接到這裡有形的能趨疲接近臨界點的危機困境！西方人的天堂夢想，始終無能解決他們的子孫要「如何過活」和靈體如果沒有去處而得不斷地輪迴轉世卻很「艱困營生」等難題；而其他社會中人凜於全球化的威力也盲目跟著耗用有限資源而形同自掘墳墓的，他們在兩界來去的空間已經變得越發凝澀（周慶華，2002；2006），但也一樣因為隨人騎虎難下而得在不久的未來讓出生存權。就在「自度的榮耀／媲美上帝事無從延續」、「集體漸臨毀滅感覺後不知走向」和「在毀滅邊緣掙扎的內容轉換無能」等一連串的症候，更加增添能趨疲的威脅力度，使得這一最稱嚴重的困境在人們的眼前漫漶開來；而語文產業化再被看好的一些創意表現，也因此要成為明日黃花。

可見現前語文產業化所要面對的困境是空前的（可能也是絕後的）；它從無知於因應能趨疲危機或有知於因應能趨疲危機卻搞錯方向到必須實際遭逢能趨疲危機的考驗，已經使得它再也沒有緩衝餘地可以討價還價了。在這種情況下，相關的企業所在進行的組織改造，也就只是「實質」上的苟延殘喘。如所謂的「轉包業務給中小型公司」（後福特主義的策略）、「企業聯盟」（由自給自主改成特殊專案的合作）、「管理及企業更新」（使企業如豐田主義成為一個網絡）和「改變工作型態」（讓工作的選擇增加）等為「達到更高的利潤，並減少勞動成本以獲取其他競爭公司的市場佔有率」所從事的組織創新（海默哈夫，2006：101～102），就禁不起資源短缺的一再衝擊，終將如冰消瓦解！

五、因應能趨疲危機的作法

　　語文產業化因為有高質量的審美趣味成分（如文學、劇藝和多向文本等），所以它的吸引力經常領先其他文化創意產業，而這同樣也得臣服於能趨疲法則，不再有可以無限發展的遠景，馴至它的某種「不能維持」的憾恨感讓人不免傷懷。這也使得形塑一種挽救對策成了最迫切要推出的工作。而所謂的挽救，既是挽救語文產業化的頹敗命運，又是挽救世人的沉淪而免於能趨疲危機的威脅。

　　如今還是常會看到「關心」文化創意前景者的天真論調：他們以為能夠「創新」，就可以保障文化產業的未來；殊不知用來支持該創新的資源，不可能如所想像的那樣「想要就能得到」，以至所發的一些想望也就甚不切實際。好比底下這段「樂觀」言論：

> 文化創意人相當清楚，他們不想活在跟社會疏離、互不相干
> 的社會裡。他們指引性的景象一再論及整體的觀念。他們說
> 我們每個人都是活的體系……如果我們專注於這種整體
> 性，就能開始想像一種能治癒我們時代的破碎及毀滅的文
> 化。我們說，文化創意人的出現，代表了一種希望，就是有
> 創意的未來視野正在生成。它是為了更進步的文明而行動的
> 希望、想像力、意願的復甦。朝向重新整合和設計新文化的
> 工作，在我們集體的想像力中能發揮強大的力量。讓我們的
> 所求所選都能塑造我們的未來。（瑞伊〔P.H.Ray〕等，2008：
> 372～373）

　　所謂「塑造我們的未來」，只是寄望在創新，而全然不顧還有多少機會可以「這般逞能」，顯然它畫餅充飢的意義強過給人實質的感受，

大概沒有一個有識之士會為它連帶保證。而這所意示的，就是想因應能趨疲的危機，還得另謀對策才行。

倘若透過一點類對比，幾乎可以發現相關的企業再造而改崇尚綠色經濟，已經在自釀風氣了。它們或流行資源再利用、或時興開發新能源、或決意從產品源頭減少浪費（麥唐諾〔W. Mcdonough〕等，2008；凡得來恩〔S. Van der Ryn〕等，2009；麥考爾〔J. Makower〕，2009；山德勒〔A. Schendler〕，2010；內崎巖等，2010），看來拯救世界的危亡就在此一役了。卻又不然！這種綠色經濟是建立在「新利用厚生」的前提上，對於減緩地球趨於死寂並沒有實質的貢獻。要使地球免於快速趨向死寂的唯一有效的辦法，就是降低再降低對資源的利用。（周慶華，2010：52～54）而這就得透過下列三個途徑來促成：

第一，現今因為人口太多，所需過盛，才會強化企業產製的功能，因此相關產品的內容要多改以啟發世人「離去」後別乘願再來，以降低能趨疲的壓力。

第二，在上述啟導的過程中，自覺來到世上還有任務的人，一切都得逆資本主義而行，所從事產業的牟利只為世薄用而不延效於他方（如天堂之類），才能確保能趨疲的壓力不會再起。

第三，簡樸過生活，所得依賴的語文，僅當「自然需求」而存在，棄絕強力推銷，這樣以非語文產業化為語文產業化，就可以緩和目前語文產業化一意孤行而迫使大家同蹈滅絕末路的恐慌！

從大環境縮小到語文產業化領域，可以預見的是，以非語文產業化為語文產業化後，很多原為圖利的語文產業作為就會紛紛退出，留下來的就是只符合上述三項要求的產能；它們有別於前出的強調內容、觀念和創新等作法，倘若還要稱它為語文產業化的話，那麼這就是最新形態的語文產業化。也因為這樣基進（radical）可取，所以它就同時挽救了語文產業化和能趨疲的危機。而這再推及現實界和靈界的互動，由於「教化得法」，以至兩界共同致力於「挽狂瀾」（周慶華，2005；2007b；2008；2010），也就更屬天大的美事了。

參考文獻

山德勒（2010），《綠能經濟學——企業與環境雙贏法則》（洪世民譯），臺北：繁星。

凡得來恩等（2009），《生態設計學：讓地球永續的創意法則》（郭彥銘譯），臺北：馬可孛羅。

內巖崎等（2010），《企業回收最佳實務》（謝育容譯），臺北：商周。

史旭瑞特等（2009），《全球化觀念與未來》（游美齡等譯），臺北：韋伯。

考夫（2007），《文化創意產業——以契約達成藝術與商業的媒合》（仲曉玲等譯），臺北：典藏。

伊茲拉萊維奇（2006），《當中國改變世界》（姚海星等譯），臺北：高寶國際。

村上隆（2007），《藝術創業論》（江明玉譯），臺北：商周。

李世暉（2008），《文化趨勢——臺灣第一國際品牌企業誌》，臺北：禦璽。

李錫東（2009），《文化產業的行銷與管理》，臺北：宇河。

肯吉（2007），《中國撼動世界：飢餓之國崛起》（陳怡傑等譯），臺北：高寶國際。

林天民（1994），《基督教與現代世界》，臺北：商務。

周慶華（2002），《死亡學》，臺北：五南。

周慶華（2004a），《語文研究法》，臺北：洪葉。

周慶華（2004b），《文學理論》，臺北：五南。

周慶華（2005），《身體權力學》，臺北：弘智。

周慶華（2006），《靈異學》，臺北：洪葉。

周慶華（2007a），《語文教學方法》，臺北：里仁。

周慶華（2007b），《走訪哲學後花園》，臺北：三民。

周慶華（2008），《轉傳統為開新——另眼看待漢文化》，臺北：秀威。

周慶華（2010），《反全球化的新語境》，臺北：秀威。

韋伯（1988），《新教理論與資本主義精神》（于曉等譯），臺北：谷風。

段詩潔（2009），〈呂俊德：電子書的普世價值就是綠色環保！〉，於《2010明星產業》，244～245，臺北。

郝金斯（2010），《創意生態——思考產生好點子》（李明譯），臺北：典藏。

秦家懿等（1993），《中國宗教與西方神學》（吳華主譯），臺北：聯經。

高師寧等編（1996），《基督教文化與現代化》，北京：中國社會科學。

徐斯勤等主編（2009），《文化創意產業、品牌與行銷策略——跨國比較與大陸市場發展》，臺北：印刻。

夏學理主編（2008），《文化創意產業概論》，臺北：五南。

海默哈夫（2006），《文化產業》（廖佩君譯），臺北：韋伯。

麥考爾（2009），《綠色經濟：提升獲利的綠色企業策略》（曾沁音譯），臺北：麥格羅・希爾。

麥唐諾（2008），《從搖籃到搖籃：綠色經濟的設計提案》（中國21世紀議程管理中心等譯），桃園：良品文化館。

陳穎青（2010），《老貓學數位PLUS》，臺北：貓頭鷹。

曾仰如（1993），《宗教哲學》，臺北：商務。

華特斯（2000），《全球化》（徐偉傑譯），臺北：弘智。

瑞伊等（2008），《文化創意人：5000萬人如何改變世界》（陳敬旻等譯），臺北：相映。

賈克（2010），《當中國統治世界》（李隆生等譯），臺北：聯經。

塞斯（2010），《印度：下一個經濟強權》（蕭美惠譯），臺北：財訊。

赫爾德等（2005），《全球化與反全球化》（林佑聖等譯），臺北：弘智。

慕勒（2009），《全球七大短缺》（張淑惠譯），臺北：商周。

潘世墨等（1995），《現代社會中的科學》，臺北：淑馨。

戴維斯（2010），《我在DK的出版歲月》（宋偉航譯），臺北：遠流。

魏明德（2006），《新軸心時代》（楊麗貞等譯），臺北：利氏。

蘇拾平（2007），《文化創意產業的思考技術——我的120道出版經營練習題》，臺北：如果。

附錄

國立臺東大學語文教育研究所語文產業學術研討會稿約

一、緣起：

　　　　語文產業是時代的趨勢，也是從語文到語文教育這條路上所得納入的新課題；而關注這個趨勢和新課題，並予以全面性的省思和探討，也就成了所有語文同好所不合推卸的責任。因此，在文化創意產業日益受到重視的今天，大家集中力氣來一探當中最精緻的語文產業，自然就有開啟新氣象的作用；而所回饋給語文愛好者的，也正是它的「獨具姿采」而可以從中啟迪再造語文的新生命。

二、主題：

　　　　語文產業

三、子題：

　　（一）語文產業化的哲學省思

　　（二）語文與編採

　　（三）語文與創意產業

　　（四）語文與出版

　　（五）語文與其他新興產業

四、主辦：

　　　　臺東大學語文教育研究所

五、時間：

　　　　2010 年 12 月 4 日（星期六）

六、地點：

　　　　臺東大學臺東校區教學大樓 5 樓視聽教室 A

七、論文截稿日期：

　　　　2010 年 9 月 10 日（為出版會前論文集）

八、論文字數：

　　　　10000～20000 字

九、論文格式：

　　　　請依一般論文撰寫格式（包括：題目、摘要、關鍵詞、內文、參考
　　文獻等）

十、聯絡資訊：

　　　　論文定稿請以 E-mail 寄送

　　　　（一）聯絡人：周玉蘭助理

　　　　（二）電話：089-355760

　　　　（三）傳真：089-348244

　　　　（四）E-mail：yulan@nttu.edu.tw

　　　　（五）地址：950 臺東市中華路一段 684 號臺東大學語文教育研究所

附錄

國立臺東大學語文教育研究所語文產業學術研討會議程表

一、活動主題：語文產業學術研討會

二、活動時間：99 年 12 月 4 日（星期六）

三、活動地點：臺東校區教學大樓 5 樓視聽教室 A

四、參與對象及人數：校內外學者、在職教師、研究生、大學生共 150 人

五、活動議程表：

時間	活動內容
09:20～10:00	報到
10:00～10:30	開幕式　蔡典謨校長致詞、梁忠銘副校長暨師範學院院長致詞
10:30～12:00	第一場　論文發表 主持人：溫宏悅主任　臺東大學英美語文學系 發表人：楊晉龍副研究員　中央研究院文哲研究所 論教育、學術與文學行銷 楊秀宮教授　樹德科技大學通識教育學院 產業化時代的語文與語文的產業化 ——從描述義與建構義論語文產業 歐崇敬教授　環球科技大學通識教育中心 創意與審美經驗及藝術創意
12:00～13:00	午餐
13:00～14:30	第二場　論文發表 主持人：王萬象教授　臺東大學華語文學系 發表人：簡光明教授　屏東教育大學中國語文學系 電影與語文產業 ——以「電影原著小說」與「電影小說」為例

	賴賢宗主任　臺北大學中國文學系
	聲音之道
	——以「人文心曲」為例的中文文化創意產業
	黃筱慧教授　東吳大學哲學系
	敘事的創意文案
14:30～15:00	茶敘
15:00～17:00	第三場　論文發表
	主持人：簡齊儒教授　臺東大學華語文學系
	發表人：鍾屏蘭教授　屏東教育大學中國語文學系
	客語教材的編輯與出版
	——以語料庫的開發為基礎探討
	蔡瑞霖教授　義守大學大眾傳播學系暨通識教育中心
	再論「矧知稱量」：論當代語文產業的修辭效益
	The Known and the Measurable of
	Chinese-Language：About Rhetoric Efficiency of
	the Contemporary Linguistic Industries
	周慶華所長　臺東大學語文教育研究所
	語文產業化的哲學省思
	——一個因應能趨疲危機的基進的觀點
	陳界華教授　中興大學外國語文學系
	語文的創意產業的語法初機：品牌敘事學的一階概念
	——試擬一個外語式華語文教學的新現象學
17:00～17:10	閉幕式　周慶華所長
17:10～	賦歸

主持人五分鐘，發表人二十分鐘。

（部分文章未能及時交稿，沒收在本書）

社會科學類　ZF0025　東大語文教育叢書 4

語文產業

主　　編 / 周慶華
責任編輯 / 黃姣潔
圖文排版 / 姚宜婷
封面設計 / 陳佩蓉

法律顧問 / 毛國樑　律師
出 版 者 / 國立臺東大學
　　　　　臺東市西康路二段 369 號
　　　　　電話：089-355752
　　　　　http://dpts.nttu.tw.gile
　　　　　E-mail：service@showwe.com.tw
製作發行 / 秀威資訊科技股份有限公司
　　　　　114 臺北市內湖區瑞光路 76 巷 65 號 1 樓
　　　　　電話：+886-2-2796-3638　傳真：+886-2-2796-1377
　　　　　http://www.showwe.com.tw
劃撥帳號 / 19563868　戶名：秀威資訊科技股份有限公司
　　　　　讀者服務信箱：service@showwe.com.tw
展售門市 / 國家書店（松江門市）
　　　　　104 臺北市中山區松江路 209 號 1 樓
　　　　　電話：+886-2-2518-0207　傳真：+886-2-2518-0778
網路訂購 / 秀威網路書店：http://www.bodbooks.tw
　　　　　國家網路書店：http://www.govbooks.com.tw
圖書經銷 / 紅螞蟻圖書有限公司
　　　　　114 臺北市內湖區舊宗路二段 121 巷 28、32 號 4 樓
　　　　　電話：+886-2-2795-3656　傳真：+886-2-2795-4100

2010 年 11 月 BOD 一版
定價：260 元

國家圖書館出版品預行編目

語文產業 / 周慶華主編. -- 一版. --臺東市：
　臺東大學, 2010.11
　　　面 ；　公分. -- (社會科學類；ZF0025)
(東大語文教育叢書；4)
　　BOD 版
　　ISBN 978-986-02-5261-3(平裝)

　1. 語文教學　2. 產業　3. 文集

800.3　　　　　　　　　　　99021565

讀者回函卡

感謝您購買本書，為提升服務品質，請填妥以下資料，將讀者回函卡直接寄回或傳真本公司，收到您的寶貴意見後，我們會收藏記錄及檢討，謝謝！
如您需要了解本公司最新出版書目、購書優惠或企劃活動，歡迎您上網查詢或下載相關資料：http:// www.showwe.com.tw

您購買的書名：＿＿＿＿＿＿＿＿＿＿＿＿＿＿＿＿＿＿＿＿＿＿＿＿＿

出生日期：＿＿＿＿＿年＿＿＿＿＿月＿＿＿＿＿日

學歷：□高中 (含) 以下　　□大專　　□研究所 (含) 以上

職業：□製造業　□金融業　□資訊業　□軍警　□傳播業　□自由業
　　　□服務業　□公務員　□教職　　□學生　□家管　　□其它＿＿＿

購書地點：□網路書店　□實體書店　□書展　□郵購　□贈閱　□其他

您從何得知本書的消息？

　□網路書店　□實體書店　□網路搜尋　□電子報　□書訊　□雜誌

　□傳播媒體　□親友推薦　□網站推薦　□部落格　□其他＿＿＿＿＿＿

您對本書的評價：(請填代號　1.非常滿意　2.滿意　3.尚可　4.再改進)

　封面設計＿＿＿　版面編排＿＿＿　內容＿＿＿　文／譯筆＿＿＿　價格＿＿＿

讀完書後您覺得：

　□很有收穫　□有收穫　□收穫不多　□沒收穫

對我們的建議：＿＿＿＿＿＿＿＿＿＿＿＿＿＿＿＿＿＿＿＿＿＿＿＿

＿＿＿＿＿＿＿＿＿＿＿＿＿＿＿＿＿＿＿＿＿＿＿＿＿＿＿＿＿＿＿＿

＿＿＿＿＿＿＿＿＿＿＿＿＿＿＿＿＿＿＿＿＿＿＿＿＿＿＿＿＿＿＿＿

＿＿＿＿＿＿＿＿＿＿＿＿＿＿＿＿＿＿＿＿＿＿＿＿＿＿＿＿＿＿＿＿

11466
台北市內湖區瑞光路 76 巷 65 號 1 樓

秀威資訊科技股份有限公司 收

BOD 數位出版事業部

┈┈┈┈┈┈┈┈┈┈┈┈┈┈┈┈┈┈┈┈┈┈┈┈┈┈┈┈┈┈┈┈

（請沿線對折寄回，謝謝！）

姓　　名：＿＿＿＿＿＿＿＿＿　年齡：＿＿＿＿　性別：□女　□男

郵遞區號：□□□□□

地　　址：＿＿＿＿＿＿＿＿＿＿＿＿＿＿＿＿＿＿＿＿＿＿＿＿＿

聯絡電話：(日)＿＿＿＿＿＿＿＿＿　(夜)＿＿＿＿＿＿＿＿＿＿＿

E-mail：＿＿＿＿＿＿＿＿＿＿＿＿＿＿＿＿＿＿＿＿＿＿＿＿＿